하늘이 내린
내 재주
반드시 쓰일 것이니

임도현 역해

하늘이 내린
내 재주
반드시 쓰일 것이니

— 이백의 시와 해설

學古房

머리말

이백은 두보와 함께 당나라 최고의 시인이다. 아니 고금과 동서양을 통틀어 가장 위대한 시인 중의 한 명이다. 그가 시를 남긴 지 천오백년 가까이 되어가지만 아직도 많은 사람들이 그의 시를 사랑하고 있고 즐겨 읽고 있다. 왜일까? 사람들이 술을 좋아해서? 그의 호방함에 매료되어서? 낭만적이어서? 다 맞을 것이다. 하지만 한 가지 더 있다. 이백의 시를 읽으면 치유가 되기 때문이다. 이백 역시 인간이었기에 즐겁게 살다가도 근심을 하였으며 그 근심을 해소하기 위해 끊임없이 몸부림쳤다. 이백의 근심 또한 인간이라면 누구나 가지고 있는 근심이기에 그의 근심에 우리는 고개를 끄덕인다. 그리고 이백은 치열한 고민 끝에 해답을 얻었으며 자신의 시에 그 해답을 제시하였다. 그의 시를 읽고 우리도 해답을 얻는다. 나만 힘들게 사는 것이 아니었구나. 이백도 힘들게 살았구나. 그러면서도 힘차게 행복하게 살아보려고 이렇게 노력했구나. 나도 잘 살 수 있을거야. 그의 시는 우리에게 위안과 용기를 준다.

이백은 어려서부터 과거에 급제하기 위한 유가경전 학습에 치중하기보다는, 제자백가에 대해 폭넓게 학습하였으며, 검술을 단련하면서 협객의 풍모를 함양하기도 하였고, 도가수련에도 관심을 많이 가졌다. 이러한 복합적인 사상적 토대 위에서 그는 "공성신퇴功成身退"라는 좌우명을 가지고, 나라와 백성을 위해 큰 공을 세우고는 초연하고 멋있게 물러나서 은일하는 삶을 살고자 하였다. 당시 자신의 재능을 발휘해서 공을 세우는 것이 쉬운 일은 아니었다. 이백 역시 오랜 시간의 유랑과 간알 끝에 지인의 도움을 빌어 겨우 한림공봉을 할 수 있었다. 하지만 궁중에서 이백이 한 일은 현종의 연회자리를 따라다니며 분위기를 돋워주는 시를 짓는 일에 불과했다. 구속되기를 싫어하는 그의 성격은 여러 신하들의 반감을 사게 되었다. 자신의 일에 대한 불만과 여러 신하들의 모함으로 인해 결국 1년 남짓 있다가 궁궐을 떠난 이백은 도가수련에 집중하며 정식으로 도록을 수여받아 도사가 되기도 하였다. 인생 후반부 대부분의 시기를 중국 전체를 떠돌아다니는 유랑으로 보내다가 죽음을 맞이한다. 이백의 일생을 살펴보니 그다지 멋질 것도 없는 인생이고 어찌 보면 죽으라고 노력하지만 별 성과가 없는 우리네 인생과 다른 바가 없다.

이백이 평생 가졌던 근심은 크게 세 가지이다. 첫 번째는 세상에서 큰 공적을 세워서 자신의 이름을 역사서에 영원히 남기고자 했지만 그러지 못했다는 것이다. 인간이라면 누구나 자신의 족적을 세상에 남기고 싶어 한다. 높은 관직에 올라 세상 사람들을 위해 좋은 세상을 만들어주고 싶어 한다. 이것은 헛된 공명심이라기보다는 공동체 사회의 일원으로서 당연히 해야 되는 임무이다. 이 임무를 완수하기 위해서는 자신의 재능을 적재적소에서 활용할 수 있어야 한다. 하지만 현실에서는 그렇지 못할 때가 많다. 항상 쓰임을 받는 것이 아니다. 그래서 때로는 조급해지기도 하고 때로는 원망스럽기도 하다.

이에 대한 이백의 해답은 "하늘이 내린 내 재주는 반드시 쓰일 것이다."이다. 하늘이 나를 이 세상에 태어나게 했을 때는 그만한 이유가 있을 것이다. 내가 가진 재주가 비록 하찮을지라도 이는 하늘이 주신 것이니 다 쓰일 데가 있을 것이다. 다만 지금은 그 때가 아닌 것이다. 그러니 참고 기다리면 언젠가는 쓰일 것이다. 기다리자. 즐거운 마음으로 기다리자.

두 번째는 인간 생명의 유한함을 극복하고자 했지만 그러지 못했다는 것이다. 영원히 순환하며 반복하는 자연과는 달리 인간은 백년 정도의 유한한 삶을 살고 있다. 살아서 이룩한 부귀영화나 공명은 죽고 나면 다 사라지고 만다.

인생은 무상한 것이고 헛된 꿈이다. 모든 것이 허망하다. 이를 위해 신선술을
수련해 신선이 되고자 하지만 그것 역시 부질없는 짓이고 불가능한 일이다.
　이에 대한 이백의 대답은 "나는 자루에 천지를 넣어서 호탕하게 자연의 원
기와 동등하게 되리라."이다. 유한한 인간의 삶은 어찌할 수 없다. 현실을 받
아들이자. 근심을 한다고 문제가 해결되지 않는다. 자연의 순리에 순응하자.
인간이 태어났다가 죽는 것은 자연의 이치이니 그냥 그대로 받아들이자. 그러
면 자연의 이치가 자신에게 체화되고 자신의 생활은 자연스럽게 진행된다.
더 이상의 갈등은 없다. 나 자신이 자연과 한 몸이 되고 천지를 아우를 수
있게 된다. 물 흐르듯이 자연스럽게 살아가면 된다.
　세 번째는 세속의 욕망을 끊고 자연 속에서 유유자적하게 살고자 했지만
그러지 못했다는 것이다. 대체로 사람들은 이백이 이러한 바람을 성취했다고
생각한다. 그가 자연 속에서 술을 마시며 남긴 시를 보면 이런 경지에 오른
모습을 자주 발견할 수 있다. 하지만 다른 한편으로 이백은 끊임없이 세속으
로 나가고자 하였다. 바로 위에서 말한 첫 번째 근심을 해소하기 위해서였다.
자연 속에서 은일하며 초연하게 살다가도 다시 박차고 나가 세상을 떠돌았다.
이런 생각이 불뚝불뚝 솟는 것에 대해, 세속에 대한 자신의 욕망을 끊어버리
지 못하는 것에 대해 이백은 근심하였다. 그리고 그가 자연 속에서 유유자적
하게 생활할 수 있었던 것은 모두 술의 힘을 빌렸을 때뿐이었다. 술이 깨고
나면 다시 인간의 근심이, 인간의 욕망이 스멀스멀 올라왔던 것이다.
　이에 대한 이백의 대답은 "웃으면서 답하지 않노라니 마음이 절로 한가롭
다."이다. 인간이 세속과 완전히 절연한다는 것은 있을 수 없다. 그렇다고 자
연 속에서 유유자적하게 사는 생활도 포기할 수 없다. 그렇다면 두 가지는
병행될 수밖에 없고, 양쪽을 번갈아가며 살아야 한다. 이는 자신이 활동하는
영역이 두 가지로 별개로 존재해야 할 것을 요구하지는 않는다. 자신이 유유
자적하게 살 수 있는 영역이 반드시 세속과 멀리 떨어진 자연일 필요는 없다.
지금 내가 있는 곳도 그러한 장소가 될 수 있다. 마음먹기에 달려있다. 스스로

마음을 비우고 욕심을 떨쳐낼 수만 있다면 지금 여기가 바로 무릉도원이고 자신의 이상향이 된다. 다른 사람들이 알아주지 않아도 좋다. 그저 자신만 빙그레 웃으며 지낼 수 있으면 된다. 여기에 자신의 흥취가 덧붙여지면 더 좋다. 음악, 영화, 원예, 낚시, 등산 등 자신의 애호를 통해 사념을 버리고 담박한 생활을 영위하는 것도 좋다.

이러한 이백의 근심과 해결방안을 잘 보여주는 시를 가려서 이 책에 수록하였다. 이백의 명작이라고 할 수 있는 시들이다. 한자의 어려움으로 접근하기 어려울 수 있겠다는 염려에서 한글 번역본을 먼저 수록하였다. 이제 한시를 반드시 한자로 읽어야 한다는 편견은 버려도 될 것이다. 예이츠나 워즈워드의 시도 번역된 것을 보고 감탄하지 않았던가? 도스토예프스키나 셰익스피어의 글도 번역된 것을 보고 눈물 흘리지 않았던가? 한시도 번역된 것을 보고도 충분히 감상할 수 있다. 하지만 함축된 시상의 전개와 천여 년의 세월이 주는 사고의 격절감으로 현대인이 쉽사리 이해하지 못하는 내용이 있기에 이는 자세한 해설을 통해 해결하였다. 시의 흐름에 따라 부연설명을 함으로써 시상을 자연스럽게 따라갈 수 있도록 하였다. 그래도 한시의 맛을 직접 느껴보고 싶은 독자를 위해서는 원문을 독음과 함께 제시하였다. 한 글자 한 글자 읽어보면서 한시의 리듬감을 체험하고, 특히 이백의 자유분방한 시 형식을 만끽할 수 있을 것이다.

이백의 시 전부가 번역이 되어있고 여러 종의 이백 시선이 발간되었지만, 이백의 시가 제대로 읽히고 있지 않다는 생각이 예전부터 있었다. 그리고 한시 원문, 번역, 주석, 해제 등으로 일관하는 여타 한시집이 한시를 제대로 소개할 수 없는 한계를 가지고 있다는 염려가 항상 있었다. 그래서 과감하게 형식을 바꾸었고 독자들이 시를 잘 이해할 수 있도록 상세하게 해설하였다. 이러한 시도가 한시의 대중화에 기여할 수 있기를 바라고, 고정된 사고를 변화시킬 수 있는 계기가 될 수 있기를 바란다. 물론 필자도 앞으로 계속 이런 고민을 해 나갈 것이고 이에 대한 많은 충고를 기다린다.

9

어려운 여건에도 불구하고 출판을 선뜻 허락하신 학고방 사장님과 멋있게
책을 만들어주신 편집부 직원들에게도 감사의 말씀을 드린다.

2018년 4월 15일
임도현

제목차례

술잔을 쥐고 달에게 물어보다

푸른 하늘에 달이 있은 지 얼마나 되었는가?
나는 지금 잔을 멈추고 한번 물어보네.
사람은 밝은 달에 오르려 해도 할 수 없는데
달은 도리어 사람과 함께 따라 움직이네.
날아가는 거울처럼 밝게 붉은 궁궐을 내려보다가
푸르스름한 안개 싹 걷히자 맑은 광채가 빛나네.
다만 저녁 때 바다 위로 떠오르는 것만 보았을 뿐
새벽에 구름사이로 사라지는 것을 어찌 알리오?
흰 토끼는 약 찧다가 가을가고 봄이 오는데
항아는 홀로 살며 누구와 이웃하는가?
지금 사람들은 옛날의 달을 보지 못하지만
지금 달은 일찍이 옛 사람들을 비추었지.
옛 사람이나 지금 사람이나 모두 흐르는 물과 같아서
모두 밝은 달을 볼 때 이와 같았으리라.
오직 바라는 건 노래 부르고 술을 대할 때
달빛이 오래도록 금빛 술 단지를 비춰주는 것이라네.

해설

술과 달의 시인이라 불리는 이백의 대표작이다. 술을 마시다가 문득 궁금증
이 생겨서 하늘에 뜬 달에게 물어본다. 오늘 저렇게 밝게 푸른 하늘에 떠 있는
저 달은 도대체 언제부터 존재했는가? 어제도 오늘도 봄에도 가을에도 작년에
도 올해에도 백 년 전에도 천 년 전에도 하늘에 달은 떠 있었다. 사람은 저
달에 오르려고 해도 할 수 없지만 저 달은 항상 사람이 움직이는 곳을 따라서

같이 움직이고 있다. 뭔가 불공평하다.

　하늘을 나는 거울처럼 밝게 빛나면서 사람이 사는 이곳저곳을 다 바라보는데 때로는 안개 속에서 숨어서 보기도 한다. 하지만 사람은 그저 처음 바다 위로 떠오를 때만 바라볼 뿐 달이 지는 것은 잘 모른다. 뭔가 불공평하다.

　저 달에는 누가 사는가? 토끼가 봄이고 가을이고 일 년 내내 계수나무 옆에서 불사약을 찧고 있다고 한다. 그 불사약은 누가 먹는가? 바로 항아이다. 항아는 활을 잘 쏘는 예의 부인이었는데 예가 가지고 있던 불사약을 훔쳐서 달로 숨었다고 한다. 항아는 불사약을 먹었기 때문에 죽지 않지만 단 한 가지 아쉬운 것은 같이 지낼 사람이 없다는 것이다. 그래서 항아가 같이 지낼 사람을 찾기 위해서 밤마다 인간 세상을 비추는 것일까?

　달은 예전부터 그대로 있으면서 지금 사람이나 옛날 사람이나 모두 비추었지만 인간은 유한한 존재라서 지금의 달만 볼 수 있을 뿐 옛날의 달은 보지 못한다. 사람이 태어났다 죽는 것은 예나 지금이나 같으니 옛날 사람도 이와 같은 한탄을 했으리라. 저 달과 같이 영원히 살고 싶지만 인간은 백 년도 다 채우지 못하고 죽는 존재, 한여름만 살아서 가을이 있는 것도 모르는 매미와 같은 존재에 불과하다.

　달아 넌 언제부터 하늘에서 인간 세상을 비추었느냐? 너는 하찮은 삶을 살다가 아침이슬처럼 사라져버린 인간의 고뇌를 아느냐? 달은 끝내 대답이 없다. 그저 달에게 바라는 것은 인간이 끊임없이 가졌던 천년의 고뇌를 달래기 위해 술을 마시고 노래할 때 술 단지나 환히 비춰주며 지금 이 순간을 같이 해주는 것일 뿐이다. 달은 영원히 사는 존재이지만 짝이 없어 외롭고, 나는 짧은 생을 사는 존재라서 고뇌하며 외로우니 서로 가까이 하며 서로 위로하며 지내는 것도 좋으리라.

　질문의 내용이 심오한데 그것을 달에게 물어본다는 발상은 흔히 생각할 수 없는 것이다. 이러한 상상력이 부러웠던지 송나라의 소동파도 이와 비슷한 내용의 작품을 지었다. "밝은 달은 얼마나 있었나? 술을 쥐고 푸른 하늘에 묻네. 모르겠네, 천상의 궁궐에서는 오늘 저녁이 어느 해인지를? 내가 바람 타고 돌아가려고 하나, 옥으로 만든 달 속 누대가 높은 곳이라 추위를 이길지 못할까 또 두렵네. 일어나 춤추며 맑은 그림자와 노느라니 인간 세상에서 무엇이 비슷하리오?(明月幾時有, 把酒問靑天. 不知天上宮闕, 今夕是何年? 我欲乘風歸去, 又恐瓊樓玉

宇, 高處不勝寒. 起舞弄淸影, 何似在人間?)"

把酒問月 파주문월

靑天有月來幾時,	청천유월래기시
我今停杯一問之.	아금정배일문지
人攀明月不可得,	인반명월불가득
月行卻與人相隨.	월행각여인상수
皎如飛鏡臨丹闕,	교여비경림단궐
綠煙滅盡淸輝發.	록연멸진청휘발
但見宵從海上來,	단견소종해상래
寧知曉向雲間沒.	녕지효향운간몰
白兎搗藥秋復春,	백토도약추부춘
嫦娥孤棲與誰鄰.	항아고서여수린
今人不見古時月,	금인불견고시월
今月曾經照古人.	금월증경조고인
古人今人若流水,	고인금인약류수
共看明月皆如此.	공간명월개여차
唯願當歌對酒時,	유원당가대주시
月光長照金樽裏.	월광장조금준리

고풍 59수(제11수)

누런 황하는 동쪽 바다로 달려가고
하얀 태양은 서쪽 바다로 떨어져,
흘러가는 강물과 흐르는 세월은
휙 지나가버리고 기다려주지 않으니,
봄날의 얼굴은 나를 버리고 가버렸고
가을날의 머리털은 이미 쇠하여 변했구나.
사람의 삶이 추위 속의 소나무와는 다르니
나이와 외모가 어찌 오래도록 그대로 있겠는가?
나는 마땅히 구름 속의 용을 타고서
해와 달의 정기를 흡수하여 광채를 머물게 하리라.

해설

〈고풍〉은 옛 사람의 시 풍격에 따라 시를 지었다는 뜻이다. 원래 시라는 것은 자신의 느낌을 담담하게 적어내는 것인데, 이러한 옛 전통을 따라 이백은 자신이 평소에 가진 생각을 담박하게 풀어내고 있다. 모두 59수가 남아있는데, 동일한 시기에 지은 것도 아니고 주제도 다양하다. 이백의 다른 시에서 볼 수 없는 그의 다양하고 진솔한 생각을 엿볼 수 있다.

이 시에서 우리는 이백이 평생 느꼈던 고민의 핵심을 볼 수 있다. 바로 삶과 죽음의 문제이다. 인류가 생겨난 이래로 누구도 피해갈 수 없었으며 수많은 현자들이 이에 대해 해결방안을 제시하였다. 이백 역시 그 문제의 근원을 파헤치고 해결책을 제시하고 있다.

이백은 첫 부분에서 동쪽으로 흘러가는 황하와 서쪽으로 지는 태양을 말하고 있다. 자연이 생겨난 이래로 하루도 빠짐없이 반복되어온 현상이다. 한번 흘러간 황하 물은 다시 돌아오지 않고 오늘 진 태양은 다시 되돌아오지 않는다.

자연의 엄정한 법칙은 사람에게 되돌아오지 않는 세월을 보여준다. 그리고 사람은 이에 대해 속수무책이다. 잡으려 해도 잡을 수 없고 되돌리려 해도 할 수 없다. 그러니 청춘의 젊음은 가버리고 시든 가을 풀 같은 머리카락만 생겨난다. 봄의 화려한 날을 겪다가 가을의 쓸쓸한 시기를 지난 뒤 겨울이 되면 생명을 마감하게 된다. 이러한 법칙은 그 누구도 거스를 수 없는 것이었다.

하지만 이때 이백은 고개를 돌려 주변을 돌아본다. 겨울이면 모든 사물이 쇠락하는 법인데, 유독 소나무만은 푸른 잎을 자랑하며 고고하게 서 있다. 애초에 사람의 삶은 이 소나무와는 다르다. 세월이 지나가면 나이를 먹게 되고 외모도 변해간다. 어떻게 하면 저 소나무처럼 항상 젊음을 유지할 수 있을까? 이백의 선택은 인간의 한계를 뛰어넘는 것이다. 바로 신선이 되는 것이다. 구름 속의 용을 탄다는 것은 신선이 된다는 것이다. 신선이 되어 해와 달의 정기를 마시면 소나무처럼 항상 젊음을 유지할 수 있을 것이다. 젊었을 때의 빛나는 광채를 그대로 자신의 몸에 머물러 있게 할 수 있을 것이다.

세속의 모든 습속과 규범을 떠나 자연 속에서 그 기운을 마시고, 자연의 운행에 순행하며 물 흘러가듯 살아갈 때 이백은 더 이상 인간이 아니라 신선이 되며 영원한 생명을 얻을 수 있을 것이라 생각했다.

인간의 가장 근본적인 문제를 제기하면서 이백은 자연에서 볼 수 있는 가장 큰 경물을 사용하고 있다. 중국 대륙을 가로질러 흘러가는 황하와 하루도 빠짐없이 자연계를 지배하는 태양이 바로 그것이다. 그리고 황하는 서쪽 끝에서 시작하여 동쪽 끝으로 흘러가고, 태양은 동쪽 끝에서 떠올라 서쪽 끝으로 지나간다. 그리고 이들의 시간은 천고의 시간이다. 인간이 태어나기 전부터 존재했고 이 세상 끝까지 존재할 영원무궁의 경물이다. 이러한 거대 경물을 첫 머리에서 제시하면서 이백은 자신의 생각이 자연의 근원에 대한 것임을 말한다. 그리고 마지막에서 제시한 그의 해결책은 해와 달의 정기를 흡수하는 것이다. 자연의 정수를 자신의 것으로 만들고 스스로 자연 속에서 영원무궁하게 존재하고자 하였다. 이러한 영원불멸의 존재가 바로 이백이 평생 추구하였던 것이다.

古風 五十九首(其十一) 고풍 오십구수(기십일)

黃河走東溟,　황하주동명

白日落西海.　백일락서해

逝川與流光,　서천여류광

飄忽不相待.　표홀불상대

春容捨我去,　춘용사아거

秋髮已衰改.　추발이쇠개

人生非寒松,　인생비한송

年貌豈長在.　년모기장재

吾當乘雲螭,　오당승운리

吸景駐光彩.　흡영주광채

멀리 헤어졌네

멀리 헤어졌네.
옛날에 아황과 여영이라는 두 여인이
동정호 남쪽
상강 물가에 있었는데,
너른 호수물이 곧장 아래로 만 리나 깊으니
그 누가 이 이별이 괴롭다 하지 않으리.
태양은 어둑어둑하고 구름은 시커먼데
성성이는 안개 속에서 울고 귀신도 빗속에서 울부짖으니,
내 설령 말한들 무슨 소용 있으랴.
하늘도 아마 내 충성을 알지 못하여
우렛소리 우르릉대며 성내어 소리치는 듯하네.
요와 순도 상황이 닥치자 또한 우에게 선양하였으니,
임금이 신하를 잃으면 용은 물고기가 되고
권력이 신하에게로 가면 쥐가 범으로 변하는 법.
누군가 말하길,
요임금은 옥에 갇히고
순임금은 들판에서 죽었다고 하였네.
구의산이 쭉 이어져 모두 엇비슷하니
순임금의 외로운 묘는 도대체 어디에 있는가?
요임금의 딸들이 푸른 대숲에서 흐느끼다가
바람과 물결 따라 가서는 돌아오지 않았는데,
통곡하며 멀리 바라보니
창오의 깊은 산이 보이네.
창오산이 무너지고 상수가 끊어진 후에야

대나무 위의 눈물도 사라지리라.

해설

고대 중국에서 가장 어진 임금으로는 요임금과 순임금을 든다. 흔히 요순시대라고 하면 가장 태평스러웠던 시대를 뜻한다. 이들은 정치도 잘하였을 뿐만 아니라 권력에 대한 욕심이 없어서 모두 임금의 지위를 자신의 자식이 아닌 가장 어진 사람에게 물려주었다. 요임금은 순임금에게 임금의 자리뿐만 아니라 자신의 두 딸 아황과 여영을 부인으로 주었다. 어느 날 순임금이 남쪽 지역을 순시하다가 동정호를 지나 창오의 들에서 죽었다. 아황과 여영은 죽은 순임금을 찾아 헤맸는데 동정호 남쪽의 상강에서 슬피 울다가 물에 빠져 죽었다고 한다. 당시 그들의 눈물이 대나무에 떨어져 그 얼룩이 아직까지 남아있다고 하며 그 얼룩진 대나무를 '반죽斑竹'이라고 한다.

이 시는 대체로 순임금과 헤어진 아황과 여영의 이야기를 주제로 하고 있다. 죽은 순임금을 찾아 헤매는데 깊이가 만 리나 되는 동정호가 도저히 만날 수 없는 이들의 이별을 형상화하고 있다. 이어지는 경물 묘사는 그러한 상실감을 잘 보여주고 있다. 어둑한 태양, 시커먼 구름, 안개 속에서 슬피 우는 원숭이, 빗속에 울부짖는 귀신. 태양이 사라진 어두운 세상에 동물과 귀신까지 슬피 울고 있다.

여기서 태양은 순임금을 상징하는데 구름은 태양을 가리는 존재이다. 아래 내용과 연관시켜보면 천자의 올바른 판단을 막아 훌륭한 정치를 하지 못하도록 막는 간신배들을 의미한다. 원래 순임금이 죽은 것은 간신배들과는 관계가 없지만 여기서 이백은 이러한 표현을 통해 간신배 무리에 의해 현종으로부터 버림받은 자신의 신세를 투영하고 있다. 결국 제목과 시의 첫구절에서 말한 "멀리 헤어졌다"는 것은 표면적으로는 아황과 여영이 순임금과 사별한 것이지만 이백으로서는 현종과 헤어진 것이다. 그것도 간신배의 모략에 의해서. 멀리 떨어져 있어도 여전히 현종을 그리워하면서 간신배의 모략을 경계하고자 하는 이백의 충정은 우렛소리에 막혀 전달되지 않는다.

이백의 상상은 좀 더 나아간다. 가장 어질고 현명하다고 평가받는 요임금과 순임금 역시 그러한 간신배들에게 어려움을 당해서 각기 순임금과 우임금에게 선양했을 것이다. 만일 그렇게 왕위를 유지하지 못했다면 용과 같던 임금도 신하를 잃게 되어 평범한 물고기가 될 것이고, 왕위를 마음대로 유린하는 신하는 호랑이 같이 사나워질 것이다. 누군가가 요임금의 덕이 쇠해서 순임금이 요임금을 옥에 가두었다고 하고 순임금이 내버려져 들판에서 죽었다고 하는데, 이러한 소문들 역시 그러한 어려운 상황의 증거일 거라고 이백은 생각했다.

구의산은 순임금이 매장되었다고 하는 창오산의 다른 이름이다. 아홉 봉우리가 있는데 모두 비슷하게 생겨서 봉우리를 혼동한다고 한다. '중동重瞳'은 한 눈의 검은 동자가 두 개라는 뜻인데 순임금을 가리킨다. 아황과 여영이 죽은 순임금을 찾아 울면서 헤매다가 결국은 물에 빠졌는데, 이백 역시 창오산이 보이는 곳에서 통곡하고 있다. 자신과 멀어져 다시는 다가갈 수 없는 현종을 그리워하면서. 이 그리움은 언제나 끝날까? 창오산이 무너지고 상강이 말라야 할 것이다.

이백은 한림공봉으로 있다가 조정을 떠났는데, 자신은 그 이유를 간신배들의 모략으로 생각하였다. 그리고 그러한 간신배들의 농간으로 올바른 판단을 하지 못한 현종을 항상 그리워하였다. 그리고 다시 불러주기를 바랐다. 이백이 조정을 떠난 진정한 이유가 무엇인지는 모르지만 그가 다시 조정으로 돌아가기를 절절히 갈구했으며, 결국 돌아가지 못해 애달파했다는 것은 사실이다. 이 시는 그러한 갈망과 슬픔을 아황과 여영의 고사를 들어 표현했는데, 들쭉날쭉한 싯구, 격정적인 감정의 토로, 환상적인 경물의 묘사, 적절한 비유 등을 통해 잘 드러나고 있다.

遠別離 원별리

遠別離, 원별리
古有皇英之二女, 고유황영지이녀
乃在洞庭之南, 내재동정지남
瀟湘之浦. 소상지포
海水直下萬里深, 해수직하만리심

誰人不言此離苦.	수인불언차리고
日慘慘兮雲冥冥,	일참참혜운명명
猩猩啼煙兮鬼嘯雨,	성성제연혜귀소우
我縱言之將何補.	아종언지장하보
皇穹竊恐不照余之忠誠,	황궁절공부조여지충성
雷憑憑兮欲吼怒.	뢰빙빙혜욕후노
堯舜當之亦禪禹.	요순당지역선우
君失臣兮龍爲魚,	군실신혜룡위어
權歸臣兮鼠變虎.	권귀신혜서변호
或云,	혹운
堯幽囚,	요유수
舜野死,	순야사
九疑聯綿皆相似.	구의련면개상사
重瞳孤墳竟何是.	중동고분경하시
帝子泣兮綠雲間,	제자읍혜록운간
隨風波兮去無還.	수풍파혜거무환
慟哭兮遠望,	통곡혜원망
見蒼梧之深山.	견창오지심산
蒼梧山崩湘水絶,	창오산붕상수절
竹上之淚乃可滅.	죽상지루내가멸

촉으로 가는 길이 험난하다

아아!
위험하고 높도다.
촉으로 가는 길이 험난하여
푸른 하늘에 오르기보다 어렵구나.
잠총과 어부가
나라를 세운 때가 얼마나 아득한가?
그 후로 사만팔천년 동안
진나라 변새와 인적이 통하지 않았지.
장안 서쪽의 태백산에 새가 다니는 길만 있어
아미산 꼭대기를 가로지를 수 있었는데,
땅이 무너지고 산이 꺾여 장사들이 죽자
그 후에 하늘사다리와 돌다리가 줄줄이 이어졌지.
위로는 여섯 용이 해를 돌리는 높은 산이 있고
아래로는 부닥치는 물결이 꺾여서 도는 강이 있으니,
황학이 날아도 오히려 지나갈 수 없고
원숭이가 건너려 해도 더위잡고 오를 일을 근심하지.
청니령은 어찌 그리 꼬불꼬불한가?
백 걸음에 아홉 굽이 바위산을 휘감는데,
삼성參星을 만지고 정성井星을 지나면서 위를 쳐다보고는 숨을 죽이고
손으로 가슴 쓰다듬으며 앉아서 길게 탄식하지.
그대에게 묻노니 서쪽에서 노닐다 언제 돌아오려는가?
두려운 길과 가파른 바위는 오를 수 없는데다,
다만 보이는 건 슬픈 새가 오래된 나무에서 울며
암수가 따라 날며 숲 사이를 도는 것뿐이고,

또 들리는 건 두견새가 달밤에 울며
빈산을 슬퍼하는 것뿐인데.
촉으로 가는 길이 험난하여
푸른 하늘에 오르기보다 어려우니,
사람이 이 말을 들으면 젊은 얼굴이 시들어 버리지.
이어진 봉우리는 하늘까지 한 자도 채 되지 않고
마른 소나무는 거꾸로 걸려 절벽에 기대있으며,
급한 여울과 거센 물줄기는 다투어 소리치고
물이 부딪치는 벼랑과 구르는 돌로 만 골짜기에 천둥이 치지.
그 험준함이 이와 같은데
아아 그대 먼 길 가는 이는 어찌 가려는가?
검각은 뾰족하고 우뚝하여
한 사람이 관문을 막고 있으면
만 사람이라도 열 수가 없으니,
지키는 자가 혹시라도 친한 이가 아니면
이리나 승냥이로 변한다지.
아침에는 사나운 호랑이를 피하고
저녁에는 긴 뱀을 피해야 하니,
이를 갈아 피를 빨고
죽은 사람이 삼처럼 어지러이 널려 있어서이지.
금성이 비록 즐겁다 하지만
일찌감치 집으로 돌아감만 못하리라.
촉으로 가는 길이 험난하여
푸른 하늘에 오르기보다 어려우니,
몸을 돌려 서쪽 바라보며 길게 탄식하네.

해설

이 시는 촉으로 들어가는 길의 험난함을 노래한 것이다. 시를 지은 배경에 대해서는 여러 가지 설이 있지만 장안에 있던 이백이 촉 땅인 성도로 들어가는 친구를 전송하면서 지은 것이라는 설이 그래도 타당한 것으로 보인다. 대체로 그 길이 험난하다는 것을 말해 만류하는 뜻을 드러내었다.

촉으로 가는 길이 험난하여 하늘을 오르기보다 어렵다고 하였다. 얼마나 험난한지를 역사적인 이야기로부터 시작한다. 잠총은 촉 땅에 나라를 세운 군주이고 어부는 세 번째 왕인데 그 후로 사만팔천년 동안 중원과 사람의 왕래가 없었다. 사만팔천년이란 숫자는 역사기록에 나오지 않는데 이백 특유의 과장을 볼 수 있다. 중원에서 가려면 태백산을 지나가야 하는데 그곳에는 오직 새가 날아다닐 수 있는 길만 있을 뿐 사람이 다니는 길은 없어서 지나갈 수가 없었다.

하지만 진秦나라 혜왕 때 드디어 길이 열리게 된다. 혜왕은 촉 땅의 왕이 여색을 밝힌다는 사실을 알고는 미인계를 쓰기 위해서 다섯 미인을 선발하여 촉에 시집보내도록 하였다. 촉에서는 다섯 장정을 보내 그들을 맞이하게 하였다. 돌아오는 도중에 재동이라는 곳에 이르러 큰 뱀 한 마리가 굴속으로 들어가는 것을 발견하였는데, 다섯 장정이 힘을 합쳐 뱀의 꼬리를 잡아당기니 산이 무너져버렸다. 이때 다섯 장정과 다섯 여인은 모두 깔려죽었고, 이로부터 산이 다섯 개의 고개로 나뉘어졌다고 한다.

이런 일이 있고난 뒤 가파른 절벽에 하늘을 오를듯한 사다리를 만들고 벼랑에 돌로 잔도를 건설하여 겨우 지나갈 수 있게 되었다. 하지만 여전히 위험하고 가파르다. 바로 위에는 해를 실은 수레를 끄는 여섯 용이 돌아갈 수밖에 없는 높은 산이 있고 아래로는 이리저리 부닥치며 휘감아 도는 강이 있어, 황학도 날아서 지나갈 수 없고 높은 곳을 잘 오르는 원숭이도 감히 뛰어오르지 못한다. 게다가 청니령의 고개는 꼬불꼬불한 것은 둘째 치고 너무 높아서 마치 별을 만질 수 있을 듯하니, 지나가는 사람이 그곳을 올려다보고는 가지 못하고 앉아서 탄식만 한다. 지나가는 사람은 없고 그저 슬피 우는 새만 있을 뿐이다.

이런 말을 들으면 힘이 펄펄 솟는 붉은 얼굴의 젊은이도 새파랗게 질릴 수밖에 없다. 위로는 봉우리가 높아서 하늘까지의 거리가 한 자도 채 되지 않고 소나무도 위로 자라지 못하고 거꾸로 걸려 있으며, 아래로는 거센 물줄기가 벼랑을 치고 돌을 굴려 그 소리가 마치 우레가 치는 듯하다. 이런 험한 곳을 어찌 지나갈 것인가?

검각은 중원에서 촉 땅으로 들어가는 관문이다. 양쪽 산줄기 사이에 그래도 좀 지세가 낮아서 사람들이 지나갈 만하지만, 좁아서 겨우 한사람만 지나갈 수 있다. 만일 누군가 그곳을 지키고 있으면 만 명이 있어도 당해낼 수가 없다. 그래서 예로부터 황제의 친척이 아니면 그곳을 지키도록 하지 않았다. 만일 반역의 뜻을 가진다면 도저히 뺏을 수 없으며, 지나가는 이를 해코지할 것이기 때문이다. 지금 그곳을 지키는 이가 순순히 지나가게 할지는 모를 일이다. 게다가 사나운 호랑이와 긴 뱀도 있어 사람을 마구 죽여 버린다. 금성은 촉 땅에서 가장 큰 도회지로 지금의 성도이다. 그곳에 아무리 즐거운 일이 많다고 한들 가는 길이 험난하고 죽을지도 모르니 차라리 일찌감치 집으로 돌아가는 것이 낫다. 그저 서쪽에 있는 촉 땅을 바라보며 탄식할 뿐이다.

장안에 있던 이백이 당시 비서감으로 있던 하지장에게 이 시를 보여주자 감탄하면서 이백의 손을 이끌고 주점에 가서 술을 마시며 이야기를 나눴다고 한다. 당시 술을 잘 마시기로 유명한 하지장이 허리에 차고 있던 금거북이를 풀러 술을 사 같이 마셨으며 그의 신선 같은 풍모를 보고는 '적선인謫仙人' 즉 '하늘나라에서 쫓겨난 신선'이라는 별명을 지어주었다. 또 이 일을 계기로 현종에게 추천하였으니 이백이 자신의 이름을 만방에 드날릴 수 있는 기념비적인 작품이라 할 수 있다.

마치 험난한 촉 땅의 길을 시각적으로 보여주는 듯이 매 구절마다 글자 수를 달리하여 울퉁불퉁하게 하였다. 그리고 험난함을 묘사하는 여러 경물들의 표현은 감히 누구도 흉내 낼 수 없을 것이다. 이백 역시 25세 즈음에 촉 땅에서 나와 장안으로 오면서 이러한 경관을 직접 보기도 했겠지만, 이런 작품을 지을 수 있다는 건 진정 인간의 능력이 아닌 신선의 능력일 것이다.

蜀道難 촉도난

噫吁嚱,	희우희
危乎高哉.	위호고재
蜀道之難,	촉도지난
難於上靑天.	난어상청천
蠶叢及魚鳧,	잠총급어부
開國何茫然.	개국하망연
爾來四萬八千歲,	이래사만팔천세
不與秦塞通人煙.	불여진새통인연
西當太白有鳥道,	서당태백유조도
可以橫絶峨眉巓.	가이횡절아미전
地崩山摧壯士死,	지붕산최장사사
然後天梯石棧相鉤連.	연후천제석잔상구련
上有六龍回日之高標,	상유육룡회일지고표
下有衝波逆折之回川.	하유충파역절지회천
黃鶴之飛尙不得過,	황학지비상부득과
猿猱欲度愁攀援.	원노욕도수반원
靑泥何盤盤,	청니하반반
百步九折縈巖巒.	백보구절영암만
捫參歷井仰脅息,	문삼력정앙협식
以手撫膺坐長嘆.	이수무응좌장탄
問君西遊何時還,	문군서유하시환
畏途巉巖不可攀.	외도참암불가반
但見悲鳥號古木,	단견비조호고목
雄飛雌從繞林間.	웅비자종요림간
又聞子規啼夜月,	우문자규제야월

愁空山.	수공산
蜀道之難,	촉도지난
難於上靑天,	난어상청천
使人聽此凋朱顔.	사인청차조주안
連峰去天不盈尺,	련봉거천불영척
枯松倒挂倚絶壁.	고송도괘의절벽
飛湍瀑流爭喧豗,	비단폭류쟁훤회
砯崖轉石萬壑雷.	빙애전석만학뢰
其險也若此,	기험야약차
嗟爾遠道之人胡爲乎來哉.	차이원도지인호위호래재
劍閣崢嶸而崔嵬,	검각쟁영이최외
一夫當關,	일부당관
萬夫莫開.	만부막개
所守或匪親,	소수혹비친
化爲狼與豺.	화위랑여시
朝避猛虎,	조피맹호
夕避長蛇,	석피장사
磨牙吮血,	마아연혈
殺人如麻.	살인여마
錦城雖云樂,	금성수운락
不如早還家.	불여조환가
蜀道之難,	촉도지난
難於上靑天,	난어상청천
側身西望長咨嗟.	측신서망장자차

양보의 노래

길게 〈양보의 노래〉를 부르는데
언제 따뜻한 봄을 볼 수 있을까?
그대는 보지 못했는가?
조가의 백정 늙은이 강태공이 극진을 떠나
나이 여든에 서쪽으로 와서 위수에서 낚시질했던 사실을.
어찌 맑은 물에 비친 백발을 부끄러워했으랴?
때를 만나면 씩씩한 기운으로 천하 경영을 생각하려 했으니.
삼천육백일 오래도록 낚시를 펼쳐놓았다가
뛰어난 풍도로 어느새 문왕과 가까이 하였지.
큰 현인의 변신은 어리석은 자가 헤아릴 수 없는 법이니
당시에는 퍽이나 평범한 사람과 같았지.
그대는 보지 못했는가?
고양의 술주정뱅이 역이기가 초야에서 일어나
산동의 콧대 높은 유방에게 길게 읍만 했던 사실을.
문에 들어서 절도 하지 않고서 웅변을 토해내니
유방은 발 씻기던 두 시녀를 물리치고 바람같이 달려왔지.
동쪽으로 제나라 성 일흔 두 곳을 함락시키며
날리는 쑥대처럼 초나라와 한나라를 지휘했으니,
미치광이가 제멋대로였어도 오히려 이와 같았는데
하물며 여러 영웅을 감당할 장사는 어떻겠는가?
내가 용을 더위잡고서 밝은 군주를 알현하려는데
우레신이 큰 소리로 하늘 북을 울리고,
천제 곁에 투호하는 옥녀가 많아서,
하늘이 아침점심저녁으로 크게 웃어대며 번개를 쳐

번쩍번쩍 어둠속에서 비바람을 일으키는구나.
구중궁궐 문을 들어갈 수 없어
이마로 닫힌 문을 두드리니 문지기가 화를 내네.
밝은 태양은 내 정성을 비추지 않고
기나라에서 일 없이 하늘 무너질까 걱정하는 꼴과 같지만,
알유가 이빨을 갈며 사람고기를 다투어도
추우는 살아있는 풀줄기도 꺾지 않는 법이지.
나는 손으로 날아다니는 원숭이도 잡고 사나운 호랑이도 때려잡으며
높은 초원焦原의 바위에 발을 옆으로 해서 올라서도 힘들다고 하지
않는데,
지혜로운 자는 뜻을 감추고 숨을 수 있지만 어리석은 자는 호기만
부리니
지금 세상 사람들은 나를 기러기 털처럼 업신여기는구나.
힘으로 남산을 밀어낼 수 있는 세 명의 장사를
제나라 재상이 죽일 때 복숭아 두 개만 썼고,
오나라와 초나라가 군대를 동원하면서 극맹을 얻지 못했으니
주아부는 "너희는 헛수고하고 있다"고 비웃었지.
〈양보의 노래〉
그 소리가 정말로 슬프구나.
용의 정기를 가진 장화의 두 검처럼
신령스런 물건은 합쳐질 때가 있고,
바람과 구름이 감응하여 만나면 백정과 낚시꾼을 일으키니
큰 인물은 불안하더라도 마땅히 편안하게 여겨야 하리라.

해설

'양보'는 태산 부근에 있는 산의 이름이다. 장형의 〈네 가지 근심을 읊은 시四
愁詩〉에 "내가 그리워하는 이가 태산에 있는데, 가서 그를 따르고자 하지만 양

보산이 험하구나.(我所思兮在泰山, 欲往從之梁父艱.)"라고 표현하였는데 이는 군주
를 잘 보좌하고 싶지만 간신들의 농간으로 인해 좌절된 상황을 비유한 것이다.
제갈양이 유비를 만나기 전에 고향에서 농사를 지으며 은거하고 있을 때 〈양
보의 노래〉를 잘하였다고 하는데 이백의 이 시는 그 노래를 본 떠 지은 것으
로 보인다.

　이 시는 여러 가지 역사 사실과 신화 전설 이야기 등을 엮으면서 자신의 상
황을 끼워 넣어 그 구조가 복잡하지만 비유가 적절하여 문맥이 자연스럽게 연
결되어 있다. 그리고 자신의 뛰어난 재능을 인정받지 못해 안타까워하지만 언
젠가는 역사의 여러 영웅들처럼 뜻을 펼칠 날이 올 것이라는 희망을 절절하게
느낄 수 있다.

　이백이 지금 자신의 뜻을 펼쳐 군주를 보좌하지 못하는 상황을 안타까워하
며 〈양보의 노래〉를 부르면서 햇볕이 따스하게 비치는 봄, 즉 군주의 은택을
받는 상황이 언제 올지 기다리고 있다. 그러고는 어려운 상황을 견디다가 마침
내 자신의 재주를 알아봐주는 군주를 만나 자신의 뜻을 펼쳐 큰 업적을 이루고
역사에 이름을 남긴 강태공과 역이기의 이야기를 말한다.

　강태공은 50세가 되었을 때 극진에서 음식을 팔았고 70세에는 조가에서 백
정질을 하며 가축을 잡았다. 그러다가 위수로 옮겨서 낚시질을 하며 90세가
될 때까지 세월을 보냈지만 그는 자신이 늙은 것을 결코 부끄러워하지 않았으
며, 언젠가 때를 만나면 씩씩한 기운으로 세상을 경영할 것이라 생각했다. 마침
내 문왕을 만나 그의 스승이 되었으며 정사를 도와서 주나라를 번영하게 하였
다. 호랑이가 자라면서 털갈이를 하면 그 무늬가 아주 아름답게 변한다고 하는
데 이처럼 강태공이 장사치, 백정, 낚시꾼으로 있다가 천자의 스승, 일국의 재
상이 될 줄 누가 짐작했겠는가? 더구나 아주 평범한 사람처럼 보였는데.

　예로부터 코가 높으면 큰 인물이 될 것이라고 했는데, 한나라의 유방도 코가
커서 '융절공隆準公'이라고 불렸다. 역이기는 고양의 술주정뱅이였는데 유방이
큰 인물임을 알고는 만나서 유세하려고 했다. 당시 유방은 침상에 걸터앉아
두 시녀로 하여금 발을 씻게 하고 있었는데, 역이기가 높은 사람인 유방에게
절은 하지 않고 평범한 사람에게 하는 인사인 읍만 하고서는 "그대가 반드시
무도한 진나라를 토벌하고자 한다면 걸터앉은 채로 나를 맞이해서는 안 되오."
라고 하니, 유방은 발 씻던 시녀들을 물리치고 얼른 나아가 그의 이야기를 들었

다. 그 뒤 유방은 역이기의 정책을 수용하여 제나라의 성 일흔두 개를 함락했으며 당시 천하를 양분하던 한나라와 초나라의 관계에서 자신의 뜻을 마음껏 펼쳤다. 술주정뱅이에 미치광이라고 불리던 역이기였지만 유방은 그 능력을 인정하고 발탁하였다.

강태공이나 역이기는 모두 평범한 사람에 불과한 것으로 보였지만 문왕이나 유방은 그들의 재능을 알아보고 적극적으로 발탁하였고 이들은 모두 역사에 남을만한 공적을 세웠다. 하물며 이미 재능이 뛰어나다고 알려진 사람은 어떻게 대해야 하겠는가? 여기서 이백은 이제 자신의 이야기를 한다. 자신이 바로 이미 재능이 뛰어나다고 알려진 사람이기 때문이다. 물론 이건 이백 자신의 생각일 뿐이다. 하지만 적어도 이백은 자신에 대한 자부심이 대단했다.

자신이 보기에 낚시하던 강태공이나 술주정뱅이 역이기보다 훨씬 더 뛰어난 사람이기에 이백은 당연히 황제의 융숭한 대접을 받을 줄 알았다. 하지만 현실은 다르다. 궁궐로 찾아가니 황제의 위세는 우레가 치는 듯하고 여러 궁녀들과 함께 투호를 하며 즐겁게 노닐고 있는데, 어느 누구의 접근도 허용하지 않고 환락만을 추구하고 있다. 그 모습은 마치 하늘이 번개를 치고 비바람을 일으키는 듯하니 주위 사람에게는 공포감을 심어주기까지 한다. 이백이 궁궐문으로 들어가려고 문을 두드리니 문지기조차 자신을 얕잡아보고 들여 보내주지 않는다. 아아 어찌하여 하늘은 내 정성을 알아주지 못하는가? 이 나라가 장차 어떻게 되려는 것인가? 황제는 잘못함이 없지만 그 옆에서 보좌하는 신하들이 잘못하고 있는 것은 아닌가? 혹자는 이런 걱정이 기우에 불과하다고 할지라도 이백의 마음은 진정이다. 이러한 현실에 이백은 타협하려고 하지 않는다. 알유와 추우는 모두 전설 속의 동물인데, 알유는 도가 있는 군주를 만나면 숨어버리고 무도한 군주를 만나면 나타나 사람을 잡아먹는다고 하는 식인동물이고 추우는 살아 있는 생명체는 먹지 않는 의로운 동물이다. 지금 황제 곁에는 알유 같은 신하만 있고 추우 같은 신하는 없어 이백과 같은 인물이 등용되지 못하고 있지만, 이백은 알유가 되기 보다는 추우 같은 인물이 되고자 한다.

이백 나는 어떤 인물인가? 날 듯이 날쌘 원숭이도 손으로 잡을 수 있고 사나운 호랑이도 맨손으로 때려잡으며, 까마득히 높이 있어 누구도 감히 범접하지 못한다는 초원의 바위에 올라서서 발을 옆으로 놀리며 재주를 부려도 무서워하지 않는다. 하지만 세상의 어리석은 자는 스스로 뻐기면서 이러한 능력을 가진 나를 기러기 털보다도 가볍게 여기고 있다.

　이백은 여기서 또 다른 영웅의 고사를 인용하고 있다. 하나는 제나라의 안영이 복숭아 두 개로 세 장사를 죽인 이야기이다. 공손접, 전개강, 고야자가 제나라 경공을 섬겼는데 용맹했지만 무례했다. 안영이 경공에게 청하기를, 복숭아 두 개를 보내고서 세 사람 중 공적이 더 많은 사람이 먹도록 하였다. 공손접은 "나는 큰 멧돼지와 새끼 낳은 어미 호랑이와 싸워 이겼으니 이 복숭아를 먹을 수 있다."고 하면서 복숭아를 하나 잡았다. 전개강은 "나는 병기를 들고 적의 삼군을 물리친 것이 두 번이었으니 이 복숭아를 먹을 수 있다."고 하고는 남은 복숭아 하나를 잡았다. 고야자 역시 "나는 일찍이 황하를 건너다가 주군의 수레를 모는 말을 물고 사라진 큰 자라를 죽였는데 사람들이 그 자라를 황하의 신인 하백이라고 하였으니 이 복숭아를 먹을 수 있다."고 하였다. 이 말을 들은 공손접과 전개강은 "용맹함도 그대만 못하고 공도 그대에 미치지 못하네."라고 하면서 복숭아를 돌려주고 자결했다. 고야자도 "나 홀로 살아남으면 어질지 못하다."고 하고는 또한 죽어버렸다. 다른 하나는 서한 주아부와 극맹의 이야기이다. 서한 경제 3년(기원전 155년)에 오·초 7국의 난이 일어나니, 경제는 두영과 주아부를 보내 토벌하도록 하였다. 주아부가 병사를 이끌고 하남에 이르렀을 때 극맹을 얻었다. 이에 기뻐서 말하기를 "오나라와 초나라가 거사를 하면서 극맹을 찾지 않았으니, 그들이 성공할 수 없음을 내가 알겠다."라고 하였다. 이 두 이야기를 통해 이백은 안자와 극맹 같은 인재의 중요성을 말하였으며, 그 인재가 바로 자신임을 말하고 있다.

　하지만 현실은 정말 슬프다. 자신과 같은 인재를 알아주지 않으니. 그러나 이백은 희망을 버리지 않는다. 언젠가는 자신을 알아줄 군주를 만날 것이라는 희망을. 이백이 진심으로 믿는 이야기가 있다. 진(晉)나라 장화가 남두와 견우 사이에 기이한 기운이 있는 것을 보았는데, 그것은 보검의 정기가 하늘에 닿았기 때문이었다. 그 보검이 풍성에 있다는 사실을 뇌환에게서 듣고서 뇌환을 풍성령으로 임명하여 보냈다. 뇌환은 감옥의 바닥을 파다가 명검 두 자루를 찾아내고는, 한 자루는 장화에게 보내고 한 자루는 자신이 보관하였다. 장화가 검을 받은 후 뇌환에게 편지를 써서 "이는 간장이 만든 것이다. 한 쌍을 이루어야 하는 막야의 검은 어찌 오지 않았느냐? 그러나 하늘이 내린 신령스런 물건은 결국에는 합쳐질 것이다."고 했다. 후에 장화는 피살당했고 검의 향방은 아

무도 몰랐다. 뇌환이 죽은 후 그의 아들 뇌화가 그 검을 가지고 다녔는데, 연평
진을 지날 때 검이 갑자기 그의 허리춤에서 나와 강물로 들어가 버렸다. 사람
을 시켜 물속에서 검을 찾게 하였지만 다만 물속에는 커다란 용 두 마리가 있
는 것을 보았을 뿐 검은 찾지 못했다.

　여기서 용의 기운을 가진 보검은 바로 이백과 황제를 비유한다. ≪주역≫ 건
괘乾卦에 따르면 "구름은 용을 따르고 바람은 호랑이를 따른다.(雲從龍, 風從虎.)"
라고 하였는데, 구름과 바람이 만나면 용과 호랑이가 만나게 되어 있다. 영웅이
영웅을 알아보는 법이다. 언젠가 인재를 알아보는 현명한 군주를 만나면, 현명
한 군주의 눈과 귀를 막는 간신배들이 사라지면, 옛날 낚시하던 강태공과 술주
정뱅이 역이기가 뜻을 펼쳤듯이 이백 자신도 훨훨 날아갈 수 있을 것이다. 그
러니 지금 당장 불안하더라도 편한 마음으로 살아가야 하지 않겠는가?

　이백은 자신에 대한 자부심이 대단했으며 그러한 자신감이 있었기에 어려운
현실 속에서도 낙천적인 태도를 견지할 수 있었던 것이다. 언젠가는 좋은 날이
올 것이라는 믿음 속에서.

梁甫吟 양보음

長嘯梁甫吟,	장소양보음
何時見陽春.	하시견양춘
君不見,	군불견
朝歌屠叟辭棘津,	조가도수사극진
八十西來釣渭濱.	팔십서래조위빈
寧羞白髮照淸水,	녕수백발조청수
逢時壯氣思經綸.	봉시장기사경륜
廣張三千六百鉤,	광장삼천육백구
風期暗與文王親.	풍기암여문왕친
大賢虎變愚不測,	대현호변우불측
當年頗似尋常人.	당년파사심상인

君不見,　　　　　　　　군불견
高陽酒徒起草中,　　　　고양주도기초중
長揖山東隆準公.　　　　장읍산동융절공
入門不拜騁雄辯,　　　　입문불배빙웅변
兩女輟洗來趨風.　　　　량녀철세래추풍
東下齊城七十二,　　　　동하제성칠십이
指揮楚漢如旋蓬.　　　　지휘초한여선봉
狂客落魄尙如此,　　　　광객락탁상여차
何況壯士當群雄.　　　　하황장사당군웅
我欲攀龍見明主,　　　　아욕반룡견명주
雷公砰訇震天鼓.　　　　뢰공팽굉진천고
帝旁投壺多玉女,　　　　제방투호다옥녀
三時大笑開電光,　　　　삼시대소개전광
倏爍晦冥起風雨.　　　　숙삭회명기풍우
閶闔九門不可通,　　　　창합구문불가통
以額扣關閽者怒.　　　　이액구관혼자노
白日不照吾精誠,　　　　백일부조오정성
杞國無事憂天傾.　　　　기국무사우천경
猰貐磨牙競人肉,　　　　알유마아경인육
騶虞不折生草莖.　　　　추우부절생초경
手接飛猱搏彫虎,　　　　수접비노박조호
側足焦原未言苦.　　　　측족초원미언고
智者可卷愚者豪,　　　　지자가권우자호
世人見我輕鴻毛.　　　　세인견아경홍모
力排南山三壯士,　　　　력배남산삼장사
齊相殺之費二桃.　　　　제상살지비이도
吳楚弄兵無劇孟,　　　　오초롱병무극맹

亞夫咍爾爲徒勞.　　　아부해이위도로
梁甫吟,　　　　　　　양보음
聲正悲.　　　　　　　성정비
張公兩龍劍,　　　　　장공량룡검
神物合有時.　　　　　신물합유시
風雲感會起屠釣,　　　풍운감회기도조
大人岉岮當安之.　　　대인얼올당안지

까마귀가 밤에 울다

누런 구름 이는 성가에 까마귀가 깃들이려고
돌아와 날며 아악아악 나뭇가지 위에서 우네.
베틀에서 비단 짜던 진천의 여인은
어슴푸레 안개 같은 푸른 비단 창 너머로 말을 하다가,
북을 멈추고 멀리 떠난 임을 서글피 그리워하니
외로운 방에서 홀로 자다 눈물이 비 오듯 흐르네.

해설

　이 시는 한나라 민가인 악부시를 본 떠 지은 것이다. 내용과 형식이 소박하고 진솔하여 작가의 정감을 그대로 느낄 수 있다. 까마귀가 우리나라에서는 나쁜 징조를 상징하지만 중국에서는 그냥 밤에 우는 일반적인 새이고 때로는 좋은 징조를 상징하기도 한다.

　하늘에 구름이 누렇다는 건 해질녘 노을이 든 구름을 가리킨다. 하지만 대체로 노을을 자줏빛으로 표현하는데 누렇다고 한 것은 무엇일까? 그래서 서역 변방의 사막 모래나 전장의 먼지로 인해 누렇게 변했다는 설도 있다. 일리가 있어 보인다. 아래 구절에 보이는 진천의 여인은 춘추전국시대 진秦나라의 소혜를 가리키기 때문이다. 그녀는 진주자사 두도의 처이다. 두도가 서역변방으로 간 뒤 소혜는 그를 그리워하며 비단에 회문선도시, 즉 처음과 끝이 정해진 시가 아니라 빙빙 돌려가며 어디서 시작해 읽어도 뜻이 통하는 시를 수놓아 두도에게 부쳤는데, 그 내용이 매우 애처로웠다고 한다. 멀리 변방이나 전장으로 떠난 임을 그리워하는 여인이기에 구름도 누렇게 보일 수가 있겠다.

　까마귀가 둥지에 깃들이려고 하는 걸 보니 저녁일 터이다. 새가 저녁에 둥지로 찾아가는 건 만물이 제자리에서 안식을 취한다는 뜻이다. 멀리 떠난 낭군도 당연히 돌아와야 한다. 하지만 그렇지 않은 상황에서 무심한 까마귀는 아악아악 울어댄다.

　베를 짜며 일하던 여인은 갑자기 창 너머에서 인기척이 있기에 혹 낭군이 왔는지 또는 낭군의 소식을 전하는 이가 왔는지 말을 해본다. 하지만 아무런 대답이 없다. 오늘도 아무 소식이 없으니 언제 돌아올지 모르는 낭군을 기다리는 자신의 신세가 처량하기 짝이 없다. 아무도 없는 빈 방에서 자다가도 눈물을 흘린다. 비록 낭군에 대한 그리움은 아니지만 멀리 떠나는 이에 대한 그리움으로 이백은 "그대에 대한 그리움은 밤낮 없이 긴 강물처럼 동쪽으로 흘러가겠지.(相思無晝夜, 東注似長川.)"라고 읊기도 하였다.

　여기서 진천의 여인은 아마도 이백 자신의 부인을 염두에 두고 썼을 수도 있다. 다른 문인에 비해 이백은 부인을 그리워하며 쓴 시가 많아서 이십여 수 남아있으며, 그 감정이 매우 절절하다. 하지만 이백의 시에서 대체로 임을 그리워하는 여인은 황제를 향한 이백 자신을 비유하기도 한다. 궁궐에서 쫓겨나 있으면서도 언제 황제가 자신을 다시 불러줄까 기다리는 심정으로 말이다.

烏夜啼 오야제

黃雲城邊烏欲棲,　　황운성변오욕서
歸飛啞啞枝上啼.　　귀비아아지상제
機中織錦秦川女,　　기중직금진천녀
碧紗如烟隔窗語.　　벽사여연격창어
停梭悵然憶遠人,　　정사창연억원인
獨宿孤房淚如雨.　　독숙고방루여우

술을 드시오

그대는 보지 못했는가?
황하의 물이 하늘 위에서 내려와
치달려 바다로 가고는 다시 돌아오지 않는 것을.
그대는 보지 못했는가?
높은 집에서 맑은 거울의 흰 머리를 슬퍼하니
아침엔 검푸른 실 같더니 저녁엔 흰 눈이 된 것을.
인생에서 뜻을 이루면 즐거움을 다해야 하니
금빛 술동이가 빈 채로 달을 대하게 해서는 안 되리.
하늘이 내린 나의 재주는 반드시 쓰임이 있을 것이고
천금의 돈을 흩뿌려 다 써도 다시 돌아올 것이니,
양을 삶고 소를 잡아 잠시 즐기고
모름지기 한 번에 삼백 잔은 마셔야지.
잠부자
단구생이여,
술을 드시오
그대들은 멈추지 마시오.
그대들에게 한 곡조 노래하리니
부디 그대들은 날 위해 귀 기울여 들으시게.
종 치고 북 치는 호사스런 음악과 진귀한 음식 귀할 게 없으니
다만 늘 취하기를 바랄 뿐 깨어있기를 바라지는 않네.
예로부터 성현들은 모두 적막해졌지만
오직 술 마신 자만이 그 이름을 남겼지.
진왕 조식은 옛날 평락관에서 잔치하면서
만 말의 술을 마음껏 즐겼으니,

주인이 어찌 돈이 모자란다고 말하겠는가?
응당 곧장 술을 사와 그대들과 마주하고 마셔야지.
다섯 꽃무늬의 명마와
천금의 갖옷,
아이 불러서 가지고 나가서 좋은 술로 바꿔오게 하여
그대들과 함께 만고의 근심을 녹이리라.

해설

이 시는 권주가 즉 상대방에게 술을 권하는 내용의 노래이다. 이백이 술과 달의 시인이라고 하는데 술과 관련해서 가장 유명한 시 중의 하나이다. 그 이유로는 이백 특유의 낭만적인 서정이 잘 펼쳐져 있을 뿐만 아니라 이백 사고의 큰 규모와 호방함이 잘 드러나 있기 때문이다.

시의 첫머리가 바로 전형적인 예이다. 중국에서 가장 큰 강이 황하인데 예로부터 서쪽에 신선들이 산다는 곤륜산에서 내려온다고 믿었다. 하늘 끝에서 내려오는 황하가 동쪽으로 끊임없이 치달려 바다로 간다. 그리고 다시는 돌아오지 않는다. 이 두 구절에서 이백은 거대한 중국을 순식간에 횡단해버린다. 하늘 끝에서 바다로, 서쪽 끝에서 동쪽 끝으로. 광활한 천지를 단숨에 지나가버리니 그 규모가 대단하다. 이백은 다른 시에서 "황하가 하늘에서 떨어져 동해로 달리다가 만 리를 흘러 그대의 가슴속으로 쏟아져 들어간다.(黃河落天走東海, 萬里寫入胸懷間.)"라고 하였는데 이백 자신의 가슴 속에도 이런 황하가 들어가 있기에 이런 말을 할 수 있지 않을까 생각된다. 하지만 여기서는 이러한 광대한 기상만 느껴지는 것이 아니라 속도감 또한 대단하다. 이 속도감은 무엇인가? 바로 한번 지나가면 다시 돌아오지 않는 세월의 빠름이다. 그래서 아침에는 검푸르던 머리칼이 저녁에는 눈처럼 하얗게 된 것을 슬퍼하는 것이다. 황하의 흐름이 우주의 시간과 맞먹는 반면 인간의 생애는 겨우 하루에 불과할 뿐이다. 정말 초라하고 보잘 것 없는 존재가 인간이다.

그러니 인간은 무엇을 해야 하는가? 카르페 디엠. 이 순간을 즐겨야 한다. 부귀영화와 높은 관직을 이루어야 뜻을 이룬 것 같지만 이 모든 것은 일장춘몽일 따름이다. 오히려 하루하루 즐겁게 노니는 것이 인생의 목표를 달성한 것이

리라. 지금 당장 내가 관직에 나가 업적을 세우지 않더라도 걱정할 필요가 없
다. 내가 가진 재능은 하늘이 준 것이니 하늘의 뜻대로 언젠가는 사용될 것이
다. 그리고 돈이라는 것은 돌고 도는 것이니 지금 다 써버려도 언젠가는 다시
돌아오게 되어 있다. 그러니 내 재능이 쓰이지 않는다고 조급해할 것도 아니고
노후를 위해 재산을 아낄 필요도 없다. 지금 당장 양도 삶고 소도 잡아서 술을
마시며 즐겨야 한다. 술을 마셔도 삼백 잔은 마셔야 한다. '회수일음삼백배' 이
백의 술을 단적으로 표현하는 시 구절이다. '삼백'이라는 숫자는 '많다'는 상징
적인 의미만을 가질 뿐 실제 숫자를 의미하지는 않는다. 어떤 연구자는 이 말
을 근거로 당시 술은 맑았다는 둥 술잔의 크기가 작았다는 둥 여러 설을 내놓
지만 의미가 없다.

　잠부자는 이백의 친구인 잠훈이고 단구생은 또 다른 친구이자 도사인 원단
구이다. 이들을 초청해서 한잔 거나하게 하면서 이백이 노래를 한 곡조 한다.
자신이 평소 귀하게 여기는 바는 호사스런 음악이나 진귀한 음식이 아니고 그
저 계속 취해 있는 것이다. 예로부터 많은 성현이 있었지만 그들은 결국 죽어
버렸으며 아무도 그 이름을 기억하지 못한다. 하지만 술을 마신 자만은 이름을
남겼다. 물론 이러한 주장은 이백의 주관적인 생각이지만 이백에게는 지금 당
장 술을 마시며 즐기는 것이 더 중요하다고 생각했던 듯하다. 그렇게 술을 마
셔 이름을 남긴 이로 진왕 또는 진사왕이라고 하는 조식을 들었다. 그는 평락
관에서 잔치를 하며 고급 안주에 비싼 술을 마음껏 즐겼다. 모름지기 이렇게
마시고 즐겨야 역사에 이름을 남길 것이다. 어찌 돈이 부족하다가 말하는가?
다섯 꽃무늬가 있는 명마와 고급 갖옷을 팔아다가 술을 마련해야 한다. 요즘의
물건으로 말하자면 고급 외제차와 밍크코트를 팔아서 술을 마시겠다는 것이다.
그 술을 마시며 지금 가지고 있는 근심, 천년의 긴 세월동안 인간이 해 왔던
근본적인 근심, 부귀영화를 누리기 위해 모든 것을 희생하며 살았던 인간들의
근심, 하루살이 같은 인간의 덧없는 삶에 대한 근심, 이런 모든 근심을 싹 없애
버려야 할 것이다.

　이백은 젊었을 때 하루에 만금을 써버렸다고 한다. 이 시는 만년에 지은 것
으로 보이는데 그 기상만은 여전히 가지고 있는 듯하다. 하지만 지금 당장 즐
기며 놀아야 한다는 호기로운 말 뒤에는 천고의 시름을 짊어지고 있는 어두운
면이 보이니 이백은 그렇게 즐겁기만 한 사람은 아니었다.

將進酒 장진주

君不見,	군불견
黃河之水天上來,	황하지수천상래
奔流到海不復回.	분류도해불부회
君不見,	군불견
高堂明鏡悲白髮,	고당명경비백발
朝如靑絲暮成雪.	조여청사모성설
人生得意須盡歡,	인생득의수진환
莫使金樽空對月.	막사금준공대월
天生我材必有用,	천생아재필유용
千金散盡還復來.	천금산진환부래
烹羊宰牛且爲樂,	팽양재우차위락
會須一飮三百杯.	회수일음삼백배
岑夫子	잠부자
丹丘生,	단구생
將進酒	장진주
君莫停.	군막정
與君歌一曲,	여군가일곡
請君爲我傾耳聽.	청군위아경이청
鐘鼓饌玉不足貴,	종고찬옥부족귀
但願長醉不願醒.	단원장취불원성
古來聖賢皆寂寞,	고래성현개적막
惟有飮者留其名.	유유음자류기명
陳王昔時宴平樂,	진왕석시연평락
斗酒十千恣歡謔.	두주십천자환학
主人何爲言少錢,	주인하위언소전

徑須沽取對君酌.　　경수고취대군작
五花馬,　　　　　　오화마
千金裘,　　　　　　천금구
呼兒將出換美酒,　　호아장출환미주
與爾同銷萬古愁.　　여이동소만고수

천마는 월지국의 굴에서 나온 것으로
등은 호랑이 무늬이고 골격은 용의 날개인데,
푸른 구름 속에서 히힝 거리고
녹색 갈기를 떨치며,
이마의 힘줄은 비범해서 사라지듯 내달렸지.
곤륜산을 올라
세상 서쪽 끝을 지나는데
네 발은 한 번도 헛디디질 않으며,
닭이 울 때 연 땅에서 갈기를 빗고 해질녘에 월 땅에서 꼴을 먹으니,
신령이 지나간 듯 번개가 치는 듯 발길이 보이지 않았지.
천마가 울면서
비룡처럼 내달렸지.
눈은 샛별처럼 빛나고 가슴에는 한 쌍의 오리모양 근육,
꼬리는 유성 같고 머리는 물 퍼 올리는 수통 같으며,
입에서는 붉은 빛을 뿜고 가슴팍의 땀도 붉지.
일찍이 당시의 용을 모시고 하늘 길을 뛰면서
머리의 금장식 끈이 황제의 도성을 비추고,
뛰어난 기상 씩씩하여 천하를 넘어갔으니,
산처럼 쌓은 흰 옥으로도 누가 감히 살 수 있었으랴?
고개 돌려 훌륭한 말인 자연마를 비웃었으니
그저 너희들이 어리석다고 느껴질 뿐이었지.
천마가 내달리며
임금의 수레를 그리워하는데,
재갈을 당기자 날아오르니 뜬구름이 뒤집히는구나.

만 리를 달리다 머뭇거리며
저 멀리 대궐문을 바라보는데,
말을 잘 알아보는 한풍자를 못 만났으니
누가 사라지는 태양처럼 날쌘 말의 후손을 가려낼까?
흰 구름은 푸른 하늘에 떠 있고
언덕은 먼데,
높다란 소금수레가 가파른 비탈을 오르니,
낑낑대며 억지로 끌면서 날 저물까 두려워하는구나.
백락이 다듬고 쓰다듬었지만 중도에 버려졌고
젊었을 때 힘을 다 쓰고는 늙어서 버림받았으니,
원컨대 전자방을 만나서
측은하게 나를 위해 슬퍼해 주었으면.
비록 옥산의 나무벼가 있다 해도
고통스런 굶주림을 치유할 수 없고,
된서리가 오월 한여름에 내려 계수나무가 시들었기에,
구유에 엎드려 원통한 심사를 품으니 두 눈썹이 처졌구나.
청컨대 그대가 나를 사서 목천자에게 바친다면
여전히 그림자 희롱하며 요지에서 춤추리라.

해설
　'천마'는 하늘을 달리는 말, 하늘이 내린 말 등의 뜻으로 준마를 가리킨다. 이 시는 힘차게 달릴 수 있는 능력이 있어 천자를 모시던 천마가 나이가 들자 소금수레나 끄는 신세로 전락한 것을 애달파하는 내용이다. 물론 여기서 천마는 이백 자신을 비유한다.
　월지국은 서역의 나라 이름으로 명마가 많이 나는 곳이다. 월지국 출신의 천마는 호랑이 무늬가 있는 등에 용의 날개와 같은 골격을 가지고 있어, 여기 있는가 싶으면 어느새 멀리 사라져 버릴 정도로 날래다. 세상 서쪽 끝에 있다는 곤륜산을 지나가도록 한 번도 헛디디질 않고, 새벽에 북쪽의 연 땅에서 갈기를 다듬었다가 저녁이면 어느새 중국 대륙을 종단하여 남쪽 월 땅에서 꼴을 먹으니, 마치 신령이 날아가고 번개가 치는 듯 발걸음이 보이지도 않을 정도로 빨리 달린다. 눈, 가슴, 꼬리, 머리 등이 튼튼하고 영민하게 생겼고 달리면 가슴팍에 피와 같은 땀이 흐른다. 한혈마이다.

이런 천마는 누구를 태웠을까? 당연히 천자이다. 번쩍이는 장식을 하고 뛰어난 기상으로 천하를 내달렸으니 그 가치는 무엇으로도 비견할 수 없다. 아무리 뛰어난 명마라 할지라도 이 천마에 비하면 모두 어리석고 둔하다고 여겼다.

하지만 지금은 천자를 떠나게 되었다. 무슨 일일까? 지금도 천자의 수레를 그리워하면 자기도 모르게 마음이 격분하여 날아오르면 뜬구름이 뒤집어지고, 만 리를 달려보지만 답답한 마음은 사라지지 않는다. 그 이유는 천마의 재능을 알아봐주는 이가 없기 때문이다. 이제 천마는 짐을 가득 실은 소금수레를 힘겹게 끌고 다니는 신세가 되어버렸다. 예전에는 그래도 자신을 알아봐주는 백락을 만나 천자의 수레를 끌었지만 이제는 힘이 다 되었다고, 늙었다고 버림받았다. 본디 관청에서 일하다가 쇠약해져 쓸모가 없어 내쫓긴 말을 보고 "젊었을 때 힘을 다하게 하고 늙어서는 그 몸을 내버리는 것은 어진 이가 할 짓이 아니다."라고 하며 비단을 주고 그 말을 산 전국시대 사람 전자방이 만일 지금 있었다면 소금수레나 끄는 천마를 잘 보살펴 줄 것이다. 하지만 그런 전자방은 천마에게 없다. 이미 상처받은 천마에게 신선의 산에 있는 나무벼를 주어도 굶주림을 해결할 수 없을 것이다. 전혀 예기치도 않게 오뉴월의 된서리를 맞아 항상 푸름을 간직하던 계수나무가 시들었듯이 자신의 절조가 꺾여버렸고 기상도 꺾여 눈썹은 축 처졌다.

이런 천마를 누가 구원해줄 수 있을까? 바로 그대이다. 이백이 이 시를 지어준 자일 것이다. 그자라면 반드시 자신을 구원해서 천자에게 바칠 것이고, 그러면 다시 신선이 사는 곳인 요지에서 춤추며 노닐 수 있을 것이다. 다시 한 번 천자의 수레를 끌 수 있을 것이다. 도와 달라.

시의 전체가 온전히 천마의 이야기로만 되어 있고 이백의 이야기는 전혀 없지만 이 모든 것은 이백의 이야기이다. 뛰어난 재능으로 궁궐에 들어가 한림공봉을 하며 천자를 보필했지만 간신배들의 모략에 빠져 쫓겨나 이리저리 떠돌고 있다. 만일 누군가가 자신을 도와준다면 다시 궁궐로 돌아가 천자를 보필할 수 있을 것이다. 상대방에게 도움을 청하는 내용으로 귀결되기는 하지만 그 기상은 타의 추종을 불허한다. 특히 천마에 대한 핍진한 묘사는 이백의 능력이 진정 하늘이 준 것이라 생각하기에 충분하다.

天馬歌 천마가

天馬來出月支窟,	천마래출월지굴
背爲虎文龍翼骨.	배위호문룡익골
嘶青雲,	시청운
振綠髮,	진록발
蘭筋權奇走滅沒.	란근권기주멸몰
騰崑崙,	등곤륜
歷西極,	력서극
四足無一蹶.	사족무일궐
鷄鳴刷燕晡秣越,	계명쇄연포말월
神行電邁躡恍惚.	신행전매섭황홀
天馬呼,	천마호
飛龍趨,	비룡추
目明長庚臆雙鳧,	목명장경억쌍부
尾如流星首渴烏,	미여류성수갈오
口噴紅光汗溝朱.	구분홍광한구주
曾陪時龍躍天衢,	증배시룡약천구
羈金絡月照皇都.	기금락월조황도
逸氣稜稜凌九區,	일기릉릉릉구구
白璧如山誰敢沽.	백벽여산수감고
回頭笑紫燕,	회두소자연
但覺爾輩愚.	단각이배우

天馬奔,	천마분
戀君軒,	련군헌
駃躍驚矯浮雲翻.	송약경교부운번
萬里足躑躅,	만리족척촉
遙瞻閶闔門.	요첨창합문
不逢寒風子,	불봉한풍자
誰採逸景孫.	수채일영손
白雲在靑天,	백운재청천
丘陵遠,	구릉원
崔嵬鹽車上峻坂,	최외염거상준판
倒行逆施畏日晚.	도행역시외일만
伯樂翦拂中道遺,	백락전불중도유
少盡其力老棄之.	소진기력로기지
願逢田子方,	원봉전자방
惻然爲我悲.	측연위아비
雖有玉山禾,	수유옥산화
不能療苦飢.	불능료고기
嚴霜五月凋桂枝,	엄상오월조계지
伏櫪銜寃摧兩眉.	복력함원최량미
請君贖獻穆天子,	청군속헌목천자
猶堪弄影舞瑤池.	유감롱영무요지

갈 길 험난하다 3수(제1수)

금 단지의 맑은 술은 만 말이고
옥쟁반의 진귀한 음식은 만 전짜리이지만,
잔을 멈추고 젓가락 던진 채 먹지 못하고
칼을 빼들고 사방을 바라보니 마음이 아득하구나.
황하를 건너려 해도 얼음이 강을 막았고
태항산을 오르려 해도 눈으로 하늘이 어둑하네.
한가하면 푸른 시내에서 낚시 드리우다가
홀연히 또 배를 타고서 태양 가로 가는 꿈을 꾸네.
갈 길 험난하구나,
갈 길 험난하구나.
갈림길은 많은데
지금 나는 어디에 있는가?
긴 바람 타고 파도를 깨는 날이 반드시 오리니
곧장 구름 같이 높은 돛 달고 푸른 바다를 건너리라.

해설

　이백은 물질적으로 어려웠던 적이 있기는 했지만 대체로 풍족했던 것으로
보인다. 그것이 부친이 물려준 재산이 많아서인지 혹은 돌아다니는 곳마다 이
백을 환대해서인지는 잘 모르겠지만. 이 시에서도 이백이 가진 술 단지는 금빛
이고 술도 맑은 술이며 만 말이나 있다. 음식을 내놓은 그릇은 옥으로 만든
것이고 음식도 진귀해서 만 전짜리이다. 이러한 호사스런 생활을 하지만 마음
대로 먹지 못한다. 마음이 불편해서이다. 답답함을 못 이기고 칼을 빼들고 사
방을 두리번두리번 돌아보지만 아득한 마음은 풀리지 않는다.(이백이 문인이
기는 하지만 일찍부터 검술을 연마했고 협객의 삶을 연모했기에 그가 검을 가

지고 있었던 것은 아마 사실일 것이다. 다른 기록에는 이백이 장안의 저자에서 사람을 찔렀다는 말도 있다.)

왜일까? 자신이 원하던 삶은 이런 것이 아니기 때문이다. 좋은 술과 비싼 음식을 먹으며 호의호식하는 삶이 아니다. 자신은 넓디넓은 황하를 건너 높디 높은 태항산을 오르고자했다. 이 세상의 가장 높은 곳에 올라 자신의 뜻을 마음껏 펼치고 뛰어난 공적을 세워 역사에 이름을 길이 남기고자했다. 하지만 황하에는 얼음이 있어 배를 타고 갈 수가 없고 태항산에는 눈보라가 쳐서 올라갈 수가 없다. 하릴없이 강태공이 문왕을 기다렸던 것처럼 시내에서 낚시하며 자신을 알아줄 이가 찾아오기를 기다려보면서 꿈을 꾼다. 배를 타고 황하를 건너 태항산에 올라 하늘 위 태양 가로 가는 꿈을. 태양은 천자를 가리킨다.

하지만 그곳으로 가는 길은 험난하다. 험난하다. 너무 험난하다. 갈림길도 많아 어디로 가야 하는지 알 수 없다. 내가 지금 어디 있는지도 모르겠다. 답답할 뿐이다. 하지만 나는 이렇게 답답하게 살 수는 없다. 언젠가는 반드시 황하를 건너갈 날이 올 것이다. 멀리까지 보내줄 바람이 불어오면 곧장 높은 돛을 달고 높은 파도를 깨뜨리며 푸른 바다를 건너 태양으로 올라갈 것이다.

이백은 포기를 모르는 사람이다. 그리고 좌절과 고난을 극복할 줄 아는 사람이다. 그리고 항상 희망을 가지고 있는 사람이다. 그래서 항상 노력하고 노력한다. 불굴의 의지를 가져야 할 것이다. "하늘이 내린 나의 재주는 반드시 쓰임이 있을 것이다."

行路難 三首(其一) 행로난 삼수(기일)

金樽清酒斗十千,　　금준청주두십천
玉盤珍羞直萬錢.　　옥반진수치만전
停杯投筯不能食,　　정배투저불능식
拔劍四顧心茫然.　　발검사고심망연
欲渡黃河冰塞川,　　욕도황하빙색천
將登太行雪暗天.　　장등태항설암천

閑來垂釣碧溪上,　　한래수조벽계상

忽復乘舟夢日邊.　　홀부승주몽일변

行路難,　　　　　　행로난

行路難,　　　　　　행로난

多歧路,　　　　　　다기로

今安在.　　　　　　금안재

長風破浪會有時,　　장풍파랑회유시

直挂雲帆濟滄海.　　직괘운범제창해

앞에 술동이가 있다 2수(제1수)

봄바람이 동쪽에서 문득 불어오니
금 동이의 맑은 술에 잔물결이 일어나네.
떨어진 꽃잎 어지러이 어느새 수북하고,
아름다운 이는 취한 듯 고운 얼굴 불그스레하네.
부잣집의 복숭아꽃과 자두꽃이 얼마나 가겠는가?
흐르는 세월은 사람을 저버려 홀연 쇠락해지는데.
그대 일어나 춤을 추시게
해가 서쪽으로 저무는데.
한창 때의 의기를 굽히려 하지 않을지니
백발이 실같이 되었을 때 한탄한들 무슨 도움이 되리.

해설

　동쪽에서 따뜻한 바람이 불어오는 봄날이다. 갖가지 꽃이 핀 곳에 자리를 잡고 금빛 술동이의 좋은 술을 마시고 있다. 한잔 또 한잔 어느새 꽃잎이 떨어져 옷 위에 수북이 쌓여있고 같이 마시던 친구도 얼굴이 불그스름하다. 무엇 하나 아쉬울 것이 없이 즐겁다. 하지만 그 즐거움 속에 고민이 있다.

　부귀영화라는 것이 얼마나 가겠는가? 아름답다고 하는 봄꽃도 지금 지고나면 사라지는 것을. 청춘의 아름다움도 얼마나 가겠는가? 세월이 지나버리면 늙어 초라해지는 것을. 인생사 다 부질없다. 이 순간을 즐겨야 한다. 지금 오늘의 이 시간도 해가 지려고 하니, 시간이 얼마 남지 않았다. 한잔 마시고 춤을 추고 즐기자. 지금 이때 이러한 호방한 의기를 굽히려 하지 않아야 한다. 늙고 쇠약해져 놀 수 없을 때 한탄해봤자 이미 늦었다.

　젊음의 패기는 무엇이든 할 수 있다. 자기가 하고 싶은 일을 마음껏 할 수 있어야 한다. 미래를 위해 준비하는 일, 힘들고 어렵지만 도전하는 일, 자신의 뜻과 의기를 넓히는 일, 심지어 즐겁게 노는 일까지도. 그래서 옛 사람들은 밤이 되어도 노는 일을 멈추지 않고 촛불을 쥐고 계속 놀았던 것일까?

前有樽酒行 二首(其一) 전유준주행 이수(기일)

春風東來忽相過,　　춘풍동래홀상과
金樽淥酒生微波.　　금준록주생미파
落花紛紛稍覺多,　　낙화분분초각다
美人欲醉朱顔酡.　　미인욕취주안타
青軒桃李能幾何,　　청헌도리능기하
流光欺人忽蹉跎.　　류광기인홀차타
君起舞,　　　　　　군기무
日西夕.　　　　　　일서석
當年意氣不肯傾,　　당년의기불긍경
白髮如絲嘆何益.　　백발여사탄하익

해가 뜨고 지다

태양이 동쪽 모퉁이에서 솟으니
마치 땅 밑에서 나오는 것 같고,
하늘을 지나 다시 바다로 들어가니
여섯 용이 묵는 곳은 어디에 있는가?
시작하고 마치는 그 일을 예로부터 쉬지 않는데
사람이 원기가 아니니
어찌 그것과 더불어 오래도록 다닐 수 있겠는가?
풀은 꽃을 피워주는 봄바람에 감사하지 않고
나무는 낙엽 지게 하는 가을 하늘에 원망하지 않는 법,
누가 채찍을 휘둘러 사계절을 달리게 하는가?
만물이 흥성했다 시드는 것은 모두 절로 그러한 것이지.
희화야,
희화야,
너는 어찌하여 음탕한 물결에 빠졌느냐?
노양공은 무슨 덕이 있다고
해를 멈추려고 창을 휘둘렀느냐?
이는 도를 거스르고 하늘의 이치를 어기는 일이니
그 잘못이 실로 크구나.
나는 자루에 천지를 넣어서
호탕하게 자연의 원기와 동등하게 되리라.

해설
  태양이 동쪽에서 떠서 서쪽으로 진다. 땅 밑에서 솟아나서 하늘을 지난 뒤

땅 밑으로 들어간다. 옛날 사람들은 서쪽에 큰 바다가 있어 그곳에서 해가 쉰다고 생각했다. 그리고 희화라는 사람이 있어 태양을 실은 수레를 여섯 마리의 용이 끌게 하여 매일 하늘을 지나간다고 생각했다. 천지가 만들어지고 난 뒤로 이러한 일은 하루도 어김없이 반복되고 있다. 이것이 자연의 순리이고 이치이다. 이러한 유구한 자연의 시간을 인간은 함께할 수 없다. 왜냐하면 유한한 생명을 가지고 있을 뿐이며 자연의 원기를 가지고 있지 않기 때문이다.

봄이 되면 풀이 꽃을 피우는데 풀이 봄바람에게 고맙다고 생각할까? 가을이면 나무에서 낙엽이 떨어지는데 나무가 가을바람을 원망할까? 꽃이 피고지고 나무가 무성해졌다가 앙상해지는 것은 자연의 이치이다. 고마워하고 원망할 일이 아니다. 고마워한다고 해서 꽃이 영원히 지속되는 것도 아니고 원망한다고 해서 나뭇잎이 떨어지지 않는 것이 아니다. 봄이 가고 여름이 오고, 가을이 가고 겨울이 오는 것, 만물이 무성해졌다가 쇠락해지고 또 무성해지는 것. 이런 것은 누가 시켜서 그렇게 된 것이다 아니다. 그냥 그런 것이다. '자연自然', 절로 그러한 것이다. 이것이 자연의 위대한 이치이고 영원무궁할 수 있는 힘이다. 모름지기 자연의 구성원은 이에 순응하고 받아들여야 한다.

전국시대 초나라의 노양공이 한참 전쟁을 하고 있는데 날이 저물어 더 이상 싸울 수 없게 되었다. 이에 창을 쥐고 하늘을 향해 휘두르니 태양이 별자리 세 개 만큼 되돌아가서 계속 싸울 수 있었다고 한다. 태양이 노양공의 위세에 눌려 뒤로 가 버린 셈이다. 인간의 이기심으로 자연의 이치를 위반한 것이다. 큰 잘못이 아닐 수 없다. 태양을 제대로 운행할 책임이 있는 희화는 어찌하여 이런 잘못을 저질렀는가? 모두가 자연의 순리를 따라야 할 것이다.

나는 어떤 사람이 되어야 할까? 자연의 순리를 따르면 이 우주의 이치를 파악하게 되고 그 운행 원리를 다 섭렵하게 된다. 그렇다면 천지가 바로 내 손 안에 있게 되는 셈이다. 그러면 나는 자연의 원기와 같은 호탕하고 영원무궁한 존재가 될 수 있을 것이다. 태양이 뜨고 지고 꽃이 피었다 지고, 봄여름가을겨울이 순환하는 동안 영원히 존재할 것이다. 내가 바로 우주이고 자연이다. 이백의 호방한 기운이 느껴진다.

영원무궁한 존재가 되는 것. 이것이 이백이 실제 추구하고자 했던 이상이었다. 당시 그가 바랐던 영원한 생명을 비록 얻지는 못했지만, 뛰어난 업적을 세워 역사서에 이름을 영원히 남기지는 못했지만, 그의 빛나는 시가 하늘의 별과 같이 지금까지 반짝이고 있으니 결국 그 이상은 성취된 것이리라.

日出入行 일출입행

日出東方隈,	일출동방우
似從地底來.	사종지저래
歷天又入海,	력천우입해
六龍所舍安在哉.	륙룡소사안재재
其始與終古不息,	기시여종고불식
人非元氣,	인비원기
安得與之久徘徊.	안득여지구배회
草不謝榮於春風,	초불사영어춘풍
木不怨落於秋天,	목불원락어추천
誰揮鞭策驅四運,	수휘편책구사운
萬物興歇皆自然.	만물흥헐개자연
羲和,	희화
羲和,	희화
汝奚汩沒於荒淫之波,	여해골몰어황음지파
魯陽何德,	노양하덕
駐景揮戈.	주영휘과
逆道違天,	역도위천
矯誣實多.	교무실다
吾將囊括大塊,	오장낭괄대괴
浩然與溟涬同科.	호연여명행동과

그대는 〈양반아〉를 부르고
저는 신풍의 술을 권합니다.
어디에 제일 마음이 가는가요?
까마귀 우는 백문의 버드나무이겠지요.
까마귀가 울며 버들 꽃 속에 숨었으니
당신도 취하시어 저의 집에 머무세요.
박산향로의 침향불
두 줄기 연기가 한 기운이 되어 자줏빛 노을 넘어가네요.

해설

〈양반아〉는 한나라 악부시의 제목으로 그 뜻에 대해서는 여러 가지 설이
있다. 이백은 이 시에서 남녀간의 사랑을 노래하였다. 남자는 〈양반아〉노래를
부르고 여인은 신풍에서 나는 좋은 술을 권한다. 남녀가 서로 노래하고 술을
마시니 분위기가 한껏 달아오른다.

간단한 대화가 오고간다. 어디가 제일 마음에 끌리는가? 까마귀 우는 백문의
버드나무이다. 어찌 보면 선문답같기도 하다. 하지만 이는 상당히 에로틱한 말
이다. 까마귀가 울며 버들꽃 속에 숨으니 취해서 여인의 집에 머물라는 말에서
그 답이 있다. 한국에서 까마귀는 대체로 흉조로 여겨지지만 고대 중국에서는
반드시 그렇지는 않다. 여기서는 버들꽃 속에 까마귀가 숨어 있다는 것이고,
이것은 곧바로 여인이 집에서 남자가 머무는 것으로 연결된다. 까마귀가 남자
이고 버들꽃이 여인의 집인 셈이다. 이 둘의 대화에서 말한 "까마귀 우는 백문
의 버드나무"라는 것은 결국 여인의 집에서 남자가 자고 가는 것을 말한다.

이러한 에로틱한 내용은 박산향로의 비유로 정점을 찍는다. 박산향로는 백
제의 금동대향로 같이 산 모양이 조각되어 있는 고급 향로이고, 침향은 고급

향이다. 박산향로에서 나는 침향의 두 줄기 향 연기가 빙빙 감겨 피어오르며 하나의 기운이 되어 신선 세계에 있는 자줏빛 노을을 넘어간다. 두 남녀가 한 몸이 되어 절정에 오른 모습을 표현한 것이다.

당나라의 시 중에 이만큼 에로틱한 시는 보기 드물다. 악부시가 민가풍이어서 노골적이고 적극적인 사랑 감정을 표현하기는 하지만 이 시는 특히 더 그러하다. 게다가 문학적 작품성까지 갖추고 있다.

의문이 두 가지 있다. 남녀의 대화에서 "까마귀 우는 백문의 버드나무"라고 답한 사람은 남자일까 여자일까? 남자라고 하면 너무 범범하니 여자라고 하는 것이 더 재미있을 수도 있다. 이백은 왜 이런 시를 썼을까? 이백의 시에 나오는 남녀의 사랑이야기는 대체로 군주와 신하의 만남을 비유한다. 하지만 굳이 이 시도 그렇게 볼 필요는 없으리라. 이런 노골적인 사랑 이야기 역시 당시 이백의 관심사 중의 하나였을 것이고, 시가 인간의 모든 감정을 표현할 수 있는 수단이라는 것을 적극적으로 보여주고자 했을 것이다.

楊叛兒 양반아

君歌楊叛兒,	군가양반아
妾勸新豐酒.	첩권신풍주
何許最關人,	하허최관인
烏啼白門柳.	오제백문류
烏啼隱楊花,	오제은양화
君醉留妾家.	군취류첩가
博山爐中沈香火,	박산로중침향화
雙烟一氣凌紫霞.	쌍연일기릉자하

옥 계단에서의 원망

옥 계단에 흰 이슬 생겨나
밤이 오래되니 비단 버선에 스며드네.
다시 수정발을 내리고서는
영롱한 가을 달을 바라보네.

해설

'옥 계단'은 옥 같이 하얀 돌로 만든 계단으로 대체로 부유한 집이나 궁궐을 가리킨다. 이 시는 그러한 곳에 사는 여인의 원망을 노래한 것이다.

옥 계단에 흰 이슬이 생겨난다. 흰 이슬이라고 했으니 가을의 한 절기인 '백로'가 생각나기도 한다. 가을에는 대체로 저녁에 해가 지면 이슬이 맺히기 시작한다. 이 여인은 저녁에 옥 계단에 나왔는데 비단 버선에 이슬이 스며들도록 밤늦게까지 서성이고 있다. 무슨 일일까? 멀리 떠난 낭군을 그리워하는 것이리라. 그렇게 한참동안 그리움에 바깥을 서성이다가는 다시 방안으로 돌아와 발을 내리고 자려하는데 잠이 오지 않는다. 휘영청 밝은 가을 달이 떠있기 때문이다. 아마 여인은 그 달을 바라보며 낭군을 생각하느라 이 날도 뜬 눈으로 밤을 지새웠을 것이다.

가을 이슬은 그 양이 다른 어느 때보다 많다. 방울방울 잎새에 맺혀 있는 이슬의 숫자가 아마도 여인이 낭군을 그리워하는 마음의 크기일 것이다. 문에 쳐놓은 발의 수정 장식이 가을 달빛을 받아 유난히 반짝이는데, 이 역시 여인이 낭군을 그리워하는 마음의 정도일 것이다. 이슬도 반짝이고 수정 장식도 반짝이지만 무엇보다 여인의 마음을 사무치게 하는 것은 하늘에서 밝게 비추는 달이다. 아마 저 멀리 있는 낭군도 이 달을 보면서 날 생각하고 있겠지. 바로 뒤에 있는 〈고요한 밤의 그리움〉은 바로 그 낭군이 달을 보며 고향의 여인을 그리워하는 시이다.

玉階怨 옥계원

玉階生白露,　옥계생백로
夜久侵羅襪.　야구침라말
卻下水精簾,　각하수정렴
玲瓏望秋月.　령롱망추월

고요한 밤의 그리움

침상 앞에 달빛이 밝은데
마치 땅에 서리가 내린 듯하네.
고개 들어 밝은 달을 바라보고
고개 숙여 고향을 그리워하네.

해설

고대 중국에서는 남자가 고향을 떠나 객지에서 생활하는 경우가 많았다. 장사를 하러 가기도 하고 과거시험을 보거나 그 공부를 하러 가기도 하고, 또는 자신의 호연지기를 넓히기 위해 세상 유람을 하기도 하였다. 고향을 떠나 사랑하는 가족을 떠나 객지에서 혼자 산다는 것은 힘든 일이다. 특히 하루의 일을 마치고 밤에 방안에 있을 때면 더욱 더 가족 생각이 난다.

그러한 그리움을 억누르고 겨우 침상에 누웠는데 창 안으로 환한 달빛이 들어온다. 이에 다시 일어나서 방 바깥으로 나가본다. 나가니 온 땅이 달빛으로 환하다. 마치 초겨울에 땅에 서리가 내린듯하다. 고개를 들어 산 위에 둥그렇게 뜬 달을 한번 바라보고는 다시 고개를 숙여 고향을 그리워한다.

멀리 떠나온 이가 고향을 그리워하면 고향의 경물, 고향의 경치, 고향의 친구, 고향의 가족 등을 떠올릴 것이다. 그러나 그건 자신의 생각 속에만 있을 뿐 눈으로 볼 수 있는 것이 아니다. 하지만 저 달은 다르다. 고향에서 보던 바로 그 달을 지금 여기서도 보고 있기 때문이다. 고향의 것 중에서 지금 직접 볼 수 있는 것은 바로 저 달이 유일하다. 아마도 내가 보고 있는 저 달을 고향의 친구, 가족, 부인도 보고 있으리라. 결국 우리는 저 달을 매개로 시선을 같이 하고 있고 마음을 같이 하고 있으리라. 이백의 시 중에 "오 땅의 물가에서 만약 달을 본다면 천 리 멀리서도 나를 생각해주게나.(吳洲如見月, 千里幸相思.)"라는 구절이 있는데 역시 같은 생각을 표현한 것이다.

유난히 객지 생활을 오래한 이백에게 사무치는 그리움이 밤마다 있었을 것이고, 그 때마다 저 달을 바라보며 그리움을 삭혔을 것이다. 이백에게 달은 술을 같이 마셔주는 유일한 친구이고 고향의 향수를 달래주는 진정한 친구였다.

靜夜思 정야사

林前明月光,   상전명월광
疑是地上霜.   의시지상상
擧頭望明月,   거두망명월
低頭思故鄕.   저두사고향

청평조사 3수(제2수)

한 줄기 붉은 꽃에 이슬 내려 향기 엉기니
구름과 비 있는 무산에서 공연히 애를 끊었구나.
묻노니 한나라 궁궐에서 누가 이와 비슷한가?
어여쁜 조비연이 새로 단장했을 때라네.

해설

 '청평조'는 노래 가락의 종류인 것으로 보인다. '사'라고 제목을 붙였으니 이
것은 '시'가 아니라 정해진 곡조에 붙여 넣은 노래 가사일 수도 있다.
 이백은 문학적 재능을 인정받아 현종의 부름을 받고 한림공봉이 되었다. 애
당초 이백은 조정에 들어가 국사를 논하고 나라를 잘 다스리는 정치를 하여
훌륭한 신하가 되고자 하였지만, 현실은 이와 달랐다. 현종은 술을 마시고 연회
를 즐길 때 이백이 와서 시를 지어 흥취를 돋우는 것에만 관심이 있었다. 그러
하니 처음에 궁중에 들어가 천자를 가까이에서 모시며 기세등등하던 이백도
점차 실제 정황을 파악하고는 허구한 날 저자에 나가서 술을 마시고 곯아떨어
지기 일쑤였다.
 어느 봄날 날씨가 화창하고 모란꽃이 많이 폈기에 현종은 양귀비와 함께 침
향정에서 연회를 베풀었다. 이러한 때 이백이 빠질 수가 없으니 현종은 이백을
불렀다. 하지만 그는 이미 시장에서 술에 취해 잠을 자고 있었다. 관리들이 물
을 끼얹어 겨우 부축해서 데리고 왔지만 여전히 인사불성이다. 당시 최고의
권력자인 고력사에게 신발을 벗기게 하고 양귀비로 하여금 벼루를 들게 하여
시를 지었다. 일필휘지로 단숨에 써내려간 시가 역시 일품이니, 누가 뭐라고
타박할 게 없다. 하지만 이 일을 계기로 고력사는 앙심을 품고 이 시의 내용을
트집잡아 이백을 모함하고 결국 궁궐에서 쫓겨나게 했다.
 대중적으로 많이 알려진 이러한 류의 이야기는 비록 역사서에 실려 있기도

하지만 대체로 후세 사람들이 지어낸 것으로 여겨지고 있다. 하지만 궁중에서 이백의 생활을 가장 잘 드러내는 이야기이니 무조건 거짓말로 치부할 것은 아니다.

　이 시 역시 현종과 양귀비의 연회에 불려나가 지은 시 중의 하나이다. 한 줄기의 붉은 꽃은 바로 침향정에 아름답게 핀 모란일 것이고 이는 양귀비의 아름다운 모습을 비유하는 것이다. 이에 이슬이 촉촉이 내려서 꽃향기가 더욱 짙게 퍼지니 그 아름다움은 더할 나위가 없다.

　무산은 지금의 중경시 장강 가에 있는 산의 이름이다. 이 무산의 신녀가 초 나라 왕을 그리워하며 아침에는 비가 되고 저녁에는 구름이 되어 항상 같이 있겠다는 이야기가 있는데, 흔히 남녀 간의 사랑을 비유하는 운우지정雲雨之情의 고사가 이 무산에서 나왔다. 지금 양귀비는 현종과 실제로 만나서 사랑을 나누고 있으니, 만나지 못해 애만 태웠던 무산의 신녀는 비길 바가 못 된다.

　또 한나라 궁궐에서는 누가 이런 양귀비에 비길 수가 있었겠는가? 아마도 손바닥 위에서 춤을 출 정도로 날씬했다던 조비연이 있는데, 그마저도 새로 단장을 해야지만 양귀비에 비슷할 정도일 것이다.

　이런 찬사를 받아본 양귀비는 아마도 기분이 최고였을 것이다. 무산의 신녀나 조비연보다 훨씬 아름다우며 황제의 총애를 한 몸에 받고 있다고 했으니. 이백이 이런 시를 지을 수 있었기에 궁중에 머무르며 황제를 모실 수 있었을 것이다.

淸平調詞 三首(其二) 청평조사 삼수(기이)

一枝紅豔露凝香,　　일지홍염로응향
雲雨巫山枉斷腸.　　운우무산왕단장
借問漢宮誰得似,　　차문한궁수득사
可憐飛燕倚新妝.　　가련비연의신장

 **동무음**

옛 것을 좋아하여 세속을 비웃으며
평소에 현달한 이의 기풍을 들었으니,
그저 바라는 것은 현명한 황제를 보좌하여
공을 이룬 뒤 길게 읍하고 떠나는 것이었지.
밝은 태양이 높은 하늘에서
빛을 돌려 미천한 이 몸을 밝혀주시니,
공손히 봉황의 조서를 받들어
구름 같은 여라 틈에서 떨쳐 일어났지.
높다란 자줏빛 구름의 황궁에서 맑게 모시며
여유롭게 구중궁궐을 드나들었는데,
황제께서 좋은 얼굴빛을 보여주시니
명성은 하늘의 무지개를 넘어섰지.
황제의 수레가 비취 덮개를 두르고
금성 동쪽으로 모든 신하가 수행할 때,
귀한 말 타고 천리마와 나란히 달려
비단옷을 입고 신풍으로 들어가서는,
바위에 기대 눈 쌓인 소나무를 바라보고
술을 마주하며 오동나무 현악기를 울렸지.
양자운을 본받아
감천궁에서 부를 지어 바치자,
황제의 조서로 보잘 것 없는 재주를 칭찬하시어
맑은 향기가 한없이 퍼져나갔으니,
함양으로 돌아와서는
함께 담소하는 이가 모두 왕공들이었지.

하루아침에 금마문을 떠나
날리는 쑥대가 되어 이리저리 떠도니,
빈객은 날마다 줄어들었고
옥 술잔도 이미 비어버렸네.
재주와 능력은 그래도 쓸 만하니
세상의 영웅에게 부끄럽지 않아,
한가로이 〈동무음〉을 지으니
곡은 끝났어도 그 정은 다 하지 않네.
이를 써서 친구들과 헤어지고는
나는 상산의 네 늙은이들을 찾아가리라.

해설

　〈동무음〉은 한나라 악부시의 종류인데 이와 같은 제목의 악부시는 대체로 정벌 나갔다가 늙어서 버림받은 이가 동무 지역을 유랑하며 임금을 그리워하는 내용, 시절이 바뀌고 상황이 달라져 영화로운 생활을 버리게 된 것을 마음 아파하는 내용을 담고 있다. 이백의 이 시는 한림공봉으로 있으면서 화려한 나날을 지내다가 쫓겨나 영락한 생활을 하고 있는 모습을 표현하였다. 이백이 생각했을 때 자신의 황금기는 바로 한림공봉을 할 때였으니, 궁궐을 떠난 뒤 이백은 줄곧 화려했던 당시를 회상하면서 다시 돌아가고자 하였다.

　이백은 세속적인 욕망에 연연해하며 오로지 이를 추구하는 삶을 살고자 하지는 않았다. 너무 평범하기 때문이다. 현실 정치에서 큰 공을 세우지만 그에 따르는 부귀와 명성에는 관심이 없었다. 역사에 길이 남을 공적을 세운 뒤 모든 것을 버리고 초연하게 떠나 자연 속에서 유유자적하게 사는 것. 얼마나 낭만적이고 멋진가. 이것이 옛날 현달한 이들이 가진 생각이었고 이백이 추구했던 생각이다. 이러한 이백을 현종이 굽어 살펴 궁중으로 끌어들이는 것은 어쩌면 당연한 일일 것이다. 아무나 출입하지 못하는 구중궁궐을 여유롭게 드나들면서 이런저런 일을 하니 현종도 만족스러워하시고 이에 자신의 명성이 하늘로 치솟는다. 현종이 때때로 낙유원이나 곡강 등지로 행차를 할 때면 어김없이

모시고 귀한 말을 타고 따라갔으며 연회 자리에서는 멋진 시를 읊어 사람들을
감동시켰다. 한나라 때 부를 지어 황제에게 바친 양웅처럼 이백 역시 훌륭한
부를 지어 바치면 황제가 그것을 읽어보고 직접 조서를 내려 훌륭하다고 칭찬
을 하니, 이백의 명성은 날로 퍼져나갔다. 이에 장안의 여러 왕족과 귀족들은
서로 이백을 불러다가 같이 노닐기를 청한다. 이백은 어깨에 힘을 잔뜩 주고
으스대며 고관대작들과 맞상대하며 노닐었다.

  하지만 그런 날은 잠시였다. 조정 신하들과 마찰이 생기고 참언과 비방이
이어지면서 현종은 할 수 없이 이백에게 돈을 주면서 고향으로 내려가게 한다.
궁궐을 떠난 이백이 이리저리 세상을 떠도는데 이제 자신을 불러주는 사람도
없고 같이 술을 마시는 사람도 없다. 세상만사 정말 허무하기 짝이 없다. 쓸쓸
하고 외로운 삶이 지속된다. 하지만 여기서 그냥 포기할 이백이 아니다. 이백
은 어떤 사람인가? 하늘이 내려준 재주를 가지고 있는 사람이다. 세상의 영웅
어느 누구와 대적해도 손색이 없는 재능을 가지고 있다. 자신이 살아온 지난날
을 이렇게 회상을 하다 보니 감정이 북받쳐 오르고 주체할 수가 없다.

  지금 내가 할 일은 무엇인가? 이렇게 그냥 있어서는 안된다. 황제가 내 재능
을 알아보고 다시 불러 줄 날이 올 것이다. 그동안 무엇을 해야 하나? 이때
이백은 한나라 때 상산에 은거한 네 명의 은자, 하황공, 기리계, 동원공, 녹리선
생을 생각해낸다. 이들은 머리카락과 수염이 희어서 상산사호라고 불렸다. 고
아한 학식과 인품을 가지고서 상산에 은거하여 자신의 덕망을 떨치고 살았기
에 이들은 세상 사람들의 존경을 받고 있었다. 하지만 이들은 세상을 등지고
산 것은 아니었다. 한나라 고조 유방이 태자를 폐하려 했을 때는 여후의 부름
을 받고 달려가 태자를 보필하기도 하였다. 그러고는 아무런 보상도 받지 않고
초연히 다시 상산으로 들어가 버렸다. 지금 이백은 이러한 상산사호를 본받고
자 한다. 나같은 인품과 재능을 가진 사람을 언젠가는 다시 황제가 부를 터이
고, 그때 훌륭한 공적을 세운 뒤에는 모든 것을 버리고 훌쩍 세상을 떠날 것이
다. 이백은 포기하지 않는다.

東武吟 동무음

好古笑流俗,	호고소류속
素聞賢達風.	소문현달풍
方希佐明主,	방희좌명주
長揖辭成功.	장읍사성공
白日在高天,	백일재고천
廻光燭微躬.	회광촉미궁
恭承鳳凰詔,	공승봉황조
欻起雲蘿中.	훌기운라중
清切紫霄逈,	청절자소형
優遊丹禁通.	우유단금통
君王賜顔色,	군왕사안색
聲價凌煙虹.	성가릉연홍
乘輿擁翠蓋,	승여옹취개
扈從金城東.	호종금성동
寶馬麗絶景,	보마리절영
錦衣入新豐.	금의입신풍
依巖望松雪,	의암망송설
對酒鳴絲桐.	대주명사동
因學揚子雲,	인학양자운
獻賦甘泉宮.	헌부감천궁
天書美片善,	천서미편선
清芬播無窮.	청분파무궁
歸來入咸陽,	귀래입함양
談笑皆王公.	담소개왕공
一朝去金馬,	일조거금마

飄落成飛蓬.　　표락성비봉
賓客日疏散,　　빈객일소산
玉樽亦已空.　　옥준역이공
才力猶可倚,　　재력유가의
不慚世上雄.　　불참세상웅
閑作東武吟,　　한작동무음
曲盡情未終.　　곡진정미종
書此謝知己,　　서차사지기
吾尋黃綺翁.　　오심황기옹

# 보살만

평원의 숲은 아득하고 안개는 실로 짠 비단인 듯
차가운 산이 쭉 둘러있어 가슴 시리도록 푸르네.
저녁 빛이 높은 누대로 들어오니
누대 위에서 사람이 근심스러워하네.

옥 계단에서 그저 우두커니 서 있는데
깃들이려는 새는 돌아가며 급히 나네.
어느 곳이 돌아오는 길인가?
장정이 단정에 이어져있네.

해설

　　〈보살만〉은 남방 이민족의 곡명으로 이 시는 정해진 곡조에 붙인 노래가사
이다. 제목에 '보살'이 들어 있어 불교와 관련이 있지만 그 내용이 반드시 그럴
필요는 없었다. 상편과 하편으로 나뉘어져 있으니 대체로 노래의 1절과 2절로
생각하면 된다.

　　평원의 숲이 드넓고 그곳에 낀 안개는 마치 실로 짠 비단인 듯하여 주위 경
관이 어슴푸레하게 보인다. 산이 주위로 둘러쌌는데 그 푸른빛을 보고 있자니
마음이 쓰라리다. 어떤 이가 누대에 올라서 이러한 광경을 보고 있다. 아마도
한나절 내내 보고 있었을 것이고 저녁의 어스름이 들어올 때까지 근심스레 바
라보고 있다.

　　이제는 옥 계단에서 우두커니 먼 곳을 바라보며 서 있다. 시간이 많이 지나
저녁이 되니 둥지로 돌아가는 새의 날갯짓이 바쁘다. 저녁이 되면 미물도 자기
집을 찾아 돌아가는데 멀리 떠난 임은 왜 돌아오지 않는가? 내 임이 돌아오는
길을 한번 바라보니, 오 리마다 단정이 있고 십 리마다 장정이 있어 끝없이

이어져 있다. 아무리 멀리까지 보아도 길만 끝없이 이어질 뿐 기다리는 임은 오지 않는다.

　누대라는 공간은 올라가서 멀리 볼 수 있는 곳이다. 봄이 오면 사랑하는 사람과 나들이를 나와서 이곳에 오른다. 그리고 같이 술을 마시고 노래를 부르며 멀리까지 펼쳐진 멋진 경치를 구경하곤 했을 것이다. 하지만 지금은 임이 멀리 떠나고 홀로 남아 있다. 매일 같이 이곳에 올라와서 해가 저물도록 저 길 끝을 바라보고 있다. 임이 올 때까지.

菩薩蠻 보살만

平林漠漠烟如織,　　평림막막연여직
寒山一帶傷心碧.　　한산일대상심벽
暝色入高樓,　　명색입고루
有人樓上愁.　　유인루상수

玉階空佇立,　　옥계공저립
宿鳥歸飛急.　　숙조귀비급
何處是歸程,　　하처시귀정
長亭連短亭.　　장정련단정

그대의 말은 누렇다

그대의 말은 누렇고
내 말은 희구나.
말의 색깔은 비록 같지 않지만
사람의 마음은 본디 격의가 없어서,
함께 질펀하게 노닐며
낙양의 큰 길을 나란히 다니네.
긴 칼은 번쩍이고
높은 관은 얼마나 빛나는가?
각자 천금의 갖옷을 입고
함께 다섯 제후의 빈객이 되었네.
사나운 호랑이도 함정에 빠지고
용감한 사나이도 때로는 곤궁해지는데,
사귐의 도리란 어려울 때 도와주는 것에 있으니
혼자만 잘된들 또 무슨 이로움이 있겠는가?

해설

   사람마다 외모가 다르고 입은 옷도 다르며 타고 다니는 말의 색깔도 다르고 성격도 다르다. 하지만 이렇게 다른 사람들이 만났지만 의기투합하여 격의 없이 지내는 사람들이 있다. 상대방의 마음을 잘 알아주는 백아와 종자기와 같은 지음, 상대방의 처지를 잘 헤아려주고 자신의 영달보다는 친구의 출세를 위해 양보할 줄 아는 관중과 포숙아와 같은 친구. 이런 친구가 만나 번쩍이는 긴 칼을 차고 높은 관을 쓰고는 낙양의 시내를 활보하고 다니니, 자신들도 신나지만 이들을 구경하는 이들도 감탄을 자아낸다. 마침내 인정을 받아 제후들의 빈객이 되어 비싼 가죽옷을 입고 다닌다.

하지만 사람일이란 항상 좋은 일만 있는 것이 아니다. 호랑이가 함정에 빠져 위험에 처하듯 용감한 사내대장부도 곤궁해질 때가 있는 법. 진정한 우정은 이러한 때 발휘되어야 한다. 즐겁게 놀고 출세하여 잘 나갈 때는 변치 없는 우정을 맹세하지만 어려울 때는 나 몰라라 하고 외면하는 친구도 많다. 어려움에 처한 친구를 내팽개치고 자신만 챙겨서 생긴 이익은 결코 진정한 이익도 아니고 오래가지도 못한다.

이백은 이러한 진정한 사귐의 도리를 설파하고 있다. 이백은 천하를 돌아다니면서 많은 사람을 만났다. 그의 재능을 인정해주고 인격적으로 대우하는 사람도 있었을 것이고, 그의 멋들어진 풍류를 함께 즐기기 위해 돈과 술로 그를 대접하는 사람도 있었을 것이며, 그의 진정한 사람됨을 흠모하여 인격적으로 존중하는 사람도 있었을 것이고, 규범과 제도를 뛰어넘어 마음대로 행동하는 모습을 싫어하는 사람도 있었을 것이다. 여러 종류의 사람을 대하면서 이백은 진정 자신을 알아주고 자신을 위해주는 친구를 만나고 싶어했을 것이다. 자신이 어려움에 처했을 때 도와줄 친구를.

이러한 생각을 하게 된 배경으로는 두 가지가 있었을 것이다. 자신이 어려움에 처해 누군가의 도움을 절실히 필요로 하는 상황이 많았을 것이다. 또 평소에는 친구라고 하며 친하게 지내다가도 상황이 변하면 아는 체도 하지 않는 사람이 주위에 많았을 것이다. 호방하게 술을 마시며 여러 사람과 신나게 즐기는 이백의 모습 뒤에는 아무도 돌보지 않아 춥고 외롭게 지내는 이백의 모습이 있었다.

▌君馬黃 군마황

君馬黃,　　　군마황
我馬白.　　　아마백
馬色雖不同,　마색수부동
人心本無隔.　인심본무격
共作遊冶盤,　공작유야반

雙行洛陽陌.   쌍행낙양맥
長劍旣照曜,   장검기조요
高冠何艶赫.   고관하혁혁
各有千金裘,   각유천금구
俱爲五侯客.   구위오후객
猛虎落陷穽,   맹호락함정
壯夫時屈厄.   장부시굴액
相知在急難,   상지재급난
獨好亦何益.   독호역하익

젊은이의 노래 2수(제2수)

오릉의 젊은이가 금시의 동쪽에서
은빛 말안장의 흰 말을 타고 봄바람에 건너오네.
떨어지는 꽃을 모두 밟고서는 어느 곳을 노니는가?
서역 여자가 있는 술집으로 웃으며 들어가네.

해설

　오릉은 장안 부근에 있는 한나라 다섯 황제의 무덤인데 이후로 사방의 호족
을 이쪽으로 이주시켰으며 부유한 집이 많았다. 이후로 호족이 많이 사는 곳을
오릉이라고 부르기도 하였다. 금시는 낙양성의 서쪽에 있던 시장으로 주로 술
집과 창루가 많았다. 부유한 집안의 귀공자가 은빛 안장에 흰 말을 타고 봄날
낙양의 저자거리에 들어왔다. 아마도 꽃놀이를 하고 온 모양이다.

　이들이 가는 곳은 어디인가? 바로 서역 여자가 있는 술집이다. 서역은 인도
나 페르시아 지역을 가리킨다. 당시 당나라의 장안과 낙양은 국제적인 중심
도시였으며 외국의 많은 문물이 들어와 있었고 각국의 외국인들이 살았다. 특
히 인도와 페르시아 여인이 있는 술집이 많았다고 한다. 물론 부유한 이들만
이곳을 이용할 수 있었을 것이다.

　봄날 한껏 치장한 부유한 집안의 젊은이들이 말을 타고 꽃이 만발한 곳으로
나가 신나게 노닐다가 다시 시내로 들어와서는 고급 술집으로 들어가는 모습
을 그렸다. 이 시를 통해 당시 이백이 어떤 모습으로 노닐었는지를 짐작할
수 있다.

少年行 二首(其二) 소년행 이수(기이)

五陵年少金市東,　　오릉년소금시동
銀鞍白馬度春風.　　은안백마도춘풍
落花踏盡遊何處,　　락화답진유하처
笑入胡姬酒肆中.　　소입호희주사중

술을 마주하다

포도주
금술잔.
십오 세 오 땅 여인이 작은 말을 타고 와서는,
푸른 먹으로 눈썹 그리고 붉은 비단신 신고
발음도 정확치 않은데 교태부리며 노래를 부르네.
대모 장식한 화려한 연회에서 품에 안겨 취했으니
부용 장막 안에서는 그대를 어찌하랴?

해설

  포도주와 금빛 파라 술잔. 당나라의 것은 아니고 서역에서 수입한 물건들이
다. 그러니 고급스러운 것이고 부귀한 자들이 마시고 즐기는 것이다. 이러한
연회 자리에 남방의 오 땅 출신인 십오 세 꽃다운 나이의 여인이 말을 타고
왔다. 눈썹은 푸르게 칠하고 붉은 신을 신었다. 한껏 꾸민 모습이다. 그런데
노래를 부르는데 지방 출신이라 그런지 아니면 애교를 떠느라 그런지 발음이
정확하지는 않다. 하지만 이러한 모습이 더욱 남자들의 애간장을 녹이게 만든
다. 거북이의 일종인 대모 껍데기로 장식한 비싼 기물이 있는 연회이니 당시
잘나간다는 남자들이 다 모였을 터이다. 이런 자리에서 이미 오 땅의 여인은
술에 취해 남자 품안에 안겨 있다. 이제 남자는 이 여인을 연꽃으로 장식한
분위기 좋은 장막 안으로 데리고 들어갈 참인데, 그곳에서는 더욱 애교를 부리
며 남자에게 안길 것이다.
  당시 고위층의 사교 모습일 터인데, 이백은 이런 장면을 시로 읊었으며 그
내용은 상당히 육감적이다. 당시 연회에 참석했던 이들이 이런 시를 좋아했을
것이다.

對酒 대주

蒲萄酒,	포도주
金叵羅,	금파라
吳姬十五細馬馱.	오희십오세마태
靑黛畫眉紅錦靴,	청대화미홍금화
道字不正嬌唱歌.	도자부정교창가
玳瑁筵中懷裏醉,	대모연중회리취
芙蓉帳裏奈君何.	부용장리내군하

거리에서 미인에게 주다

준마가 뻐기면서 다니며 떨어진 꽃잎을 밟다가
채찍을 늘어뜨려 곧장 오운거를 스치네.
미인이 한번 웃으며 주렴을 걷고는
멀리 붉은 누대를 가리키며 자기 집이라고 하네.

해설

　화창한 봄날 꽃이 많이 피면 선남선녀들이 꽃구경을 하러 다닌다. 남자는 멋진 말을 타고 다니고 여인들은 구름이 그려져 신선이 탈 법한 수레를 타고 다닌다. 남자가 채찍으로 여인이 탄 수레를 치며 은근히 수작을 거니 여인도 수레의 주렴을 걷어 올리고는 미소로 화답한다. 그리고 자기 집을 알려준다.

　요즘 남녀들의 즉석만남과 거의 비슷하다. 좋은 자가용을 가지고 지나가는 여인에게 말을 걸면 전화번호를 알려준다. 청춘 남녀가 사랑하는 모습은 옛날이나 지금이나 같다. 그리고 거침이 없다. 이백은 이런 시를 지어서 주며 사랑을 찾았을 것이다.

陌上贈美人 맥상증미인

駿馬驕行踏落花,　　준마교행답락화

垂鞭直拂五雲車.　　수편직불오운거

美人一笑褰珠箔,　　미인일소건주박

遙指紅樓是妾家.　　요지홍루시첩가

고풍 59수(제15수)

연나라 소왕이 곽외를 맞아들여
마침내 황금대를 지으니,
극신이 막 조나라에서 이르렀고
추연이 또한 제나라에서 왔다지.
어찌하여 청운의 선비들은
나를 먼지처럼 버리는가?
옥구슬로 노래와 웃음을 사지만
술지게미로 어질고 재주 있는 이를 기르네.
이제야 알겠구나, 황학이 날아
천리를 홀로 배회하는 이유를.

전국시대 연나라는 혼란스러운 정국 속에서 세력이 약해졌는데, 이 때 즉위한 소왕은 국력을 다시 회복하기 위해 노력한다. 그러던 중 곽외라는 사람을 소개받아 세상의 인재를 초빙할 수 있는 대책을 물어보았다. 곽외는 옛날이야기를 하나 했다. 옛날 어느 왕이 천금을 주고서 천리마를 구하려고 했지만 삼년이 지나도 얻지 못했다. 그때 어느 관리가 자신이 구해오겠다고 했고, 3개월이 지난 뒤 죽은 천리마의 머리를 오백 금을 주고 사왔다. 왕이 그 관리에게 괜히 돈을 낭비했다고 야단치자, 그 관리는 "왕이 오백 금을 주고 죽은 천리마를 샀다는 사실이 소문이 나면, 세상 사람들은 왕이 반드시 천금을 주고 천리마를 사리라는 것을 믿을 것이고, 그렇게 되면 사람들이 천리마를 가지고 올 것입니다."라고 하였다. 그 후 일 년이 못되어 왕은 천리마를 세 마리나 구했다. 이런 이야기를 한 곽외는 소왕에게 자신을 먼저 후한 대접으로 등용하면 세상의 인재가 곧 올 것이라고 했다. 어찌 보면 능력 없는 자의 간사한 술수 같아

보이지만, 인재가 절실했던 소왕은 곽외의 말을 믿고 그를 먼저 채용한 뒤 누대를 새로 짓고 그곳에 황금을 둔 뒤 인재를 구한다고 세상에 소문을 냈다. 이른바 황금대를 세웠던 것이다. 그러자 조나라에서 극신이 오고 제나라에서 추연이 왔으며, 소왕은 이 인재들에 대해 스승의 예를 갖춰 극진히 모시며 나라를 부흥시킬 계책을 도모하였다.

이 이야기는 예로부터 나라를 부흥하기 위해 인재를 극진하게 대우하여 구하는 제왕의 예로 사용되었다. 이 시의 첫머리에서 이러한 이야기를 통해 인재모집의 모범 사례를 말하였다. 당시의 황제였던 현종도 당연히 이렇게 할 줄 알았다. 하지만 이백이 처한 현실은 이와 달랐다. 청운에 올라 높은 관직에 있는 사람들은 자신과 같은 인재를 먼지처럼 여기고 버려버렸다. 그들은 환락을 위해서는 옥구슬과 같은 귀한 보물을 허비하지만, 진정 어질고 재주 있는 자를 구하기 위해서는 술지게미 같이 보잘 것 없는 것만 사용한다. 또는 학식이 깊은 이를 구해도 이들과 고명한 학술이나 빼어난 계책을 논의하는 것이 아니라 막걸리 같은 싸구려 술을 주며 유흥을 돋울 시나 쓰라고 한다. 이러한 일은 이백이 직접 경험했던 일이기도 하다. 마흔이 넘은 나이에 궁중에 들어가 현종을 가까이에서 모실 기회를 얻었지만 자신이 한 일이라고는 현종이 연회를 베풀 때 따라가서 시나 지어 분위기를 띄우는 광대 역할 뿐이었다.

이백은 자신이 나라를 구제할 재능을 가진 이라고 생각했다. 하지만 현실에서 그는 그러한 대접을 받지 못했다. 이러한 상황에서 그가 할 수 있는 일은 무엇이었을까? 궁중을 떠나 천하를 떠도는 수밖에 없었을 것이다. 진정 자신의 재능을 알아 줄 이가 나타날 때까지.

여기서 이백을 비유하는 황학은 푸른 하늘 너머로 날아가 버리지는 않는다. 비록 범위는 넓지만 배회하고 있다. 아무런 미련 없이 훅 떠나버리는 것이 멋있게 보일 수는 있겠지만, 그래도 아직은 실낱같은 희망을 가지고 있다. 천리를 날아다니는 황학이 아름답지만 외로워 보이고 안쓰러워 보인다.

古風 五十九首(其十五) 고풍 오십구수(기십오)

燕昭延郭隗, 연소연곽외
遂築黃金臺. 수축황금대
劇辛方趙至, 극신방조지
鄒衍復齊來. 추연부제래
奈何青雲士, 내하청운사
棄我如塵埃. 기아여진애
珠玉買歌笑, 주옥매가소
糟糠養賢才. 조강양현재
方知黃鶴擧, 방지황학거
千里獨徘徊. 천리독배회

금꽃을 꽂은 절풍모를 쓰고
백마를 타고는 조금 멈칫 하네.
펄럭이며 넓은 소매로 춤을 추니
마치 새가 바다 동쪽에서 날아오른 듯하네.

해설

　이백의 시 제목 가운데 고구려라는 것이 있다. 이백은 701년에 태어났고 고구려는 668년에 망했으니 이백이 살던 때에 고구려는 없었다. 아마도 고구려의 유민을 보았을 것이다. 당나라로 보면 고구려는 변방의 이민족이니 그들의 눈에 고구려인의 모습은 낯설고도 신기하게 보였을 것이다. 아마도 이백은 고구려 유민이 출연하는 가무극을 보고서 이 시를 지은 것으로 보인다. 절풍모라는 모자에 금빛 꽃을 꽂고 흰 말을 타고 무대에 나타나서 넓은 소매의 옷을 펄럭이며 춤을 추니 마치 새가 나는 듯하다. 고구려 벽화에서 이런 모습을 본 듯도 하다.

高句驪 고구려

金花折風帽,　금화절풍모
白馬小遲回.　백마소지회
翩翩舞廣袖,　편편무광수
似鳥海東來.　사조해동래

봄날의 그리움

연 땅의 풀이 푸른 실과 같을 때
진 땅의 뽕나무는 푸른 가지를 드리웠네.
임이 돌아갈 생각을 하는 날이
바로 여인의 애간장 끊어지는 때라네.
봄바람은 알지도 못하고서
무슨 일로 비단 휘장으로 들어오나?

해설

　연 땅은 지금의 북경 지역이고 진 땅은 지금의 서안 지역이다. 당나라 때로 보면 연 땅은 서북쪽 변방이고 진 땅은 수도인 장안이다. 이 시에서 진 땅은 여인이 있는 곳이고 연 땅은 남자가 떠나가 있는 곳이다. 변방으로 부역을 갔는지 전쟁에 참여했는지는 알 수 없지만 적어도 추운 겨울을 그곳에서 보냈을 것이다. 이제 봄이 되었다. 연 땅은 북쪽이니 이제 파릇파릇한 새싹이 실 같이 돋아날 터이고 이곳 진 땅은 그래도 따뜻하여 이미 뽕나무에 잎이 무성하게 자라났다. 뽕나무를 기르는 것은 예로부터 누에치고 베를 짜는 일과 관련이 있어 여인의 심정을 묘사할 때 자주 등장한다. 여기서 눈여겨 봐야할 글자는 실을 뜻하는 '사絲'이다. 이 글자는 제목에 있는 그리움을 뜻하는 '사思'와 발음이 같아서 상대방에 대한 그리움을 표현하는 데 자주 사용된다. 봄날의 경물로는 꽃, 새, 봄물 등 많이 있지만 특히 봄풀이 실처럼 파릇파릇하게 자라난 모습은 하염없이 솟아나는 그리움을 비유한다.

　이렇듯 연 땅의 남자와 진 땅의 여인이 상대를 서로 그리워하며 봄을 맞이한다. 연 땅의 남자가 이제 고향으로 돌아가리라 생각하는 이 날, 여인의 애간장이 끊어진다. 아니 이제 남자가 돌아오려고 하는데 왜 여인의 애간장이 끊어질까? 반가워해야 하지 않을까? 이건 너무 상식적이다. 사람을 학수고대하며 기

다리고 그리워해본 경험이 없는 사람의 말이다. 정말 그리움에 사무치다가 이
제 며칠 있으면 올 것이라고 생각될 때, 그때 애간장이 더 끊어진다. 그 며칠이
마치 몇 년과 같이 느껴진다.

　이러한 그리움과 설렘으로 마음 졸이고 있을 때, 봄바람이 비단 휘장 안으로
휘익 불어 들어온다. 여인과 봄바람. 괜히 마음을 싱숭생숭하게 만든다. 자꾸
만 바깥으로 나가 봄 경치를 만끽하면서 노닐고 싶다. 아마도 예전에 이렇게
봄나들이 나갔다가 낭군을 만났을 터이고, 또 낭군과 이 봄바람을 맞으며 노닐
었을 것이다. 지금 다시 봄바람이 불어 여인의 마음은 한껏 들뜨지만 같이 노
닐 낭군은 없다. 며칠 지나면 올 터이지만 지금 이 순간 자신의 옆에 없는 것이
더욱 한스럽다. 정말 봄바람은 무정하다.

春思 춘사

燕草如碧絲,　연초여벽사
秦桑低綠枝.　진상저록지
當君懷歸日,　당군회귀일
是妾斷腸時.　시첩단장시
春風不相識,　춘풍불상식
何事入羅帷.　하사입라유

 강 위에서

목란나무 노와 사당나무 배
옥 퉁소와 금 피리를 양쪽 뱃머리에 두었네.
좋은 술을 항아리에 천 곡을 채우고
기녀 태우고 물결 따라 가는대로 내버려두네.
신선은 의지할 것이 필요하여 누런 학을 탔지만
바닷가 나그네는 기심이 없어 흰 갈매기를 따르네.
굴원이 읊은 시문은 해와 달처럼 걸려있는데
초왕의 누대와 정자는 산과 언덕에 남아있지 않네.
흥에 겨워 붓을 휘두르면 오악이 흔들리고
시가 완성되면 거만하게 웃으며 창주를 능멸하네.
부귀공명이 만일 오래도록 유지될 것이라면
한수 역시 응당 북서쪽으로 흐르리라.

해설

날씨 좋은 날 배를 타고 유람을 나간다. 배는 사당나무로 만든 것이고 노는 목란나무로 만들었으니 제법 좋은 것이다. 유람에 무엇이 필요한가? 음악, 술, 여인이다. 배 양쪽에 악사를 배치하여 음악을 연주하게 하고 기녀들이 노래와 춤으로 흥을 돋우고, 술은 좋은 것으로 천 곡이나 채웠다. '곡'은 원래 열 말이니 여기서 '천 곡'은 당연히 이백의 과장이다. 여하튼 술이 만 말이나 되니 적어도 술이 없어서 유람이 끝날 리는 없을 것이다. 이렇게 풍성하게 준비를 하고는 목적지를 정해놓지 않고 배가 가는대로 노닌다.

이렇게 노는 것을 흔히 '신선놀음'이라고 한다. 정말 신선이 된 듯한 느낌을 받았을 것이다. 하지만 이백의 상상력은 한 걸음 더 나아간다. 신선은 어떤 존재였나? 장로불사를 위해서 수련을 했으며 누런 학을 타고 날아가기를 기다렸지 않았나? 우리는 어떠한가? 이미 신선의 경지를 넘어섰으니 누런 학을 타고 날아갈 필요도 없다. 또 우리에게는 아무런 욕심도 없다. 이런 이야기가 있다. 바닷가에 평소 갈매기와 잘 놀던 이가 있었는데 아버지의 요청에 따라 갈매기를 잡으려는 마음을 가지고 바닷가로 가자 갈매기가 근처에 오지 않았다고 한다. 어떤 목적이나 욕심을 가지고 있으면 갈매기가 이를 알아채고는 가까이하지 않는다는 말이다. 이러한 목적이나 욕심을 '기심'이라고 한다. 지금 이백 일행은 이런 기심조차도 전혀 없는 경지에 도달해있다. 무엇하나 더 바랄 것이 없고 그저 지금 이대로가 가장 즐겁고 편안한 상태이다.

이제 이들이 해야 할 일은 무엇일까? 오늘 우리의 일을 영원토록 남기는 것이다. 옛날 사람들이 가졌던 것 중에서 지금 남아 있는 것은 무엇인가? 초나라 왕이 권세와 부귀를 누렸지만 지금은 텅 비고 아무것도 남아 있지 않다. 오로지 굴원이 지었던 시와 문장이 하늘의 해와 달처럼 영원히 빛나고 있다. 우리에게 부귀공명은 중요하지 않다. 이에 대한 욕심도 없다. 다만 굴원의 시문처럼 영원히 남겨질 시와 문장을 지어야 한다. 그래서 우리의 이야기를 남겨야 한다.

내가 누구인가? 술 한 되를 마시면 시 백편 짓는 이백이 아닌가? 흥취를 느끼며 붓을 뒤흔들면 그 기세에 태산이 흔들리고 천지가 진동한다. 시가 완성된 뒤 스스로 만족하며 껄껄 호탕하게 웃으면 창주에 은거한 고아한 은자들도 날 깔보지 못한다.(이 구의 '능창주'는 푸른 바다 너머로 넘어간다는 뜻으로 풀이하기도 하지만 그 의미는 비슷하다.) 부귀공명이란 것은 무엇인가? 만일 사람이 그것을 오래도록 유지할 수 있다면, 아마도 남동쪽으로 흘러가는 저 한수가 북서쪽으로 흐를 것이고 해가 서쪽에서 떠오를 것이다. 결코 그런 일은 없을 것이니, 부귀공명이 내 삶의 목적이 되지 못한다. 나는 세속의 물욕에 눈을 돌리지 않고 무심하게 자연과 벗 삼으면서 호방한 기운으로 시를 지을 것이다. 그러면 이 시는 하늘의 해와 달과 같이 영원히 세상을 비출 것이다.

江上吟 강상음

木蘭之枻沙棠舟,	목란지예사당주
玉簫金管坐兩頭.	옥소금관좌량두
美酒樽中置千斛,	미주준중치천곡
載妓隨波任去留.	재기수파임거류
仙人有待乘黃鶴,	선인유대승황학
海客無心隨白鷗.	해객무심수백구
屈平詞賦懸日月,	굴평사부현일월
楚王臺榭空山丘.	초왕대사공산구
興酣落筆搖五岳,	흥감락필요오악
詩成笑傲凌滄洲.	시성소오릉창주
功名富貴若長在,	공명부귀약장재
漢水亦應西北流.	한수역응서북류

어떤 이가 있어 명고산을 그리워하는데
쌓인 눈에 가로막혀 마음이 괴롭구나.
넓은 황하물은 차가워 건널 수 없고
얼음이 용 비늘 같아 배를 띄우기도 어려우며,
아득히 신선들의 산은 높고 험준해서
자연의 소리만 어지러이 들리는데,
서리 내린 절벽은 하얗게 첩첩이 쌓여있어
마치 긴 바람이 바다를 부채질해 푸른 바다의 파도를 솟구치게 한
듯하고,
검은 원숭이 녹색 곰이 가파른 산의 높은 나무와 흔들리는 바위에
놀라 혀를 내밀고
간담이 서늘하고 혼백이 떨려 무리 지어 부르고 서로 울부짖으며,
산봉우리가 높이 솟아 길이 끊어지고
별이 바윗돌이 많은 산에 걸려 있다지.
돌아가는 그대를 보내기에
새로 지은 〈명고산〉을 부르며,
북 치고 피리 불고 금을 타면서
청령지 누각에서 술을 마시네.
그대 가지 못하고 무얼 기다리는가?
마치 뒤돌아보는 누런 학과 같구나.
양원의 여러 영웅을 쓸어버렸으니
동도 낙양에서 대아를 떨치고는,
길 떠나는 수레를 수건으로 닦고서 험준하고 구불한 길을 거쳐
그윽한 거처를 찾아서 낭떠러지를 넘어 가서는,

흰 바위에 자리를 만들고 밝은 달 아래 앉아서
〈바람이 소나무에 부네〉를 타면 온 골짜기가 조용하리라.
아무리 봐도 그대 보이지 않아 마음이 어지러운데
여라는 어두컴컴하고 싸라기눈은 이리저리 날리네.
물이 동굴을 가로지르며 아래로 맑게 흐르는데
물결치는 작은 소리가 위로 들려오며,
호랑이가 계곡에서 울부짖으니 바람이 일어나고
용이 계곡물에 숨어서 구름을 토해내네.
깊은 곳의 학이 맑게 울고
굶주린 날다람쥐가 찡그리며 신음하는데,
이처럼 적막한 곳에서 외로이
텅 빈 산을 근심하다보니 사람을 시름겹게 하네.
닭은 무리로 모여 먹을 것을 다투나
봉황은 홀로 날아다니며 이웃이 없으며,
도마뱀은 용을 비웃고
물고기 눈은 진주와 섞여있으며,
추녀인 모모는 비단 옷을 입었고
미녀인 서시는 땔나무를 졌구나.
만일 소보와 허유를 관직에 얽매이게 한다면
이는 기와 용이 풍진 속에서 절뚝거리는 것과 어찌 다르리오.
울음이 얼마나 고통스러웠기에 초나라를 구했으며
웃음이 얼마나 자신 있었기에 진나라를 물리쳤겠는가?
내 진실로 두 사람이 이름을 팔고 절개를 속이면서 세상에 빛냄을
배울 수 없으니
진실로 천지를 버리고서 몸을 버리리.
흰 갈매기가 날아올 터이니
길이 그대와 함께 친하게 지내리라.

해설

　이 시 제목 아래에 "당시 양원에 세 척이나 눈이 내렸으며, 청령지에서 지었다.(時梁園三尺雪, 在淸泠池作.)"고 되어있는데, '양원'과 '청령지'는 모두 지금의 하남성 상구시 남쪽에 있었다. 이 시는 이백의 친구인 잠훈이 지금의 하남성 숭현 북동쪽 낙양의 남쪽에 있는 명고산으로 은거하러 떠나는 것을 송별하며 지은 것이다. 제목에 있는 '징군'은 관직에 나가지 않고 은거하는 사람을 가리키니, 아마도 잠훈은 관직에는 관심이 없는 은자일 것이다.

　시 첫머리에서 어떤 이가 명고산을 그리워한다고 했는데 아마도 이는 잠훈을 가리킬 것이다. 그가 그리워하는 명고산을 가고자하지만 눈이 가로막고 있어서 갈 수가 없다. 황하를 건너야 하지만 얼음이 날카롭게 있어서 배를 띄우기가 어렵다. 신선이 산다고 하는 명고산은 워낙 높고 험준하여 사람은 살지 않고 그저 바람 부는 소리만 들리는데, 서리가 있는 절벽이 겹겹이 있는 것이 마치 파도가 넘실대는 큰 바다와 같다. 그곳에 살고 있는 원숭이나 곰 역시 그곳이 가팔라서 간이 쪼그라들고 정신을 잃을 정도이다. 산은 험준해서 길이 없고 높고 가팔라서 마치 별이 걸려 있는 듯하다. 이렇게 험한 곳을 그대 잠훈은 기어코 가려고 한다. 마치 〈촉으로 가는 길이 험난하다〉에서 촉 땅의 험난함을 읊어서 송별하는 이가 가지 못하게 말하는 것과 같으며, 험난한 곳을 형용하는 수사법 역시 그에 버금간다. 이러니 시의 첫머리에서 쌓인 눈이 가로막혀 마음이 괴로운 이는 정작 떠나가는 잠훈이라기 보다는 떠나가는 잠훈을 보내기 아쉬워하는 이백의 마음이라 하겠다.

　지금 잠훈을 보내면서 시를 짓고 노래하며 음악을 연주하고 술을 마신다. 이러한 잠훈은 어떠한 사람인가? 지금 떠나기에 앞서 잠시 머뭇거리는데 그 모습이 신선이 타는 누런 학과 같으니 빼어난 사람이다. 옛날 양원에서 양나라 효왕과 함께 노닐며 시문을 짓던 사마상여, 매승, 추양과 같은 이들보다 재능이 뛰어나니, 아마도 명고산으로 가면 그곳 근처의 낙양에서도 명망을 떨칠 수 있을 것이다. '대아'는 《시경》을 가리키니 '대아를 떨친다'는 말은 잠 징군이 옛 시인의 기풍과 정신을 모두 갖추었다는 뜻이다. 그리고는 험준한 명고산을 넘고 넘어 사람이 없고 그윽한 곳에 거처를 만들어 너른 바위에 자리를 만들고 달빛을 받으며 앉아서 솔바람의 음악을 연주할 것이리라. 그야말로 재능과 풍취를 갖춘 은자 중의 은자이다.

　이러한 잠훈이 떠나고 난 뒤 이곳은 어떠할 것인가? 이백의 마음이 어지러울 뿐만 아니라 자연도 심란해 할 것이니 은자가 벗 삼던 여라는 어두컴컴해질 것이고 싸락눈만 어지럽게 나는 을씨년스런 곳에 홀로 있을 것이다. 물이 저 아래에서 흘러가면 그 물결 소리가 위로 은은하게 들릴 것이며, 호랑이가 울부짖어 바람이 일고 용이 계곡에서 구름을 토해낼 것이다. 학이 구슬피 울고 날다람쥐가 신음하고 있으니, 이렇게 적막하고 쓸쓸한 곳에서 외로이 시름겹게 지낼 것이다.

　하지만 이 경물은 이러한 쓸쓸한 모습만을 의미하지는 않는다. 다시 한 번 더 살펴보자. 물이 아래에서 맑게 흐르는데 그 소리가 위로 울려 들린다는 말은 자연이 조화롭게 상응하는 모습이다. 계곡의 호랑이와 용은 험악한 곳을 형용할 때 사용되기도 하지만 그래도 호랑이와 용은 기세가 대단한 사람을 의미한다. 더구나 호랑이가 바람을 일으키고 용이 구름을 만들어 낸다는 것은 ≪주역≫에 나오는 "구름은 용을 따르고 바람은 호랑이를 따르니 천하의 만물은 각기 그 비슷한 부류를 따른다.(雲從龍, 風從虎. 天下之物, 各從其類.)"는 말을 생각하게 한다. 즉 이상의 내용은 이백과 잠훈이 같이 이곳에 지낼 때의 모습을 비유적으로 말한 것이기도 하다. 또 다른 한편으로는 이백이 자신의 재능을 알아주는 천자와 함께 있는 것을 비유적으로 표현한 것이기도 하다. 하지만 지금 상황은 어떠한가? 잠훈도 없고 천자도 자신을 알아봐주질 못한다. 그러니 학과 같이 고아한 기풍을 가진 이백은 굶주린 날다람쥐처럼 춥고 배고픈 채 홀로 울고 있는 것이다.

　아래에 나오는 많은 비유 역시 고아한 이백과 세속의 사람을 비교한 것이다. 무리를 지어 먹을 것을 다투는 닭은 세속에서 당리당략을 추구하는 무리를 비유하고 홀로 나는 봉황은 알아주지 않는 고아함을 가진 이백 자신을 비유한다. 하찮은 도마뱀과 같은 속인들이 용과 같은 자신을 비웃고 있으니 물고기 눈과 진주 중 무엇이 진귀한 것인지 분간을 못하는 세상이다. 추하기로 유명했던 모모가 오히려 아름답다고 여겨져서 비단 옷을 입고 아름다움을 뽐내고 있고, 아름답기로 유명한 서시는 오히려 배척당해 땔나무를 지고 허드렛일을 하고 있다. 세상이 거꾸로 돌아가고 있다. 소보와 허유는 천하를 다스리는 임금의 지위를 양보하고 은일했던 이들인데 이들로 하여금 관직에 올라 일을 하게 하면 안된다. 기와 용은 순임금 때의 어진 신하들인데 이들로 하여금 관직을 빼

앗고 천하를 떠돌게 하면 안된다. 사람들은 하늘이 내려준 재능에 걸맞은 일을 해야 하는 것이다. 이것이 자연의 이치이다. 하지만 지금 상황은 어떠한가? 모든 것이 뒤집혀 있지 않은가? 은자는 은자로 관원은 관원으로 있어야 하지만 세상은 그렇지 않다. 관원이 될 자격이 없는 사람이 관원이 되고, 관원이 되어야 마땅한 자는 쫓겨나서 은일하고 있다.

이백은 어떻게 해야 하는가? 이백은 신포서와 노중련을 생각해낸다. 오나라가 초나라를 쳐들어오자 신포서가 진秦나라에 군사를 빌려달라고 하였다. 하지만 이것이 거절당하자 궁궐담장에 기대어 밤낮으로 계속 울면서 먹지도 않고 마시지도 않으니, 진나라의 애공이 군사를 내보내도록 하였다. 다른 시기에 살던 노중련은 진나라가 조나라를 쳐들어오자 담소하는 사이에 이를 물리쳤다. 신포서와 노중련은 간절한 마음으로 갈구한 뒤 탁월한 재능으로 공적을 세운 이들이다. 평소 이백은 현종이 자신의 재능을 알아주기를 간절하게 소망했고 그런 뒤 이들처럼 뛰어난 재능을 발휘하여 큰 공적을 세우고자 하였다. 하지만 지금 세상이 뒤집힌 상황에서는 그렇게 하고 싶지 않다. 자신만큼은 자연의 이치에 맞춰서 순리대로 살고 싶은 것이다. 군이 잘못된 세상에서 내 신념을 굽혀가며 이름을 드러내고 싶지 않다. 천지를 버리고 이 몸을 버리고 그냥 훌훌 떠나가리라. 물욕과 명예욕을 버리고 아무런 욕심도 없이 훨훨 나는 한 마리의 갈매기가 되어 잠훈 그대가 있는 명고산으로 떠나가리라. 그곳에서 그대와 영원히 친하게 지내며 살리라.

진정한 은자인 잠훈을 보내며 진정한 은자인 이백이 지은 글이다. 혼탁한 세상과 타협하지 않고 은자와 벗하면서 깨끗하게 살고자 하는 마음이 드러나 있다. 이러한 절조를 가진 이로 〈어부사〉를 지었다고 하는 굴원이 있는데 이 시는 '혜兮'자를 쓰고 환상적인 분위기를 연출하여 굴원이 지은 초사를 본 떠 지었다. 아마도 이 시는 굴원에 대한 오마주일 것이다.

鳴皐歌送岑徵君 명고가송잠징군

若有人兮思鳴皐,	약유인혜사명고
阻積雪兮心煩勞.	조적설혜심번로
洪河凌兢不可以徑度,	홍하릉긍불가이경도
冰龍鱗兮難容舠.	빙룡린혜난용도
邈仙山之峻極兮,	막선산지준극혜
聞天籟之嘈嘈.	문천뢰지조조
霜崖縞皓以合沓兮,	상애호호이합답혜
若長風扇海湧滄溟之波濤.	약장풍선해용창명지파도
玄猿綠羆舔談岑岌危柯振石,	현원록비첨담음급위가진석
駭膽慄魄群呼而相號.	해담률백군호이상호
峰崢嶸以路絶,	봉쟁영이로절
挂星辰於巖嶅.	괘성진어암오
送君之歸兮,	송군지귀혜
動鳴皐之新作.	동명고지신작
交鼓吹兮彈絲,	교고취혜탄사
觴清冷之池閣.	상청령지지각
君不行兮何待,	군불행혜하대
若返顧之黃鶴.	약반고지황학
掃梁園之群英,	소양원지군영
振大雅於東洛.	진대아어동락
巾征軒兮歷阻折,	건정헌혜력조절
尋幽居兮越巘崿.	심유거혜월헌악
盤白石兮坐素月,	반백석혜좌소월
琴松風兮寂萬壑.	금송풍혜적만학
望不見兮心氛氳,	망불견혜심분온

蘿冥冥兮霰紛紛. 　　라명명혜산분분
水橫洞以下漉, 　　수횡동이하록
波小聲而上聞. 　　파소성이상문
虎嘯谷而生風, 　　호소곡이생풍
龍藏溪而吐雲. 　　룡장계이토운
冥鶴淸唳, 　　명학청려
飢鼯嚬呻. 　　기오빈신
塊獨處此幽黙兮, 　　괴독처차유묵혜
愀空山而愁人. 　　초공산이수인
雞聚族以爭食, 　　계취족이쟁식
鳳孤飛而無鄰. 　　봉고비이무린
蝘蜓嘲龍, 　　언정조룡
魚目混珍. 　　어목혼진
嬤母衣錦, 　　모모의금
西施負薪. 　　서시부신
若使巢由桎梏於軒冕兮, 　　약사소유질곡어헌면혜
亦奚異於夔龍蹩躠於風塵. 　　역해이어기룡별설어풍진
哭何苦而救楚, 　　곡하고이구초
笑何誇而卻秦. 　　소하과이각진
吾誠不能學二子沽名矯節以耀世兮, 　　오성불능학이자고명교절이요세혜
固將棄天地而遺身. 　　고장기천지이유신
白鷗兮飛來, 　　백구혜비래
長與君兮相親. 　　장여군혜상친

흰 구름의 노래 – 산으로 돌아가는 유 씨를 보내다

초 땅의 산과 진 땅의 산에는 모두 흰 구름
그 흰 구름이 곳곳에서 오래도록 그대를 따르지.
오래도록 그대를 따르니 그대가 초 땅의 산으로 들어가면
구름 또한 그대를 따라 상수를 건너리라.
상수 가에서 여라로 옷을 만들어 입고
흰 구름 속에 누울만하니 그대는 얼른 돌아가게나.

해설

　이 시는 초 땅으로 떠나는 유씨를 전송하며 지은 것이다. 그러면서 흰 구름을 주로 읊어서 송별의 정감을 표현하였다.

　유씨가 가는 초 땅이나 이백이 지금 송별하는 진 땅이나 어디에나 구름이 있는데 그 구름은 유씨가 가는 곳마다 따라다닌다. 유씨가 초 땅으로 가 상수를 건너가면 구름 또한 상수로 갈 것이다. 상수에 도착해서 은자가 입는 옷인 여라옷을 입고 흰 구름 속에 누워 신선 같은 생활을 할 수 있을 터니 얼른 그곳으로 가는 것이 좋겠다.

　이 시는 송별하는 시이지만 바로 앞에서 소개한 〈명고산을 노래해 잠 징군을 보내다〉와 비교해도 내용과 기세가 사뭇 다르고, 일반적인 송별시와도 많이 다르다. 특히 마지막에는 얼른 가라고 했으니 이별이 전혀 아쉽지 않은 것이다.

　그것은 유씨가 초 땅으로 가는 것이 은거를 하는 것이고 이는 그 사람의 지향에 맞는 일일 뿐만 아니라 또한 이백 자신이 바라는 행위이기 때문이다. 여기서 항상 유씨와 같이 있는 흰 구름은 신선이 타고 다니는 구름이다. 이 세상 어디든지 마음대로 다닐 수 있지만 군이 정해놓은 곳은 없다. 세속에 집착하지 않고 아무런 욕심도 없이 그저 한가로이 떠다닐 뿐이다. 이는 바로 유씨의 마음을 표현한 경물이다. 이 흰 구름은 또한 바로 이백 자신이다. 이백 자신이

흰 구름이 되어 항상 유씨와 같이 다니고 초 땅의 상수에 가서도 같이 지낼 것이기에 이별이 아쉽지 않다. 오히려 얼른 가서 자신도 그 삶을 같이 하고 싶다.

　이 시는 유씨가 가면 흰 구름이 따라가고 그 뒤를 이어 이백도 따라간다는 뜻을 지니고 있다. 이렇게 이어서 가는 모습이 시의 형식에서도 보인다. 제1구의 끝에 있는 '백운'이 제2구의 첫머리에 있고, 제2구의 끝에 있는 '장수군'이 제3구의 첫머리에 있다. 또 제4구의 끝에 있는 '상수'가 제5구의 첫머리에 있다. 이를 정침법頂針法 또는 연주법聯珠法이라고 한다. 이러한 수사를 통해 그리움이 계속 이어지는 상황, 사물이 계속 연결되어 있는 모습을 시각적으로 형상화하였다.

白雲歌送劉十六歸山 백운가송류십륙귀산

楚山秦山皆白雲,	초산진산개백운
白雲處處長隨君.	백운처처장수군
長隨君君入楚山裏,	장수군군입초산리
雲亦隨君渡湘水.	운역수군도상수
湘水上女蘿衣,	상수상여라의
白雲堪臥君早歸.	백운감와군조귀

추포의 노래 17수(제15수)

흰 머리카락이 삼천 장인데
근심 때문에 이렇게 길어졌구나.
모를 일이로다, 맑은 거울 속에서
어떻게 가을 서리를 얻었는지.

해설

'추포'는 지금의 안휘성 귀지현이며 그곳에 추포라는 강이 흐른다. 17수로 이루어진 이 연작시는 이백이 천보 13재(754) 즈음 추포 지역을 노닐면서 본 경물과 감회를 적은 것이다. 이 시는 그 중 열다섯 번째이다.

첫 구가 충격적이다. 백발이 삼천 장. 한 장이 3미터 정도이니 삼천 장이면 9킬로미터이다. 백발마녀도 이렇게까지 머리카락이 길지는 않을 터인데, 이백의 과장도 이 정도면 좀 지나친 것이 아닌가라는 생각이 들 정도이다. 그런데 그 다음 구를 읽으면 이해가 된다. 바로 근심의 길이이기 때문이다. 얼마나 근심이 깊으면 흰 머리카락이 이렇게까지 길어질 수 있을 것인가?

'만고의 시름'을 가진 이백은 "칼을 뽑아 물을 베어도 물은 다시 흐르고, 잔을 들어 시름을 삭여도 시름은 다시 시름겹다.(抽刀斷水水更流, 擧杯消愁愁更愁.)"라고 하였으니 충분히 그럴 수도 있겠다는 생각도 해본다.

하지만 이백 스스로는 납득이 잘 가지 않은 듯하다. 맑은 거울 속에 있는 머리카락이 왜 이렇게 가을 서리처럼 하얗게 변해버렸는지. 무슨 근심일까?

이런 해석이 약간은 억지스럽다고 여긴 이들은 이 시를 다르게 해석하는데, 이 가을 서리 같이 흰 머리카락을 추포강에 비친 달빛이 물결 따라 길게 이어진 모습으로 보기도 한다. 그 흰 달빛을 보고 이백은 흰 머리카락을 연상했을 것이고, 만고의 시름을 가진 자신과는 달리 아무런 근심도 없어 보이는 추포강의 달빛이 왜 하얗게 변했는지 의아해 했던 것이다.

秋浦歌 十七首(其十五) 추포가 십칠수(기십오)

白髮三千丈,　백발삼천장
緣愁似箇長.　연수사개장
不知明鏡裏,　부지명경리
何處得秋霜.　하처득추상

군왕의 옥 말채찍을 한번 빌려서
옥 자리에 앉아 이민족 군대를 지휘하네.
남풍으로 오랑캐 먼지를 단번에 휩쓸어 조용히 시키고
서쪽 장안으로 들어가 태양 가에 이르리라.

해설

　'영왕'은 현종의 열여섯 번째 아들인 이린이다. 안록산의 난이 일어났을 때 현종은 강남지역을 진정시키기 위해 이린을 파견하였는데 이린이 그 지역을 점거하고는 반란을 도모했다. 당시 이린이 여러 인사를 모집하였는데, 이백 역시 부름을 받았다. 이백의 시문에 그 일이 기록되어 있는데, 어떤 곳에서는 세 번 부름을 받은 후에야 비로소 나갔다고 하였고 어떤 곳에서는 협박에 못 이겨 어쩔 수 없이 나갔다고 하였다. 사실이 무엇인지는 알 수 없지만 적어도 이백이 이린의 군대에 들어가 자신이 큰 공적을 세우고자 하는 마음을 가졌던 것만큼은 사실인 듯하다. 후에 결국 이린은 현종에 의해 진압되었고 이백도 반역죄에 연루되어 심양의 감옥에 갇혀 죽을 뻔하다가 겨우 풀려나 야랑으로 유배를 갔다. 당시 왕유는 이린의 부름을 끝까지 거부하고 나가지 않았고 고적은 이린을 토벌하는 데 앞장섰으니 당시 문인들이 정세를 정확히 파악한 것에 반해 이백은 그렇지 못해 수난을 겪었다.

　이 시는 영왕이 동쪽으로 진군하는 것을 칭송하는 연작시 중의 마지막 작품이다. 말채찍을 한번 빌려서 옥 자리에 앉아서 군대를 지휘하고 싶은 욕망이 이백에게 있다. 비록 문인이지만 전쟁이 일어나면 군대에 참여하여 공적을 세워야 한다. 여기서 이민족 군대는 이린의 부대에 참여한 용병으로 용맹하기로 이름났다. 만물을 생장시키는 남풍으로 반역자 무리를 한편으로는 은덕으로 감화시키고 한편으로는 무력으로 패퇴시켜서 단번에 조용히 평정한다. 그리고는 다시 장안의 천자 곁으로 돌아간다.

　이백은 한림공봉을 하다가 쫓겨난 이후로도 줄곧 다시 천자 곁으로 가서 훌륭한 공적을 세우고자 하였다. 하지만 그럴 기회가 없었는데 마침 이린의 부름을 받은 것이다. 아마 절호의 기회라고 생각하고 냉큼 갔을 것이다. 하지만 그곳에서도 역시 이백이 한 일이란 군대의 사기를 돋워주고 군인들의 연회에서 흥을 부추기는 광대의 역할이었다. 군대를 지휘하고 큰 공을 세울 기회는 애당초 없었다. 이후 야랑으로 유배 갔다가 돌아온 뒤에도 상원 2년(761) 5월 이광필이 하남부원수태위 겸 시중팔도절도사가 되어 임회로 나아가 주둔했다는 소식을 듣고는 공을 세우기 위해 그의 부대에 합류하려고 길을 떠났다. 하지만 가던 도중 병에 걸려 다시 돌아왔으며 그 병의 여파로 세상을 뜨게 되었다. 이백이 정치적 공명을 이루고자 하는 의지가 이와 같았다.

永王東巡歌 十一首(其十一) 영왕동순가 십일수(기십일)

試借君王玉馬鞭,　　시차군왕옥마편
指揮戎虜坐瓊筵.　　지휘융로좌경연
南風一掃胡塵靜,　　남풍일소호진정
西入長安到日邊.　　서입장안도일변

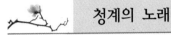

청계의 노래

청계가 내 마음을 맑게 하니
물빛이 여러 물과는 다르구나.
묻노니, 신안강이
바닥이 보인다지만 어찌 이와 같으랴?
사람은 맑은 거울 속을 다니고
새는 병풍 속을 날아가네.
저물녘에 성성이가 울어
먼 길 떠나온 이를 공연히 슬프게 하네.

해설

'청계'는 지금의 안휘성 지주시에 있는 강의 이름이다. 이백이 이리저리 떠돌다가 이곳에 와서 멋진 경관을 보고 느낀 감정을 적었다.

맑은 청계의 물빛을 보노라니 내 마음도 맑아진다. 바닥이 보일만큼 맑다고 하는 신안강이 어찌 이 청계만큼 맑겠는가? 그러니 다른 물과는 정녕 다르다. 청계가 맑고 잔잔해서 사람이 배를 타고 지나가면 그 비친 모습이 마치 맑은 거울 속을 보는 것 같고, 물 위에 새가 날아가면 마치 병풍 속에 있는 듯하다. 한 폭의 그림이다. 하지만 나그네의 눈이 아름다움을 감상하는 것은 사치스러운 일이다. 해가 저물고 원숭이가 울어대니 고향을 멀리 떠나 이리저리 떠도는 이의 마음은 슬프기만 하다. 오늘은 또 어디서 묵어야 하나? 언제나 내 뜻을 이루고 고향으로 돌아갈까? 아름다움을 보고도 마음껏 즐기지 못하는 심사가 애절하다.

青溪行 청계행

青溪清我心,　　청계청아심

水色異諸水.　　수색이제수

借問新安江,　　차문신안강

見底何如此.　　견저하여차

人行明鏡中,　　인행명경중

鳥度屛風裏.　　조도병풍리

向晚猩猩啼,　　향만성성제

空悲遠遊子.　　공비원유자

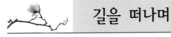

길을 떠나며

대붕이 날아 팔방을 떨치다가,
하늘 가운데서 꺾이니 힘이 미치지 않아서이지.
남은 기풍은 떨쳐 만세에 남겠지만,
부상에서 놀다가 왼쪽 소매가 걸렸구나.
후인이 이러한 소식을 듣고서 전하더라도
공자가 죽고 없으니 누가 눈물을 흘리겠는가?

해설

길을 떠난다는 말은 임종을 앞두고 있다는 뜻이다. 그래서 이 시를 이백의 절명시, 즉 죽음을 앞두고 쓴 최후의 시로 보고 있다.

이백이 자신을 비유한 사물로는 여러 가지가 있지만 가장 대표적인 것이 붕새이다. 붕새는 ≪장자≫에 나오는 상상 속의 새로 날개의 길이가 수천 리나 되고 구만 리를 올라가야 비로소 날갯짓을 하여 날 수 있으며 한번 날면 남쪽 끝까지 날 수 있다고 하는 거대한 새이다. 천지를 아우르고 우주를 품 안에 둔 이백에 걸맞은 동물이라고 할 수 있다.

이러한 붕새가 세상을 떨치며 날다가 결국은 힘이 미치지 못해 하늘 가운데서 꺾이고 만다. 그래도 남은 기운은 만세에 떨칠 것이니 원래의 기운은 감히 상상도 못할 것이다. 붕새가 태양이 뜬다고 하는 곳에 있는 상상의 나무인 부상에서 놀다가 마침 소매가 걸려 더 이상 날지 못하게 되었다.

세상 사람들이 이러한 소식을 전해 들으면 아마도 모든 사람이 슬퍼 울 것이다. 하지만 이백의 마음에 이런 평범한 이의 눈물은 전혀 의미가 없다. 왜냐하면 이들은 이백의 존재, 이백의 가치, 이백의 이상, 이백의 슬픔, 이백의 좌절을 완전히 이해한 이가 아니기 때문이다. 그걸 알 만한 사람은 누구인가? 오직 공자뿐이다. 천하를 경영하기 위해 이 세상을 떠돌았지만 자신의 재능을 펴지 못한 채 죽은 공자뿐이다. 공자 같은 재능을 가지고 공자 같은 좌절을 겪은 이라야 이백의 재능과 좌절을 알아보고 애달파할 수 있을 것이다. 붕새는 붕새가 알아보는 법이다. 우리 같은 세속의 평범한 사람이 어찌 이백의 심경을 이해할 수 있으리오. 그저 그의 시를 읽으며 술이나 한 잔 마실 뿐이다.

臨路歌 림로가

大鵬飛兮振八裔,	대붕비혜진팔예
中天摧兮力不濟.	중천최혜력부제
餘風激兮萬世,	여풍격혜만세
遊扶桑兮挂左袂.	유부상혜괘좌몌
後人得之傳此,	후인득지전차
仲尼亡兮誰爲出涕.	중니망혜수위출체

맹호연께 드리다

저는 맹 선생님을 사랑하오니
풍류가 천하에 널리 알려졌기 때문입니다.
붉은 얼굴의 청춘에 관직을 버리시고는
흰 머리되도록 소나무와 구름 속에 누우셨고,
달에 취해 자주 성인에 빠졌고
꽃에 미혹되어 임금도 섬기지 않으십니다.
높은 산을 어찌 우러러 볼 수 있겠습니까?
다만 이렇게 맑은 향기에 인사드릴 뿐입니다.

해설

　맹호연은 당대 유명한 시인이다. 일찍이 녹문산에서 은거하며 책을 읽었다.
40세에 수도로 가서 노닐었는데, 한번은 태학에서 시를 읊었는데, 주위에 앉은
이들이 탄식하면서 누구도 맞서려 하지 않았다. 왕유가 몰래 궁궐 관사로 그를
데리고 왔는데, 갑자기 현종이 행차하자 맹호연은 탁자 아래로 숨었다. 왕유가
사실대로 아뢰자 현종은 맹호연을 기꺼이 보고 싶어 하였으며 그가 지은 시를
듣고자 하였다. 맹호연이 두 번 절을 하고 자신이 지은 시를 읊었는데 "재주가
없어서 어진 군주가 내버렸네(不才明主棄)"라는 구절에서 현종은 "그대가 벼슬을
구하지도 않았는데 어찌 내가 그대를 버렸다고 하면서 나를 무고하는가?"라고
하고는 고향으로 돌려보냈다. 후에 채방사 한조종이 그를 조정에 천거하려고
장안으로 함께 가자고 약속을 했는데, 마침 친구가 와서 즐겁게 술을 마셨다.
어떤 이가 맹호연에게 "한조종과 약속이 있지 않냐?"고 했는데, 그는 "지금 술
을 한참 즐겁게 마시고 있는데 어찌 다른 일에 신경을 쓰겠는가?"라고 하고는
한조종과의 약속 장소에 가지 않았다. 그러자 한조종은 화가 나서 혼자 장안으
로 돌아갔으며, 맹호연도 그 일을 후회하지 않고 고향에서 은거하며 평생 관직

에 나가지 않았다.

재능은 있지만 관직에 연연하지 않는 모습을 보고 이백은 맹호연을 무척이나 좋아했던 것 같다. 이 시 첫머리에서 사랑 고백을 한다. I love Mr. Meng. 너무나 솔직한 표현이다. 젊었을 때 관직을 버렸고 늙도록 자연 속에서 소나무와 구름을 벗 삼아 살고 있다. 달빛에 취해서는 술을 마시고 꽃을 좋아하느라 임금님 섬기는 일도 뒷전이다. 높은 산과 같고 향기를 풍기는 꽃과 같은 맹호연을 어찌 감히 볼 수 있겠는가? 그저 멀리서 공손히 인사드릴 뿐이다. 이백이 원래 자연과 술을 좋아했기에 맹호연을 좋아했는지 아니면 맹호연을 흠모하다가 보니 자신도 그렇게 바뀐 것인지는 알 수 없다. 유유상종이다.

제5구의 '성인'은 청주를 의미하는 속어이다.

贈孟浩然 증맹호연

吾愛孟夫子,　오애맹부자
風流天下聞.　풍류천하문
紅顔棄軒冕,　홍안기헌면
白首臥松雲.　백수와송운
醉月頻中聖,　취월빈중성
迷花不事君.　미화불사군
高山安可仰,　고산안가앙
徒此揖清芬.　도차읍청분

참언을 씻는 시 - 벗에게 주다

아, 내가 미혹됨에 빠져
신세를 망친 지 이미 오래되었는데,
나이 오십에 그릇되었음을 알았으니
옛 사람 중에도 이런 이가 있었다지.
내 주장을 세워 허물을 보완하니
그것이 영원히 존재하기를 바라노라.
거친 것을 껴안아주고 잘못을 숨겨주다가
이렇게 성가시고 추한 것을 쌓게 되었는데,
〈월출〉시로 음탕하다고 나무람을 받으니
흰머리의 늙은 나이에 부끄러움이 남았으며,
깨달았지만 이미 때가 늦어
사건은 지나갔고 시간은 흘러갔네.
흰 옥에 무슨 허물이 있겠는가?
쉬파리가 예전에도 여러 차례 그랬지.
가벼운 것도 많아지면 바퀴 축을 부러뜨려
황천 아래로 가라앉게 하고,
깃털도 많아지면 뼈를 날려
푸른 하늘 위로 오르게 한다지.
조그맣고 알록달록한 것이 몰래 뭔가 이루어
화려한 비단이 되어 찬란하게 되었고,
진흙과 모래 같은 먼지가 모이니
구슬과 옥은 선명함을 잃어버렸네.
커다란 화염이 산을 태우는 것도
가느다란 연기에서 시작되고,

푸른 파도가 태양을 흔드는 것도
자그마한 물방울에서 시작되지.
사방을 교란시키고
팔방으로 퍼지니,
먼지 묻은 밥을 먹고 옷에 붙은 벌을 잡아도
성인과 현인은 의심받았지.
슬프고 비통하구나
누가 나의 바르고 굳음을 살펴 주리오.
미쳐 날뛰는 저 부인은
사이좋게 지내는 까치만도 못하고,
어리석고 멍청한 저 부인은
사이좋게 지내는 메추라기만도 못하니,
너그럽고 대범한 군자라면
교묘하게 꾸민 말에 기뻐하지 말아야 하는 법.
머리카락을 뽑아 가며 죄를 헤아려보아도
그 죄과가 정말로 많고,
바다를 기울여 악을 씻어내려 해도
악을 다 흘려보낼 수가 없구나.
사람 살아가는 것이 진실로 어려우니
이런 그물에 걸리게 되었구나.
비방이 쌓이면 쇠라도 녹이는 법이니
걱정에 잠겨 노래할 뿐이네.
하늘이 예악제도를 없애지 않았으니
그들이 나를 어찌하겠는가?
달기는 주왕을 멸망시켰고
포사는 주나라를 현혹하였으니,
하늘의 법도가 무너진 것은
오직 이 때문이었다.

한나라 고조의 여태후에게는
심이기가 곁에 있었고,
진시황의 태후에게는
노애가 또한 음란하고 방탕했으니,
무지개가 어둠을 만들어
마침내 태양을 가린 것과 같았지.
만승의 천자도 오히려 이와 같았는데
하찮은 남자는 어떠하겠는가?
말도 다했고 생각도 다 털어놓았지만
마음은 절실하고 이치는 곧다네.
만약에 망령된 말이 있다면
높은 하늘이 나를 처형하리라.
자야는 듣기를 잘했고
이루는 눈이 지극히 밝았으니,
신령도 소리를 숨길 수 없고
귀신도 형체를 감출 수 없는 법.
나를 멀리 버리지 않는다면
내 충직한 마음을 밝혀주시게.

해설

　이 시는 자신의 억울함을 해명하는 내용을 적어서 벗에게 보낸 것이다. 표면적으로 보면 자신이 음탕하다고 하는 소문에 대해 해명하는 것인데 이는 이백이 한림공봉으로 재직할 때 모함을 받자 당시 어지러운 정세의 원인이었던 양귀비를 풍자하며 억울한 심사를 토로한 것으로 보인다. 이백의 다른 시들과는 달리 유가의 경전들을 자유자재로 인용하여 장문의 글을 이루었는데, 이를 통해 이백의 해박함을 짐작할 수 있다. 시에서 여러 전적의 내용을 인용하였는데 그 구체적인 내용은 원문 뒤에 있는 주석에서 상세히 적어놓았다.

내가 미혹된 일을 저질러 신세를 망친 지 오래 되었는데, 이제야 그 이유를 알게 되었으니 참언이 만들어지고 이에 사람들이 따르는 세태와 군자가 이러한 참언을 간파하고 물리치는 진정한 도리를 설파하여 영원히 남겨 나 같은 이가 다시는 발생하지 않도록 하고자 한다. 이렇게 첫머리에서 말해서 이 시를 쓰는 이유에 대해 말했다. 나는 원래 잘못이 있는 이를 감싸주고 보호하려고 했는데 오히려 오해를 받아 음탕하다고 비방을 받으니 노년의 나이에 부끄러울 뿐이고, 상황이 잘못되었음을 깨달았을 때는 이미 늦어버려 해명할 기회를 놓쳐버렸다. 원래 옥에는 잘못이 없고 옥의 하자는 쉬파리의 똥으로 만들어진 것이지.

그런데 그런 흠과 모함이 처음에는 작아 아무런 상관이 없지만 많아지면 큰 힘을 발휘하게 된다. 조그만 무늬가 모여 화려한 비단이 되듯이 작은 거짓말이 모여 큰 음모가 되고 먼지가 모여 구슬과 옥을 덮어버리듯이 착한 이가 악한 이로 변해버린다. 산을 태우는 불도 조그만 연기에서 시작하고 태양을 흔드는 큰 홍수도 작은 물방울에서 시작하는 법. 이미 커져서 사방팔방을 교란시키면 어떠한 행동을 해도 오해를 받게 되고, 안회나 윤백기 같은 성인과 현인도 의심받은 적이 있었다.

그러니 나에 대한 오해와 비방은 어떻게 밝히고 나의 올바름은 누가 밝혀줄 것인가? 비방을 하는 저 부인은 메추라기나 까치만도 못한 존재인데 군자라면 그녀의 거짓말을 믿어서는 안되는 법이다. 하지만 그걸 믿는다면 그 죄악은 머리카락보다도 많고 바닷물로도 씻지 못할 정도로 많다. 비방이 쌓이면 쇠도 녹일 정도이니 나 같은 연약한 인간은 어떻게 견딜 것인가? 세상은 정말 살기 힘든 곳이다.

하지만 나는 떳떳하다. 공자님도 자부했듯이 하늘이 예악제도를 없애지 않았고 그 예악제도가 내 몸에 있으니 세상 사람들이 나를 어찌할 수 없을 것이다. 잘못은 나를 비방하는 여인에게 있지 않은가? 달기와 포사가 나라를 망하게 하였고 한나라 여태후와 진시황 태후의 음탕한 짓 뒤에는 이를 조장한 이들이 있지 않았는가? 비방을 만들어낸 여인과 이를 믿고 따르는 남자들이 문제인 것이지 내게는 절대로 잘못이 없다. 만일 내 말에 잘못이 있다면 하늘이 나를 죽일 것이다. 낮말은 새가 듣고 밤말은 쥐가 들으며 벽에도 귀가 있다고 했다. 누군가는 진실을 보고 들었을 것이니 비록 귀신이라고 해도 그 진실을 감출 수는 없다. 친구여, 그대는 나를 버리지 말고 내 진심을 알아주게나.

어려운 내용을 섞어서 길게 썼지만 실상 내용은 간단한데, 남자가 바람피운 일에 대해 부인이 질책을 하자 자신의 결백함을 친구에게 하소연하는 것이다. 다양한 전적에 나오는 말로 유식하게 수식하고 장황하게 말하는 것이 오히려 이 시가 구차한 변명임을 입증하는 듯한 느낌도 주게 만든다. 그래서 이 시에 풍자의 뜻이 숨어 있다고 보는 것이다.

雪讒詩贈友人 설참시증우인

嗟余沈迷,	차여침미
猖獗已久.	창궐이구
五十知非,[1]	오십지비
古人常有.	고인상유
立言補過,[2]	입언보과
庶存不朽.[3]	서존불후
包荒匿瑕,[4]	포황닉하
蓄此煩醜.	축차번추
月出致譏,[5]	월출치기
貽愧皓首.	이괴호수
感悟遂晚,	감오수만
事往日遷.	사왕일천
白璧何辜,	백벽하고
青蠅屢前.[6]	청승루전
群輕折軸,[7]	군경절축
下沈黃泉.	하침황천
衆毛飛骨,	중모비골
上凌青天.	상릉청천

萋斐暗成,[8] 처비암성

貝錦粲然. 패금찬연

泥沙聚埃, 니사취애

珠玉不鮮. 주옥불선

洪燄爍山, 홍염삭산

發自纖煙. 발자섬연

蒼波蕩日, 창파탕일

起於微涓. 기어미연

交亂四國,[9] 교란사국

播於八埏. 파어팔연

拾塵掇蜂,[10] 습진철봉

疑聖猜賢. 의성시현

哀哉悲夫, 애재비부

誰察予之貞堅. 수찰여지정견

彼婦人之猖狂,[11] 피부인지창광

不如鵲之彊彊. 불여작지강강

彼婦人之淫昏, 피부인지음혼

不如鶉之奔奔. 불여순지분분

坦蕩君子,[12] 탄탕군자

無悅簧言.[13] 무열황언

擢髮續罪,[14] 탁발속죄

罪乃孔多. 죄내공다

傾海流惡, 경해류악

惡無以過. 악무이과

人生實難, 인생실난

逢此織羅. 봉차직라

積毀銷金,[15] 적훼소금

沈憂作歌.　　　　침우작가
天未喪文,[16]　　　천미상문
其如予何.　　　　기여여하
妲己滅紂,[17]　　　달기멸주
褒女惑周.[18]　　　포녀혹주
天維蕩覆,　　　　천유탕복
職此之由.　　　　직차지유
漢祖呂氏,　　　　한조여씨
食其在旁.[19]　　　이기재방
秦皇太后,　　　　진황태후
毒亦淫荒.[20]　　　애역음황
蟲蝀作昏,[21]　　　채동작혼
遂掩太陽.　　　　수엄태양
萬乘尚爾,　　　　만승상이
匹夫何傷.　　　　필부하상
辭殫意窮,　　　　사탄의궁
心切理直.　　　　심절리직
如或妄談,　　　　여혹망담
昊天是殛.　　　　호천시극
子野善聽,　　　　자야선청
離婁至明.　　　　리루지명
神靡遁響,　　　　신미둔향
鬼無逃形.　　　　귀무도형
不我遐棄,　　　　불아하기
庶昭忠誠.　　　　서소충성

주석

1 ≪회남자·원도훈原道訓≫: 거백옥이 오십 세가 되었을 때 이전 사십구 년이
   잘못임을 알았다.(蘧伯玉年五十, 而知四十九年非.)

2 ≪주역·계사상繫辭上≫: 허물이 없는 자는 과오를 고치는데 능하다.(無咎者,
   善補過也.) ≪좌전·소공昭公 7년≫: 공자가 말하길, "과오를 고칠 수 있는
   자가 군자이다"라고 하였다.(仲尼曰, 能補過者, 君子也.)

3 ≪좌전·양공襄公 24년≫: 가장 높은 것이 덕을 세우는 것이고, 그 다음은
   공을 세우는 것이며, 그 다음은 말(주장)을 세우는 것이다. 비록 오래되더
   라도 없어지지 않으니 이것을 '불후'라고 한다.(太上有立德, 其次有立功, 其次有
   立言, 雖久不廢, 此之謂不朽.)

4 ≪주역·태괘泰卦≫ 구이九二: 거친 것을 껴안음에 맨몸으로 황하를 건너는
   과단성을 이용한다.(包荒用馮河) ≪좌전·선공宣公 15년≫: 아름다운 옥에서
   티를 감춘다(瑾瑜匿瑕.)

5 ≪시경·진풍陳風≫ 〈모시서毛詩序〉: 〈월출〉 시는 호색을 풍자한 것이다.
   재위에 있으면서 덕을 좋아하지 않고 미색을 좋아하였다.(月出, 刺好色也. 在
   位不好德而說美色焉.)

6 ≪시경·소아≫ 〈쉬파리青蠅〉: 윙윙거리는 쉬파리가 울타리에 앉았네. 점
   잖은 군자는 모함하는 말을 믿지 말지어다.(營營青蠅, 止於樊. 豈弟君子, 無信
   讒言.)

7 ≪사기·장의열전張儀列傳≫: 깃털이 모이면 배를 가라앉히고, 가벼운 것이
   모이면 수레바퀴 축을 부러뜨린다.(積羽沉舟, 群輕折軸.) ≪한서·중산정왕
   승전中山靖王勝傳≫: 가벼운 것이 많아지면 수레바퀴 축을 부러뜨리고, 가벼
   운 깃털은 몸뚱이를 날게 한다.(叢輕折軸, 羽翮飛肉.)

8 ≪시경·소아≫ 〈항백巷伯〉: 조그맣고 알록달록한 것이 화려한 비단을 이
   루었구나. 저 참언하는 자가 정말로 너무 심하구나.(萋兮斐兮, 成是貝錦, 彼譖
   人者, 亦已太甚.)

9 ≪시경·소아≫ 〈쉬파리青蠅〉: 사람을 참언하는 것이 끝이 없으니 사방을
   매우 어지럽히는구나.(讒人罔極, 擾亂四國.)

10 ≪공자가어孔子家語≫: 공자의 제자인 안회가 밥을 짓는데 검은 재가 밥에
   들어가니 버리기가 아까워 재 묻은 밥을 집어먹었다. 멀리서 이를 본 자공

이 안회가 몰래 밥을 먹는 줄 알고 공자에게 고하였지만, 공자는 안회의 평소 사람됨을 감안하여 자공의 말을 믿지 않았다. ≪금조琴操≫: 주나라의 윤길보尹吉甫가 후처를 얻었는데, 후처가 윤길보의 아들인 윤백기尹伯奇를 미워하여 그가 자신의 미색을 탐한다고 모함하였다. 윤길보가 믿지 않자, 후처는 시험 삼아 빈방에 혼자 있으면서 윤길보에게 멀리서 지켜보게 하고 는, 자신의 옷에 독벌을 붙여놓고 윤백기를 불렀다. 윤백기는 어머니의 옷에 독벌이 붙어있는 것을 보고 이를 떼어냈는데, 멀리서 본 윤길보는 그 행동이 자신의 후처를 희롱하는 것으로 여겼다. 이에 아들을 멀리 내쫓았다가 후에 진실을 알고는 다시 불러들이고 후처를 죽였다.

11 ≪시경·용풍鄘風≫ 〈메추라기가 함께 다니고鶉之奔奔〉: 메추라기가 함께 다니고, 까치가 서로 따른다.(鶉之奔奔, 鵲之彊彊.) 〈모시서毛詩序〉: 〈메추라기가 함께 다니고〉는 위나라 선강을 풍자한 것이다. 위나라 사람은 선강이 메추라기나 까치만 못하다고 여겼다.(鶉之奔奔, 刺衞宣姜也. 衞人以爲宣姜鶉鵲之不若也.) 〈정현의 전鄭箋〉: 선강을 풍자한 것이다. 그가 공자 완과 함께 음란한 행위를 한 것이 날짐승만 못함을 풍자한 것이다.(刺宣姜者. 刺其與公子頑爲淫亂行不如禽鳥.)

12 ≪논어·술이述而≫: 군자는 대범하고 너그럽지만 소인은 늘 근심한다.(君子坦蕩蕩, 小人長戚戚.)

13 ≪시경·소아≫ 〈교묘한 말巧言〉: 교묘하게 꾸민 말은 생황과 같으니 그 얼굴이 두껍구나.(巧言如簧, 顔之厚矣.)

14 ≪사기·범저열전范雎列傳≫: 제 머리털을 뽑아서 죄를 용서받으려 해도 항상 부족할 정도로 많습니다.(擢賈之髮以續賈之罪, 尚未足.)

15 ≪사기·장의열전張儀列傳≫: 여러 입이 모이면 쇠라도 삭히고, 비방이 쌓이면 뼈도 녹인다.(衆口鑠金, 積毀銷骨.)

16 ≪논어·자한子罕≫: 문왕이 이미 돌아가셨지만 예악제도가 여기에 있지 않느냐? 하늘이 장차 이 예악제도를 없애려 하였다면 뒤에 죽을 자인 내가 이 예악제도에 참여할 수 없었을 것이다. 하늘이 아직 이 예악제도를 없애지 않았으니, 광 땅의 사람들이 나를 어쩌겠느냐?(文王旣沒, 文不在茲乎. 天之將喪斯文也, 後死者不得與於斯文也. 天之未喪斯文也, 匡人其如予何.)

17 ≪사기·은본기殷本紀≫: 은殷나라 주왕紂王은 술과 여색을 좋아했는데 달기

를 부인으로 맞이한 뒤에 그녀가 하자는 것이면 무엇이든 다 해주다가 결
국 나라를 망쳤다.

18 ≪사기 · 주본기周本紀≫: 주周나라 유왕幽王의 황후인 포사褒姒가 잘 웃지
않아서 유왕은 그녀를 웃게 하기 위해서 온갖 수를 다 썼지만 실패하였
다. 유왕이 거짓 봉화를 올려 제후들이 군사를 이끌고 허겁지겁 오게 하
였는데, 포사는 그 장면을 보고 웃었다. 그래서 유왕은 그 후로 몇 번이나
거짓 봉화를 올려 포사를 웃게 하였다. 후에 정작 외적이 쳐들어왔을 때
봉화를 올렸지만 제후들은 거짓 봉화인줄 알고 군사를 보내지 않아 죽임
을 당했다.

19 ≪사기 · 여후본기呂后本紀≫: 한나라 고조 때 좌승상이었던 심이기審食其는
여태후呂太后와 사통하면서 권력을 행사하였는데, 모든 공경대부들이 그를
통해 안건을 처리하였다.

20 ≪사기 · 진시황본기秦始皇本紀≫: 진시황의 태후는 노애嫪毒와 사통하였다.

21 ≪시경 · 용풍鄘風≫ 〈무지개蝃蝀〉: 무지개가 동쪽에 뜨니 누구도 감히 가리
키질 못하네. 여자가 시집을 가면 부모형제를 멀리해야 하네.(蝃蝀在東, 莫之
敢指. 女子有行, 遠父母兄弟.)

이옹께 올리다

대붕이 하루아침에 바람을 받아 일어나면
회오리바람을 타고 곧장 구만리를 올라가고,
설령 바람이 그쳐 때때로 내려오더라도
여전히 푸른 바닷물을 뒤흔들 수 있습니다.
세상 사람들은 저를 늘 별종이라고 여기고는
큰 뜻을 가진 저의 말을 듣고 모두 비웃는데,
공자도 후학을 두려워할 만하다 하셨으니
대장부라면 어리다고 가볍게 여겨서는 안됩니다.

해설

　이옹이 유주라는 지역의 지방행정장관 즉 유주자사를 역임할 때 20대인 이
백이 그를 찾아가 자신을 관직에 추천해달라고 요청했지만 성사되지 못했다.
당시 과거시험이 있기는 했지만 이백은 과거시험을 보지는 않았다. 그리고 과
거시험이란 것이 형식적인 것이어서 시험성적이 좋은 자를 선발하기 보다는
사전에 고위관료에게 인정과 추천을 받은 자를 선발했다. 그래서 당시 지식인
들은 장안이나 지역의 유력자들을 찾아다니며 자신이 지은 시문을 보여주고
인정과 추천을 받고자 노력하였다. 이러한 행위를 간알이라고 한다. 이백 역시
이런 추천을 받고자 노력하였으며 그 일환으로 이옹을 찾아갔다. 하지만 어린
나이에 당돌한 태도를 보인 이백을 이옹은 그다지 달갑게 생각하지 않은 듯하
다. 이에 거절당한 이백은 이 시를 지어서 이옹에게 주어 일종의 한풀이를 하
였다. 혹자는 이 시가 이옹에게 간알하며 준 것이라고 하는데 시의 내용으로
보아 간알 이후에 준 것이 더 타당해 보인다.

　이백은 자신을 대붕에 비유하였다. 대붕은 ≪장자≫에 나오는 상상 속의 동
물이다. 원래는 곤이라는 물고기인데 그 크기가 수천 리이다. 곤이 때로 붕이

라는 새로 변하는데 이 새의 날개가 수천 리이며, 구만 리를 올라가야 날갯짓을 할 수 있다. 천하와 우주를 자기 활동무대로 삼는 동물들이니 어마어마한 스케일이다. 그런 곤이나 붕과 같은 존재가 바로 이백 자신이라는 것이다. 하지만 세상 사람들은 이런 큰 뜻을 가진 이백을 알아주지 않고 허풍이나 떠는 이상한 인간 취급을 하고 있다. 이옹 역시 마찬가지이다. 하지만 공자님은 '후생과외'라고 하여 후배들 무서운 줄 알아야 한다고 말하지 않았던가. 모름지기 대장부라면 나이가 어리다고 얕볼 것이 아니라 그 기개가 얼마나 큰지 그 능력이 얼마나 대단하지를 보고 인정해 주어야 한다. 이백의 붕과 곤과 같은 포부를 알아보지 못하고 나이가 어리다고 얕보는 이옹은 결국 대장부가 아니라 소인에 불과한 것이다.

당대의 권세가에게 대놓고 대장부가 아니라고 말을 했으니, 그 이후에 일이 어떻게 되었을지 궁금하다. 아마도 이백은 "이렇게 하면 날 얕보진 않겠지. 아마도 날 배짱 좋은 놈이라고 인정해주지 않을까?"라고 생각했을 지도 모른다. 하지만 결국 아무 일도 일어나지 않았으니, 이옹은 그냥 '당돌한 놈'으로 여기고 넘어갔을 것이다.

이 시에 대해서 이렇게 당돌하고 오만하기까지 한 간알 태도를 이백만의 것인 양 생각하고 이백의 기개가 대단하다고 칭송하기도 하는데, 반드시 그런 것만은 아니다. 당시 지식인 수에 비해 관직의 수는 엄청 적었고 과거시험에서 선발하는 인원도 한 해에 수십 명에 불과했다. 대부분 간알을 통해 관직에 등용되었으니, 그저 자신의 시문을 바치는 범범한 행동으로는 권세가의 눈에 들기 어려웠을 것이다. 그래서 당시 기이한 행동과 남다른 태도로 간알하는 사람들이 많았으니, 이백의 이러한 행동도 그다지 특별한 것은 아니었다. 게다가 이백이 한창 젊었을 때이지 않은가. 그리고 다른 시문에 나타나는 이백의 간알 태도를 보면 이 시에서 보여준 것과는 달리 온건하고 공손한 것이 많다. 이 뒤에 나오는 〈배 사마에게 주다〉를 참고해서 볼만하다.

上李邕 상이옹

大鵬一日同風起,　　대붕일일동풍기
扶搖直上九萬里.　　부요직상구만리
假令風歇時下來,　　가령풍헐시하래
猶能簸却滄溟水.　　유능파각창명수
時人見我恆殊調,　　시인견아항수조
見余大言皆冷笑.　　견여대언개랭소
宣父猶能畏後生,　　선보유능외후생
丈夫未可輕年少.　　장부미가경년소

배 사마에게 주다

비취새 깃털과 황금빛 실로
수를 놓아 만든 가무하는 여인의 옷,
만약 구름 사이의 달이 없다면
어디에 그 광채를 비길 수 있을까?
빼어난 모습은 이처럼 한결같았기에
뭇 여인이 많이 비방하였습니다.
낭군의 은혜는 예전의 사랑을 옮겨 버렸기에
총애를 잃어 가을바람 속에 돌아와서는,
시름과 고통 속에 이웃을 기웃거리지 않고
울면서 검누른 베틀에 오릅니다.
날씨가 추우니 흰 손은 차갑고
밤이 오래되니 등불이 다시 희미해지는데,
열흘이 지나도 한 필을 채우지 못하고
쑥대 같은 귀밑털은 실같이 어지럽습니다.
그래도 아리따운 사람이라서
저같이 꽃다운 모습은 세상에 드무니,
낭군을 향해 하얀 치아를 드러내면
저버리지 말고 저를 돌아봐 주시겠지요.

해설

  울긋불긋한 비취새 깃털로 장식하고 황금빛 실로 수를 놓아 춤추고 노래하
는 여인의 화려한 옷을 만들었다. 이런 옷을 입은 여인 역시 그 미모가 출중할
것이다. 그 아름다움은 그 어디에도 비길 데가 없다. 그저 하늘에 떠서 구름과

희롱하며 나타났다 사라졌다하는 환한 달이나 되어야 비교될 만하다. 둥그렇게 떠서 하늘을 가로지르는 보름달도 보기 좋지만 구름과 엇갈리며 완전히 보일듯 하다가 다시 사라지는 달이 훨씬 운치가 있다. 구름과 달은 잘 어울리는 한 쌍 이다. 여기서 구름 속 달은 단순히 여인의 미모만을 비유하는 것이 아니라 낭군 의 총애를 받으며 서로 사랑하는 여인을 비유한다.

이렇게 빼어난 모습으로 항상 낭군과 같이 있으니, 다른 여인들이 항상 시기 하고 질투하며 모함도 했을 것이다. 이런 모함에 낭군이 속아 넘어가 결국 다 른 여인을 사랑하게 되며 이 여인은 쫓겨난다. 홀로 지내는 여인이 하는 일이 라곤 그저 방에 처박혀서 임을 그리워하는 것뿐이다. 주어진 일이라 베틀에 올라 베를 짜보지만 일이 손에 잡히지 않는다. 눈물과 한숨에 젖어 지내다보니 치장도 하지 않아 얼굴이 초췌해 보인다.

그렇지만 세상에서 드문 출중한 미모는 사라지지 않고 여전히 간직하고 있 으니, 만일 하얀 이 드러내며 임을 향해 웃어준다면 다시는 버리지 말고 한 번 더 돌아봐줄 것이라고 기대를 가져본다.

아름다운 미모를 가진 여인이 남자의 총애를 받다가 다른 여인의 시기와 질 투로 쫓겨났지만 다시 남자가 자신의 미모를 알아주어 사랑해주기를 바란다는 내용이다. 이렇게 여인의 목소리로 여인의 사랑과 탄식을 노래한 시는 예로부 터 많이 있어왔다. 대체로 자신의 재능을 인정받지 못하고 군주로부터 버림받 은 상황을 한탄하는 뜻을 비유하였다. 이백 역시 한림공봉으로 있다가 궁중 신하들의 모함으로 쫓겨난 뒤 다시 황제가 불러주기를 학수고대 하였으니 그 러한 뜻을 기탁했을 것이다.

하지만 문제는 이 시가 배 사마에게 주는 시라는 점이다. 배씨는 누구인지 자세히 알려져 있지 않으며 사마는 지방행정단위의 관직으로 종오품에 해당하 여 지금으로 보면 도청 과장 정도이다. 높다면 높고 낮다면 낮은 관직이다. 이 런 사람에게 이백이 이런 내용의 시를 왜 주었을까? 대체로 기증시는 상대방의 재능이나 인품에 대한 칭송, 상대방과의 교유관계, 자신의 상황에 대한 기술과 바람 등을 적어서 주는 것인데, 이 시에서는 여인의 이야기만 적었다. 그렇다고 해서 시에 나오는 임이 배 사마일까? 그렇다면 이백이 배 사마의 수하에서 일 을 했어야 하는데 그렇지는 않을 것이다.

이 시를 배 사마에게 준 목적이 무엇일까? 아마도 이백은 자신의 상황을 배

사마에게 알려준 뒤 뛰어난 재능을 가진 자신을 다시 궁중으로 추천해주기를
바랐을 것이다. 이 시는 관직에 대한 추천이나 청탁을 위한 일종의 간알시이
다. 대체로 간알시에는 상대방에 대한 칭송과 자신의 소개가 들어가는데 여기
서는 상대방의 이야기는 빼고 자신의 이야기만 적었다. 그리고 시 전체의 내용
은 모두 비유로만 이루어져 있다. 상당히 독특한 형식이다. 이렇게라도 해야지
다른 사람의 눈에 뜨일 수 있었던 것일까? 참으로 절박했던 듯하다.

贈裴司馬 증배사마

翡翠黃金縷,　비취황금루
繡成歌舞衣.　수성가무의
若無雲間月,　약무운간월
誰可比光輝.　수가비광휘
秀色一如此,　수색일여차
多爲衆女譏.　다위중녀기
君恩移昔愛,　군은이석애
失寵秋風歸.　실총추풍귀
愁苦不窺鄰,　수고불규린
泣上流黃機.　읍상류황기
天寒素手冷,　천한소수랭
夜長燭復微.　야장촉부미
十日不滿匹,　십일불만필
鬢蓬亂若絲.　빈봉란약사
猶是可憐人,　유시가련인
容華世中稀.　용화세중희
向君發皓齒,　향군발호치
顧我莫相違.　고아막상위

징군 전소양에게 주다

백옥잔으로 술을 한 잔 하는데
버들 푸른 삼월이로다.
봄바람은 며칠이나 남았나?
양쪽 귀밑털이 각기 실과 같구나.
촛불 잡고 오로지 마셔야만 할 것이고
낚싯대 드리우는 것도 아직 늦지 않았지.
만약 위수에서 사냥하던 분을 만나면
여전히 제왕의 스승이 될 수 있으리라.

해설

　버드나무가 푸른 싹을 내고 하늘거리는 봄날 백옥으로 만든 하얀 잔에 술을 따라 한잔 마신다. 이렇게 좋은 봄날이 이제 얼마나 남았는가? 내 머리칼은 희끗희끗하니 청춘은 이미 다 가버렸구나. 그렇다고 탄식할 필요는 없다. 아직도 내겐 남은 날이 많으니. 며칠 남은 봄날이라도 마음껏 즐기자. 낮이 짧으니 밤에 촛불 켜놓고 계속 술을 마시고 즐기자. 이 때가 아니면 언제 놀 수 있겠는가?

　아직 관직에 나아가지도 못하고 공적을 세우지도 못했지만 걱정하지 말자. 하늘이 내려주신 내 재주는 언젠가는 쓰일 것이다. 강태공은 나이 80세가 넘어서 위수에서 낚시를 하다가 사냥 나온 문왕을 만나 그의 스승이 되지 않았던가. 그에 비하면 나는 아직 젊으니 걱정할 게 없다. 나도 언젠가는 문왕 같은 이를 만나 왕의 스승이 될 터이니 지금은 이 봄날 열심히 즐기며 기다리자.

　제목에 나오는 징군은 관직에 나아가지 않고 은일하고 있는 사람을 의미하고 전소양에 대해서는 자세히 알려져 있지 않다. 아마도 이백은 관직을 하지 않은 채 이리저리 떠돌다가 은일하고 있는 전소양을 만난 뒤 의기투합하여 함께 술을 마시고 즐겼을 것이고 당시 두 사람의 기백을 담아 이 시를 지어 주었을 것이다.

당시의 은자는 관직이 자신에게 주어지면 나아가 훌륭한 공적을 쌓고 관직이 주어지지 않으면 자연 속에서 유유자적하게 살며 즐기는 것이 일반적이었다. 부귀영화에 신경 쓰지 않고 관직에 얽매이지도 않으며 관직을 갈구하지도 않는다. 이런 초탈한 모습을 보여주어야 훌륭한 은자이다. 전소양도 훌륭한 은자였을 것이고 이백도 훌륭한 은자였을 것이다. 하지만 이런 탈속적이고 호쾌한 모습 이면에 관직에 대한 열망이 언뜻언뜻 비치는 것도 어찌할 수 없는 사실이다.

贈錢徵君少陽 증전징군소양

白玉一杯酒,   백옥일배주
綠楊三月時.   록양삼월시
春風餘幾日,   춘풍여기일
兩鬢各成絲.   량빈각성사
秉燭唯須飮,   병촉유수음
投竿也未遲.   투간야미지
如逢渭川獵,   여봉위천렵
猶可帝王師.   유가제왕사

나 이백이 배를 타고 장차 떠나려 하는데
문득 강둑에서 발 구르며 부르는 노랫소리가 들리네.
도화담 물의 깊이가 천 자라고 하지만
그대 왕윤이 나를 송별하는 정에는 미치지 못하리.

해설

왕윤은 지금의 안휘성 경현에 거주했던 사람으로 그 지방의 호족이었던 것으로 추정된다. 청나라 원매가 지은 ≪수원시화随园诗话≫에 이런 일화가 기록되어있다. 당나라 때 왕윤이란 자는 경천의 호방한 선비인데 이백이 장차 그곳을 들르리라는 소문을 듣고는 이백에게 다음과 같은 편지를 써 보내며 초청하였다. "선생님께서는 유람하시기를 좋아하시나요? 이곳에 십리도화十里桃花가 있습니다. 선생님께서는 술 마시기를 좋아하시나요? 이곳에 만가주점萬家酒店이 있습니다." 이백은 십 리 복숭아 꽃길을 구경하고 만 개의 술집에서 술을 마시리라는 기대를 하고 그곳으로 갔다. 왕윤이 이백에게 말하기를, "제가 말씀드린 '십리도화'는 십 리 떨어진 곳에 있는 못의 이름일 뿐 복숭아꽃은 전혀 없으며, '만가주점'은 술집 주인의 성이 만 씨라는 것이지 만 개의 술집이 있는 것이 아닙니다."라고 하였다. 이에 이백이 크게 웃고는 즐겁게 며칠 동안 머무르며 대접을 받았다.

이 시는 왕윤과 노닐고 떠나갈 때 지어서 준 것이다. 이백이 배를 타고 떠나려고 하는데 갑자기 강가 언덕에서 발을 구르며 부르는 송별 노래가 들린다. 왕윤의 환대가 지극했는데 떠나는 순간까지 그 정을 느낄 수 있다. 복숭아꽃은 없지만 맑고 깊기로 유명한 도화담이 깊이가 천 자라고 하지만 왕윤이 나를 송별하는 정은 그보다 더 깊을 것이다.

당시 유명한 시인이었던 이백이 자신의 이름과 왕윤이라는 이름을 넣어 시를 지었다. 시에 사람 이름이 들어가면 운치가 떨어질 수가 있겠지만, 이 시는 잘나가는 연예인과 같이 찍은 기념사진과 같은 것이다. 이후 왕윤은 만나는 이들마다 이백이 직접 써준 이 시를 보여주며 자랑했을 것이고 집안의 가보로 물려주었을 것이다. 그리고 이로 인해 왕윤이라는 이름은 이백의 이름과 함께 현재까지도 남아있게 되었다.

贈汪倫 증왕윤

李白乘舟將欲行,　　이백승주장욕행
忽聞岸上踏歌聲.　　홀문안상답가성
桃花潭水深千尺,　　도화담수심천척
不及汪倫送我情.　　불급왕윤송아정

사구성 아래서 두보에게 부치다

내가 온 것은 대체 무엇 때문이기에
사구성에서 고아하게 누워있는가?
성 주변에 오래된 나무가 있어
밤낮으로 가을 소리가 이어지는데,
노 땅의 술은 취할 만하지 않고
제 땅의 노래는 공연히 또 정겹구나.
그대에 대한 그리움이 문수와 같으니
넘실넘실 남으로 흘러가는 물에 부치네.

해설

　두보는 이백보다 열 살 아래로 천보 3재(744) 낙양에서 두 사람이 처음 만났으며, 이후 헤어졌다가 가을 양송 지역에서 다시 만나 고적 등과 함께 교유하였고 그 이듬해에 헤어졌다. 두 차례에 걸쳐 두 사람이 만나 교유하였는데 당시 이백은 한림공봉을 하였던 유명한 시인이었고 두보는 과거에 낙방하여 이리저리 떠도는 무명 문인이었다. 두보의 눈에 이백은 까마득히 높이 있는 대형 문인이었으니 이런 이백과 만나 노닐게 된 것이 영광이었을 것이다. 두보의 시 중에는 이백을 그리워하고 흠모하며 지은 시가 십여 수 남아있다.

　이 시는 이백이 두보와 헤어진 뒤 산동성에 있던 사구성에 머물면서 두보에게 부친 것이다. 이백은 한림공봉에서 쫓겨나 다시 산동성의 집으로 돌아와 고아한 은자의 모습으로 노닐고 있었다. 그래도 이백의 지향은 다시 관직에 나아가는 것에 있었으니 허송세월하는 것이 못내 답답했을 것이다. 마침 때도 가을이라 더욱 마음이 고달팠을 것이다. 술을 마셔 시름을 삭히려고 하여도 그곳의 술은 묽어서 취하질 않고, 그 지방의 노래를 들으니 애달픈 정감이 넘쳐 공연히 마음을 더욱 여리게 만든다. 이에 얼마 전에 만난 두보가 생각이 난다.

그도 역시 문학적 재능이 있기는 하지만 인정을 받지 못하고 이리저리 떠돌고
있을 것이다. 두보에 대한 이백의 그리움은 넘실넘실 끝없이 흘러가는 저 강물
과 같으니, 이 마음을 강물 따라 남쪽에 있는 두보에게 띄워본다.

　한시의 역사에서 가장 위대한 두 작가인 이백과 두보가 한 시대에 살며 교유
를 했으며, 서로 그리워하며 시를 주고받았다는 사실이 신기하기만 하다.

沙丘城下寄杜甫 사구성하기두보

我來竟何事,　아래경하사
高臥沙丘城.　고와사구성
城邊有古樹,　성변유고수
日夕連秋聲.　일석련추성
魯酒不可醉,　노주불가취
齊歌空復情.　제가공부정
思君若汶水,　사군약문수
浩蕩寄南征.　호탕기남정

노군 동쪽 석문에서 두보를 보내다

이별주에 취하고 또 며칠 동안
못가의 누대를 두루 올라 굽어보았네.
어느 때 석문의 길가에서
다시금 황금 술 단지를 열 수 있을까?
가을이라 사수의 물결은 낮아졌고
새벽빛에 조래산은 밝아졌네.
날리는 쑥처럼 각자 절로 멀어지리니
또 손에 든 술잔을 비우세.

이백과 두보의 교유에 대해서는 앞의 시 해설에서 자세히 설명하였다. 이 시는 두 사람이 같이 노닐다가 장안으로 가는 두보를 전송하며 지은 것이다.

두보가 장안으로 간다기에 이별주를 마셨다. 하지만 그래도 못내 아쉬워 며칠 동안 같이 다니며 못가의 누대를 올라 노닐었다. 헤어지는 것이 얼마나 아쉬웠으면 작별을 하고 또 다시 같이 노닐었을까? 이제는 더 이상 지체할 수 없어 두보가 떠나가야 한다. 노군의 성 동쪽에 있는 석문까지 나와서 또 작별하며 이별주를 마신다. 지금 헤어지면 언제 또 만나 술잔을 기울일 수 있을까?

때는 가을이라 강물이 잔잔하고 새벽이 밝아오고 있다. 배가 순풍을 받아 떠날 때가 되었다. 이제 정말 작별이다. 이제 헤어지면 천 리 만 리 멀어져 있을 터이고 만날 기약이 없으니 또 마지막 잔을 들어야 한다. 이백은 궁중에 있다가 쫓겨나서 관직을 할 길이 요원하고 두보 역시 과거에서 낙방하여 언제 관직을 할지 알 수가 없다. 두 사람 모두 관직을 하기 위해서는 날리는 쑥대처럼 이리저리 떠돌아야 한다. 자신의 미래가 불투명한 두 사람이라 더욱더 만날 기약이 없다. 서로 재능을 알아준 사이이기에, 앞으로의 길이 험난할 것이라는 것을 누구보다도 더 잘 알고 있기에 이들의 헤어짐은 특히 슬프다.

魯郡東石門送杜二甫 로군동석문송두이보

醉別復幾日, 취별부기일
登臨徧池臺. 등림편지대
何時石門路, 하시석문로
重有金樽開. 중유금준개
秋波落泗水, 추파락사수
海色明徂徠. 해색명조래
飛蓬各自遠, 비봉각자원
且盡手中杯. 차진수중배

동로의 두 아이에게 부치다

오 땅의 뽕잎은 푸르고
오 땅의 누에는 이미 세 번 잠을 잤는데,
동로에 있는 우리 집에는
누가 귀산 북쪽의 밭에 씨를 뿌릴까?
봄 농사가 이미 때가 늦었기에
강을 떠돌다 다시 마음이 아득해졌는데,
남풍이 집에 돌아가려는 내 마음을 불어
주루 앞에 날려 떨어뜨리네.
누각 동쪽에 복숭아나무 한 그루
가지와 잎이 푸른 연무를 떨치는데,
이 나무는 내가 심은 것이니
헤어진 지 3년이 되어가네.
복숭아나무는 지금 누각만큼 자랐는데
나는 떠돌면서 아직 돌아오지 못하는구나.
귀여운 딸은 이름이 평양으로
꽃 꺾으며 복숭아나무에 기대어 있는데,
꽃을 꺾으면서 내가 보이지 않으니
눈물을 샘물처럼 흘리네.
어린 아들은 이름이 백금으로
누이와 또한 어깨를 나란히 하며,
둘이서 복숭아나무 아래 거니는데
누가 등을 어루만지며 또 예뻐해 줄까?
이런 생각 하노라니 마음이 엉클어지고
간장이 날로 근심으로 끓기에,

흰 비단 찢어 멀리 있는 마음을 적었으니
그 김에 문양의 강가로 가보리라.

해설

이백은 공식적으로 두 번 결혼한 것으로 알려져 있다. 첫 번째는 재상 가문
의 딸인 허씨와 결혼해서 딸인 평양과 아들인 백금을 낳았으며 동로 지역에서
살았다. 두 번째는 역시 재상 가문의 딸인 종씨와 결혼했으며 이백이 감옥에
갇혔을 때 구원활동을 열심히 하였다. 이런저런 기록에 따르면 이외에 두 명의
여인이 더 있었으며 자식에 관해서도 여러 가지 이설이 있다. 이백이 천하를
돌아다녔으며 호방한 성격으로 인해 가정을 소홀히 했을 것 같지만 그의 시에
는 부인과 자식을 그리워하는 내용이 제법 있다. 특히 부인에 대한 정은 각별
했던 것으로 보인다.

이 시는 지금의 산동성 지역인 동로를 떠나 남쪽의 오 지역을 떠돈 지 3년이
되던 해에 자식들을 그리워하며 보낸 시이다. 자신이 머물고 있는 오 지역에
봄이 와서 뽕잎이 푸르고 누에도 자라나며 모두들 누에치기에 한창이다. 하지
만 동로에 있는 자신의 집에는 장부가 없이 여인과 어린 아이 뿐이어서 누가
봄 농사를 할지 걱정이다.

이때 이백은 특유의 상상력을 발휘한다. 이백의 영혼이 북쪽으로 부는 남풍
을 타고 고향으로 날아간다. 처음 보이는 것은 자신이 자주 가던 주점이다. 아
마도 집 근처에 있었을 것인데 집에 가기 전에 한 잔 생각이 먼저 났을지도
모르겠다. 누각 동쪽에 복숭아나무 한 그루에 푸른 잎이 무성한데 이건 내가
예전에 심었던 것이다. 떠나온 지 삼 년이 되었는데 어느새 누각 높이까지 자
라있다.

그 옆에 보니 딸 평양이 복숭아꽃을 꺾고 있다. 그런데 아빠를 부르며 눈물
을 흘리고 있다. 아들 백금도 함께 있는데 어느새 키가 훌쩍 자라 누이와 어깨
가 나란하다. 오누이가 사이좋게 놀고 있지만 이들을 예뻐해 주며 등을 어루만
져줄 아빠는 없다. 이런 장면을 보노라니 마음이 어지럽고 속이 타들어간다.

이제 흰 비단에 이 시를 적어 멀리서 그리워하는 아빠의 마음을 보내니 만일
물길을 타고 간다면 이 편지를 따라 내 마음도 고향의 강을 통해 집으로 갈

수 있을 것이다. 아무리 멀리 떨어져 있어도 이백의 마음은 항상 집의 아이들과 같이 있었다.

寄東魯二稚子 기동로이치자

吳地桑葉綠,	오지상엽록
吳蠶已三眠.	오잠이삼면
我家寄東魯,	아가기동로
誰種龜陰田.	수종귀음전
春事已不及,	춘사이불급
江行復茫然.	강행부망연
南風吹歸心,	남풍취귀심
飛墮酒樓前.	비타주루전
樓東一株桃,	루동일주도
枝葉拂青烟.	지엽불청연
此樹我所種,	차수아소종
別來向三年.	별래향삼년
桃今與樓齊,	도금여루제
我行尚未旋.	아행상미선
嬌女字平陽,	교녀자평양
折花倚桃邊.	절화의도변
折花不見我,	절화불견아
淚下如流泉.	루하여류천
小兒名伯禽,	소아명백금
與姐亦齊肩.	여저역제견
雙行桃樹下,	쌍행도수하
撫背復誰憐.	무배부수련

念此失次第,　넘차실차제
肝腸日憂煎.　간장일우전
裂素寫遠意,　렬소사원의
因之汶陽川.　인지문양천

여산의 노래 - 노허주 시어에게 부치다

나는 본래 초나라 미치광이 접여와 같아서
봉황 노래로 공자를 비웃다가,
손에 푸른 옥지팡이를 들고
아침에 황학루를 떠나서는,
먼 곳을 마다 않고 오악에서 신선을 찾으며
일생동안 명산에 들어가 노닐기를 좋아했지.
여산은 남두성 부근에 빼어나게 솟아서,
구첩 병풍에 비단 구름이 펼쳐져 있는데,
그 그림자가 맑은 호수에 떨어지니 검푸른 빛이었지.
금궐 앞에 두 봉우리가 높이 펼쳐져있고,
은하수는 삼석량에 거꾸로 걸려 있으며,
향로봉의 폭포와 멀리 서로 바라보는데,
굽어 도는 절벽과 겹겹의 봉우리가 푸른 하늘로 솟아있었지.
산의 푸른빛과 붉은 노을이 아침 태양에 비치는데
새가 날아도 넓은 오나라 하늘에 이르지 못하였지.
높은 곳에 오르니 하늘과 땅 사이가 모두 장관인데,
긴 장강은 아득히 흘러가 돌아오지 않으며,
만 리의 누런 구름은 바람에 움직이고
아홉 줄기 흰 물결은 설산에서 흘러왔지.
여산 노래 부르기를 좋아하는 것은
흥이 여산으로 인해 일어나서이지.
한가로이 석경을 바라보니 내 마음은 맑아지는데
사령운이 다니던 곳은 푸른 이끼로 덮였지.
일찍이 환단을 먹어 세속의 마음이 없어졌고

세 단전을 고루 쌓아서 도를 처음 이루었으니,
멀리 비단 구름 속에서 신선을 만나
손에 부용을 잡고 옥경에서 조회에 참석할 것이고,
높은 하늘 위의 한만을 먼저 기약해놓았으니
노오와 함께 태청에서 노닐기를 바라네.

해설

이 시는 노허주라는 사람에게 부치는 여산의 노래이다. 여산은 소식의 시 '여산진면목廬山眞面目'으로도 유명한 중국의 명산이다. 시 내용의 대부분은 여산의 풍경에 관한 것이며 그곳에 가서 신선의 도를 얻어 신선세계에서 노닐고자 하는 뜻을 밝혔다. 노허주는 시어사라는 관직을 역임했는데 이 시를 쓴 때에도 시어사를 하고 있었는지는 확실치 않다. 아마도 노허주 역시 이백과 마찬가지로 신선술에 대한 지향을 가지고 있었으며 신선의 기풍을 가지고 있었기에 이 노래를 지어 그 역시 신선의 도를 얻기를 바라는 마음을 표현한 것으로 보인다. 하지만 해석에 따라서는 이백 자신의 이야기만 줄곧 쓴 것으로 볼 수도 있는데, 이렇게 상대방이 결여된 시가 이백의 시에 종종 보인다.

첫 부분에서 이백은 자신이 본래 초나라의 광인狂人 접여라고 하였다. 접여는 춘추시대 초나라 사람 육통이며 접여는 그의 자이다. 공자가 초나라에 갔을 때 접여가 공자 앞을 지나면서 "봉황아, 봉황아, 어찌하여 덕이 쇠했는가! 지난 일은 어찌할 수 없지만 앞날은 좇을 수 있으리라. 그만 두어라, 그만 두어라. 지금 정치하는 사람들이 위태롭도다.(鳳兮鳳兮, 何德之衰? 往者不可諫, 來者猶可追. 已而已而, 今之從政者殆矣)"라고 하면서 공자가 현실 정치에 힘쓰고 있는 것을 비웃었다. 이백은 평소 공자만이 자신을 알아줄 것이라고 하였고 공자의 정신을 계승해야 한다고 하였는데, 이 시에서는 오히려 공자를 풍자한 접여를 자신의 본모습이라고 하였다.

이렇게 동일 인물에 대한 상반된 평가는 이백의 시에서 자주 보인다. 늙었을 때 낚시질 하다가 문왕의 부름을 받은 강태공을 존경하기도 하였지만 늙어서야 권세를 추구한 사실을 비판하기도 하였다. 전원 속에서 유유자적하게 살면서 소박한 삶을 살았던 도연명을 흠모하기도 하였지만, 현실 정치에 당당하게 나서지 못해 쩨쩨하다고 말하기도 하였다. 이러한 상반된 언급은 이백 자신의 지향이 이중적이기 때문이다. 자연 속에서 고고하게 살고 있는 은자이기도 하면서 다른 한편으로는 현실 정치로 뛰어들어 역사에 남을 큰 공적을 쌓은 영웅이 되고 싶었기 때문이다.

이 시에서의 지향은 자연 속에서 득도하여 신선이 되는 것이다. 신선의 학이 머물다 날아갔다는 황학루를 떠나 신선의 도를 찾아서 일생동안 이름난 산을 찾아 다녔다. 그 중 하나인 여산이 특히 좋았다. 중국 남방에 위치하여 높이 솟은 봉우리가 병풍처럼 펼쳐져 있으며, 남동쪽에는 파양호가 드넓다. 금궐암, 삼석량, 향로봉 폭포 등 장관이 많으며 높은 곳에 오르면 넓은 천지가 다 보인다. 거울 같이 반들반들한 바위인 석경을 보면 마음이 맑아지고 옛날의 대시인 사령운이 다녔던 길을 생각하며 그의 시를 읊조리기도 한다.

신선의 도를 찾아 헤매다 이곳 여산에 와서 드디어 환단을 먹고 세속의 욕심을 버리게 되었으니, 신선이 되어 옥경에서 천제에게 인사를 할 것이다. 그리고 하늘 위 높은 곳에 있는 한만을 만날 것이고 신선과 교유하던 노오와 하늘에서 노닐기를 바란다. 노오는 진시황 때 박사를 지낸 사람인데 세상을 두루 돌아다닌 것으로 유명하다. 그가 일찍이 한 선비를 만났는데 자신보다 더 넓은 세상을 돌아본 것을 알고는 그와 사귀고자 하였다. 하지만 그 선비는 한만과 구해 바깥에서 만나기로 했다면서 구름 속으로 사라졌다고 한다. 지금 이백은 다시 노오와 함께 한만을 만나기 위해 하늘로 올라가고자 한다. 여기서 노오는 성이 같은 노허주를 가리킨다.

여산을 노닐다가 신선이 되어 하늘로 올라가 버린 이들의 이야기이다.

廬山謠寄盧侍御虛舟 려산요기로시어허주

我本楚狂人, 아본초광인
鳳歌笑孔丘. 봉가소공구
手持綠玉杖, 수지록옥장

朝別黃鶴樓.	조별황학루
五岳尋仙不辭遠,	오악심선불사원
一生好入名山遊.	일생호입명산유
廬山秀出南斗旁,	려산수출남두방
屛風九疊雲錦張,	병풍구첩운금장
影落明湖靑黛光.	영락명호청대광
金闕前開二峰長	금궐전개이봉장
銀河倒挂三石梁.	은하도괘삼석량
香爐瀑布遙相望,	향로폭포요상망
迴崖沓嶂凌蒼蒼.	회애답장릉창창
翠影紅霞映朝日,	취영홍하영조일
鳥飛不到吳天長.	조비부도오천장
登高壯觀天地間,	등고장관천지간
大江茫茫去不還.	대강망망거불환
黃雲萬里動風色,	황운만리동풍색
白波九道流雪山.	백파구도류설산
好爲廬山謠,	호위려산요
興因廬山發.	흥인려산발
閑窺石鏡淸我心,	한규석경청아심
謝公行處蒼苔沒.	사공행처창태몰
早服還丹無世情,	조복환단무세정
琴心三疊道初成.	금심삼첩도초성
遙見仙人綵雲裏,	요견선인채운리
手把芙蓉朝玉京.	수파부용조옥경
先期汗漫九垓上,	선기한만구해상
願接盧敖遊太淸.	원접로오유태청

진 땅의 강물은 농수산을 떠났기에
나지막이 흐느끼듯 슬퍼하는 소리가 많고,
호 땅의 말은 북방의 눈을 돌아보고는
머뭇거리며 길게 우는데,
외물에 감정을 느껴 내 마음을 뒤흔드니
아득히 돌아갈 마음을 품게 되네.
전에는 가을 나방이 나는 것을 보았는데
지금은 봄누에가 생기는 것을 보노라니,
하늘거리는 뽕나무에 잎사귀가 맺혔고
무성한 버드나무에 솜꽃이 드리웠네.
급한 시절은 흐르는 물처럼 지나가고
나그네 마음은 매달린 깃발처럼 흔들리는데,
눈물을 뿌리며 또 다시 떠나니
서글픈 마음은 어느 때에나 평온해질까?

해설

진 땅의 물은 농수산에서 흘러 내려왔고 호 땅의 말은 북방에서 왔다. 강물
이 흘러가면서 나지막이 소리를 내는데 마치 자신의 고향을 그리워하며 우는
것 같고, 말이 머뭇거리며 길게 우는데 마치 고향을 그리워하는 것 같다. 강물
이 고향을 그리워할 리 만무하지만 그렇게 들리는 건, 그 물소리를 듣는 이가
고향을 멀리 떠나왔기 때문이다. 고향을 그리워하는 감정이 절실하니 만물이
다 자기 마음과 같은 것 같다. 주위에 보이는 사물과 들리는 소리가 전부 고향
을 그리워하는 것 같다. 그러한 만물을 보고 있노라니 고향으로 가고 싶은 자

신의 마음은 더욱 사무친다. 이백이 지금 그런 처지에 있다.

　얼마 전에 가을에 나방이 나는 걸 본 것 같았는데 어느새 봄이 되어 버렸다. 뽕나무 가지는 파릇한 싹을 머금은 채 바람에 하늘하늘 움직이고 있고, 버드나무 가지에는 솜꽃이 가득 맺혀있다. 객지에서 맞이하는 봄은 나그네의 마음을 더욱 심란하게 만든다. 이백이 객지를 떠도는 이유는 무엇인가? 사람들에게 인정을 받아 자신의 존재를 드날리고 싶어서이다. 자신감은 항상 드높지만 현실은 그다지 녹록치 않다. 언제 사람들의 인정을 받아 관직에 오를지에 대해서는 전혀 기약이 없다. 그렇게 그는 하염없이 여기저기 떠돌아다니고, 세월은 속절없이 빨리 지나가기만 한다. 이제 봄이 되었으니 다시금 활동을 개시하며 돌아다녀야 하지만 어디로 가야할지 정해진 것은 없다. 매달린 깃발은 어떤 존재인가? 새가 되어 훨훨 날아가지도 못하고, 든든한 대지에 자리를 잡고 안정된 모습을 보여주지도 못하고 있다. 그저 바람이 불면 날아갈 것 같지만 항상 제자리에서 몸부림치고 있다. 하늘거리는 뽕나무 가지와 어지럽게 날리는 버들개지 역시 이러한 불안정한 자신의 상황을 대변하고 있다.

　하지만 또 다시 어디론가 가야한다. 눈물을 뿌리며. 언제나 세상의 인정을 받아 큰 공을 세운 뒤 가족을 찾아가서 정착할 수 있을까? 아무런 기약이 없다.

古風 五十九首(其二十二) 고풍 오십구수(기이십이)

秦水別隴首,	진수별롱수
幽咽多悲聲.	유열다비성
胡馬顧朔雪,	호마고삭설
躞蹀長嘶鳴.	섭접장시명
感物動我心,	감물동아심
緬然含歸情.	면연함귀정
昔視秋蛾飛,	석시추아비
今見春蠶生.	금견춘잠생
嫋嫋桑結葉,	뇨뇨상결엽

萋萋柳垂榮.　　처처류수영
急節謝流水,　　급절사류수
羈心搖懸旌.　　기심요현정
揮涕且復去,　　휘체차부거
惻愴何時平.　　측창하시평

이른 봄에 왕 한양현령에게 부치다

봄이 돌아왔다고 하지만 아직 서로 만나지 못하여
겨울 매화 옆으로 달려가서 소식을 물어 보았지.
어젯밤 동풍이 무창에 들어오더니
길가의 버들이 황금빛이 되었네.
푸른 물은 드넓고 구름은 아득한데
훌륭한 이는 오지 않아 공연히 애간장이 끊어지네.
청산의 바위 하나를 미리 쓸어놓았으니
그대와 함께 연일 술에 취하리라.

해설

　추운 겨울이 지긋지긋해지고 봄이 오기를 손꼽아 기다린다. 언제나 봄이 올
까? 여기저기서 사람들은 봄이 왔다고 이야기를 한다. 하지만 이백이 있는 곳에
는 아직 봄이 온 기미가 보이질 않는다. 그래서 봄을 제일 먼저 알린다는
매화가 있는 곳으로 뛰어가서 이리저리 살펴보지만 여전히 꽃이 필 징조는 보
이질 않는다. 봄 소식이 들리기는 하지만 아직 이백이 있는 곳에는 봄이 오지
않았다. 간절하게 기다린다. 오죽하면 매화나무에게 달려가겠는가? 이백에게
봄은 마치 멀리 떠나가 오랫동안 보지 못한 애인이라도 되는 듯하다.
　드디어 어젯밤에 이백이 있는 무창으로 봄바람이 들어왔다. 봄바람이 어떤
지역에 불어오는 것이 하루 상간은 아닐 터인데, 이백은 어젯밤에 들어왔다고
했다. 그 이유는 무엇일까? 오늘 아침에 깨어보니 길 가의 버들이 황금색으로
변했기 때문이다. 황금빛 버들가지는 이제 싹이 나오려고 가지에 물이 한껏
오른 모습이다. 또는 잎의 형태가 채 갖춰지지 않은 싹이 가지에서 돋아난 모
습이기도 하다. 봄을 그렇게도 기다리던 이백의 눈앞에 봄이 훌쩍 찾아왔다.
　봄이 오니 푸른 물이 넘실넘실 흐르고 구름도 아득히 흘러간다. 봄 경물 치

고는 좀 삭막한 것 같기도 하다. 왜냐하면 아직 이른 봄이라 꽃이 피지 않았기 때문이다. 그저 봄바람에 봄기운을 느끼며 마음만 들떠있다. 이 좋은 봄기운을 즐겨야 하는데 좋은 사람이 없다. '미인美人'은 반드시 여인만을 지칭하지는 않으며 인품이 훌륭한 사람을 일반적으로 가리킨다. 여기서는 제목에 나오는 한양현령인 왕 씨를 가리킨다. 왕 씨가 없으니 봄이 와도 봄이 아니다. 그저 애간장만 태우면서 기다린다.

이 시를 지어 왕 씨에게 보내면 틀림없이 한걸음에 달려올 것이다. 나는 무엇을 해야 하나? 청산에 있는 넓고 평평한 바위를 쓸어 깨끗하게 해 놓고 술과 음식을 준비해놔야지. 왕 씨가 오면 낮에는 꽃을 보고 밤에는 달을 보며 연일 술을 마시며 봄날 취할 것이다.

봄이 이제 막 찾아오기 시작하는 이른 봄날, 봄을 찾아다니며 뛰어다니는 이백의 모습에서 얼마나 봄을 학수고대하고 있으며 얼마나 왕 씨와 만나 봄날을 즐기며 노닐고 싶어하는지가 잘 표현되어 있다.

早春寄王漢陽 조춘기왕한양

聞道春還未相識,	문도춘환미상식
走傍寒梅訪消息.	주방한매방소식
昨夜東風入武昌,	작야동풍입무창
陌頭楊柳黃金色.	맥두양류황금색
碧水浩浩雲茫茫,	벽수호호운망망
美人不來空斷腸.	미인불래공단장
預拂青山一片石,	예불청산일편석
與君連日醉壺觴.	여군련일취호상

꿈에 천모산을 노닌 것을 읊고서 떠나다

바다를 떠도는 이들이 영주산을 말하는데
안개와 파도가 아득하여 정말로 찾기 어렵고,
월 땅 사람들이 천모산을 말하는데
구름 노을 밝았다 사라지는 중에 혹 볼 수 있다지.
천모산은 하늘과 연결되어 하늘을 향해 가로놓였는데
기세가 오악을 넘어서고 적성산을 압도하며,
사만팔천장 높이의 천태산도
이 산을 마주하고는 넘어질듯 남동쪽으로 기울어졌다지.
그래서 나는 오월지방을 꿈꾸고자 하여
경호에 뜬 달을 타고 하룻밤에 날아 건넜네.
호수의 달이 내 그림자를 비추며
나를 섬계로 보내주었는데,
사령운이 묵었던 곳은 지금도 여전히 남아 있으며
맑은 물결은 넘실거리고 원숭이 울음소리는 맑았네.
발에 사령운의 나막신을 신고
몸소 푸른 구름사다리를 올랐더니,
산허리에는 바다 위로 떠오르는 태양이 보이고
하늘에서는 천계의 울음소리가 들렸네.
천 개의 바위를 만 번 굽어 도는데 길이 정해져 있지 않고
꽃에 홀려 바위에 기대어 있다 보니 홀연 어두워졌네.
곰과 용이 울부짖는 소리가 바위샘에 시끄러워
깊은 숲을 오싹하게 하고 겹겹 산봉우리를 놀라게 했으며,
구름은 어둑해져 비가 오려하고
물결은 출렁이며 안개가 피어올랐네.

하늘이 갈라진 틈으로 번개와 천둥이 치더니
언덕과 산이 무너지고 꺾이고,
신선이 사는 동천의 석문이
굉음을 내며 열렸네.
푸른 하늘은 넓고 멀어 끝도 보이지 않고
태양과 달이 금은대를 반짝반짝 비추는데,
무지개로 옷을 삼고 바람으로 말을 삼아
구름의 신선이 어지러이 내려왔네.
호랑이는 슬을 연주하고 난새는 수레를 끌며
신선이 삼처럼 빽빽이 늘어섰네.
갑자기 혼백이 놀라 요동치니
멍하니 놀라 일어나서 길게 탄식하는데,
꿈에서 깨어나니 침상만 남아있고
방금 있었던 안개와 노을은 사라졌네.
이 세상의 즐거움 또한 이와 같으니
예로부터 모든 일은 동쪽으로 흐르는 물과 같았지.
그대들과 헤어져 떠나면 언제나 돌아올까?
잠시 흰 사슴을 푸른 벼랑 사이에 풀어 두었다가
떠나야 할 때 그걸 타고 명산을 찾을 것이니,
어찌 눈썹 낮추고 허리 굽히며 부귀권세를 섬기느라
내 마음과 얼굴을 펴지 못하게 하겠는가?

해설

   이 시의 제목이 〈동로의 여러 공들과 헤어지다別東魯諸公〉라고 된 곳도 있는
데, 이를 종합해서 보면 이백이 지금의 산동성에 있던 동로에 살다가 장차 지금
의 절강성에 있는 천모산으로 떠나면서 지은 것이다. 천모산은 기암절벽이 많
으며 예로부터 신선이 산다고 하였는데, 이백이 꿈에 이곳을 보고는 찾아가보

고자 하여 떠난 것으로 보인다. 시 내용의 대부분은 이백이 꿈에 본 천모산의 정경을 그리고 있다.

동해에 있다고 전해지는 신선의 산인 영주산을 찾아 헤매는 사람들은 안개와 파도로 인해 찾아가기 힘들다고 하는데, 월 땅 사람들은 천모산이 이따금 구름과 안개 속에 보인다고 한다. 둘 다 찾아가기 힘들기는 하지만 그래도 천모산이 조금 더 쉬워 보이기는 하다. 그도 그럴 것이 영주산은 전설에만 존재하는 허구의 산이다. 그렇다고 해서 천모산을 찾아가는 것이 만만한 것은 아니다. 천모산은 그 기세가 세상의 어떤 산보다도 뛰어나다고 하니 이백도 한번 보고 싶었을 것이다. 더구나 신선이 산다고 했으니. 그래서 꿈에 달을 타고 갔다.

우선 천모산 근처에 있는 섬계에 도착하니 옛날의 유명한 시인 사령운이 묵었던 곳이 있으며 경관이 훌륭하다. 사령운은 중국 남방의 여러 명승지를 찾아다니며 많은 시를 남겼는데 그 자신이 훌륭한 등산가이기도 했다. 다양한 등산 및 숙박 장비를 직접 고안하기도 하였는데 특히 그의 등산화가 유명하다. 오르막길을 갈 때는 앞굽을 빼고 내리막길을 갈 때는 뒷굽을 빼서 항상 발을 평평하게 유지할 수 있도록 하였다. 이백도 사령운의 등산화를 신고 구름 속까지나 있는 사다리를 타고 천모산에 올라간다.

새벽을 가장 먼저 알리는 천계가 울자 태양이 바다 위로 떠오르는 것이 보이며 수천 개의 바위를 수만 번 굽이돌아가며 꽃구경을 하다 보니 갑자기 어두컴컴해진다. 인간이 신선의 땅을 침범해서 하늘이 노한 것일까? 곰과 용이 울부짖는데 그 소리에 숲이 오싹해지고 산봉우리가 놀랄 지경이며 비가 내릴 듯 구름이 시커멓고 안개가 자욱해진다. 그러더니 갑자기 번개와 천둥이 치자 산이 무너지고는 석문이 큰 소리를 내며 열린다.

신선세계가 열린 것이다. 그 안에는 푸른 하늘이 끝도 없으며 신선이 사는 금은대가 번쩍이고 있다. 무지개 옷을 입고 바람을 탄 신선이 내려오는데 호랑이가 음악을 연주하고 봉황이 수레를 끌고 있다. 이런 광경에 넋이 나가고 멍하게 놀라자 마침 꿈이 깨버렸다. 이제 신선을 만날 수 있었는데. 신선세계로 들어갈 수 있었는데.

꿈에서 깨니 침상만 덩그러니 있을 뿐 방금 본 신선세계는 사라지고 없다. 천모산을 노닌 즐거움도 사라지고 없다. 그렇구나. 인간 세상의 즐거움이란 건 동쪽으로 흘러가는 물과 같으니 한 번 가면 다시는 돌아오지 않는 것이지. 그러니 세속에 연연할 필요가 무어 있겠는가? 나는 이제 직접 천모산을 찾아 떠나가야겠다. 이제 내가 떠나면 그대들과 언제 만나겠는가? 아마 내가 신선이 되었을 때이리라. 신선이 타고 다니는 흰 사슴은 잠시 푸른 벼랑에 매어놓았다가 나중에 다시 그것을 타고 이름난 신선의 산을 유람하리라. 이렇게 신선의 삶을 살아야 할진대, 어찌하여 부귀영화를 누리기 위해 내 자존심을 꺾은 채 눈을 내리깔고 허리를 굽실거리며 살 것인가? 어깨를 활짝 펴고 당당하게 살아야 할 것이다. 이 마지막 두 구는 이백의 자존심과 기개를 가장 잘 표현하는 시어로 유명하다.

이백의 기세 높은 필체와 당당한 기운이 천모산의 험준한 산세와 신선세계의 환상적인 모습과 더불어 조화를 이루었으니 가히 이백의 대표작이라 할만하다.

夢遊天姥吟留別 몽유천모음류별

海客談瀛洲,	해객담영주
煙濤微茫信難求.	연도미망신난구
越人語天姥,	월인어천모
雲霞明滅或可覩.	운하명멸혹가도
天姥連天向天橫,	천모련천향천횡
勢拔五岳掩赤城.	세발오악엄적성
天台四萬八千丈,	천태사만팔천장
對此欲倒東南傾.	대차욕도동남경
我欲因之夢吳越,	아욕인지몽오월
一夜飛度鏡湖月.	일야비도경호월
湖月照我影,	호월조아영
送我至剡溪.	송아지섬계
謝公宿處今尚在,	사공숙처금상재

淥水蕩漾淸猿啼.	록수탕양청원제
脚著謝公屐,	각착사공극
身登靑雲梯.	신등청운제
半壁見海日,	반벽견해일
空中聞天雞.	공중문천계
千巖萬轉路不定,	천암만전로부정
迷花倚石忽已暝.	미화의석홀이명
熊咆龍吟殷巖泉,	웅포룡음은암천
慄深林兮驚層巓.	률심림혜경층전
雲靑靑兮欲雨,	운청청혜욕우
水澹澹兮生烟.	수담담혜생연
列缺霹靂,	렬결벽력
丘巒崩摧.	구만붕최
洞天石扇,	동천석선
訇然中開.	굉연중개
靑冥浩蕩不見底,	청명호탕불견저
日月照耀金銀臺.	일월조요금은대
霓爲衣兮風爲馬,	예위의혜풍위마
雲之君兮紛紛而來下.	운지군혜분분이래하
虎鼓瑟兮鸞回車,	호고슬혜란회거
仙之人兮列如麻.	선지인혜렬여마
忽魂悸以魄動,	홀혼계이백동
怳驚起而長嗟.	황경기이장차
惟覺時之枕席,	유교시지침석
失向來之烟霞.	실향래지연하
世間行樂亦如此,	세간행락역여차
古來萬事東流水.	고래만사동류수

別君去兮何時還,   별군거혜하시환
且放白鹿青崖間.   차방백록청애간
須行卽騎訪名山,   수행즉기방명산
安能摧眉折腰事權貴, 안능최미절요사권귀
使我不得開心顔.   사아부득개심안

옥 병에 좋은 술을 사서
몇 리를 같이 가며 돌아가는 그대를 송별하네.
수양버들 아래 말을 매어 놓고
큰 길에서 잔을 머금으니,
하늘 끝에는 푸른 물이 보이고
바닷가에는 푸른 산이 보이네.
흥이 다하면 각자 헤어지는 것이니
어찌 헤어지는 얼굴을 취하게 할 필요가 있겠는가?

해설

'광릉'은 지금의 강소성 양주시이다. 당시 대단히 번화했던 경제통상의 중심
지였다. 그러니 자연히 만남과 헤어짐이 많았을 것이다. 이 시 역시 고향으로
돌아가는 이를 전송하며 지은 것이다.

헤어짐에 술이 빠질 수가 없다. 좋은 술병에 좋은 술을 사서 송별하는데 아
쉬운 마음에 몇 리를 같이 간다. 이렇게 계속 같이 가고 싶지만 헤어짐의 순간
은 오는 법. 타고 온 말을 버드나무 아래 매어놓고 사람들이 많이 다니는 큰
길에서 함께 술을 마신다. 버드나무는 예로부터 이별을 상징하는 나무이다. 버
드나무의 '류柳'는 머물다는 뜻의 '류留'와 발음이 같아서 떠나지 말고 머물러달
라는 의미로 사용되어 헤어질 때 버들가지를 꺾어주는 것이 관례가 되었다.
또 가는 길이 순탄하기를 바라는 의미에서 길의 신에게 제사를 지내는데 이를
'조도祖道'라고 한다. 아마 이들도 큰 길에서 이런 제사를 지내면서 아쉬움의
술잔을 들이켰을 것이다.

이별의 술을 마시며 주위를 둘러보니 하늘 끝까지 푸른 물이 펼쳐져 있고
바닷가에는 푸른 산이 보인다. 헤어지는 사람에게 주는 시에서 묘사하는 경물

은 중요한 의미를 가진다. 대체로 아쉬운 감정을 표현하는 경물을 위주로 하는데, 이 시에는 그런 아쉬움이 그다지 발견되지 않는다. 오히려 광활한 하늘과 드넓은 바다, 그 사이에 있는 푸른 물과 푸른 산을 통해서 넓은 포부와 높은 기상을 느낄 수 있다. 아마도 떠나가는 이나 보내는 이가 큰 야망을 가지고 있기 때문일 것이고, 지금의 헤어짐이 이런 큰 야망을 이루기 위한 과정이기 때문이리라.

그러니 지금 이 헤어짐을 아쉬워할 필요는 없다. 큰 일을 하려는 자가 이따위 사소한 감정에 눈물을 보여서는 안된다. 오늘 헤어진다고 영원히 보지 못하는 건 아니지 않는가? 다음에는 바라는 바를 모두 이루어 성공해서 만나리라. 그저 오늘의 흥취가 다하면 아무런 미련 없이 헤어질 뿐이다. 정말 친한 친구들이 오랜 이별 후에 다시 만났을 때를 보면, 요란스레 인사하지 않는다. 언제 헤어졌냐는 듯이, 마치 같이 지내다가 어제오늘 또 만난 듯이 평소와 다름없이 인사한다. 헤어질 때도 마찬가지다. 내일 또 만날 것처럼 그렇게 친구를 보낸다.

廣陵贈別 광릉증별

玉瓶沽美酒,　　옥병고미주
數里送君還.　　수리송군환
繫馬垂楊下,　　계마수양하
銜盃大道間.　　함배대도간
天邊看綠水,　　천변간록수
海上見靑山.　　해상견청산
興罷各分袂,　　흥파각분메
何須醉別顏.　　하수취별안

금릉 주점에서 헤어지고 떠나다

바람이 버들개지를 날리고 주점에 향기 가득한데
오 땅의 여인은 술을 눌러서 맛보라고 손님을 부르네.
금릉의 젊은이들이 와서 나를 전송하니
가려다 가지 않고 각자 잔을 다 비우네.
그대들 동쪽으로 흘러가는 물에게 한 번 물어보시게
헤어지는 마음과 저 강 어느 것이 길고 짧은지를.

금릉은 지금의 남경시이며 당나라 때 강남의 중심지였다. 이백은 오랜 기간
강남 지역을 두루 유람하면서 자주 금릉을 들렀으며 알고 지내던 사람들도 많
았을 것이다. 이 시는 금릉을 떠나면서 지인들과 헤어지며 지은 것이다.

때는 봄날이다. 버들개지가 바람에 날리고 주점에는 꽃향기 술향기가 가득
하다. 금릉 토박이 여인이 술을 눌러 만든 새 술을 한번 맛보라고 호객행위를
한다. 이번 송별 장소는 이 주점으로 정했다. 당시 이별 연회가 통상적으로 마
을 어귀의 정자나 나루터에서 행해진 것을 고려하면 좀 색다르긴 하지만, 이백
이라는 인물을 고려하면 그다지 이상할 것도 없어 보인다. 어차피 금릉에서
송별하러 나온 이들도 술로 친분을 쌓은 이들일 터이니.

한 잔 한 잔 마시다보니 어느덧 갈 때가 되어 일어난다. 하지만 붙잡고 한
잔 더 하라고 하니 마지못해 앉아서 술잔을 비운다. 이제는 정말 가야할 때가
되어 일어나지만 또 붙잡는다. 욕행불행각진상. 이별 술자리에서 흔히 볼 수
있는 정겨운 장면이다. 이 한마디로 헤어지는 아쉬움과 정취를 모두 다 표현했
다. 그래서 오히려 뒤에 나오는 말이 상투적으로 들리기도 한다.

동쪽으로 하염없이 바다로 흘러가는 저 강물과 헤어짐에 아쉬워하는 우리의
마음 중 어느 것이 더 길 것인지 강물에게 물어보라고 한다. 아마도 저 강물을

타고 가는 내내 이별의 아쉬움은 남아 있을 것이고, 목적지에 도착한 이후에도 그 아쉬움은 사라지지 않을 것이다. 그러한 아쉬움을 알기에 떠나려다 떠나지 못하고 또 이별의 술잔을 비운다.

金陵酒肆留別 금릉주사류별

風吹柳花滿店香,   풍취류화만점향
吳姬壓酒喚客嘗.   오희압주환객상
金陵子弟來相送,   금릉자제래상송
欲行不行各盡觴.   욕행불행각진상
請君試問東流水,   청군시문동류수
別意與之誰短長.   별의여지수단장

황학루에서 광릉으로 가는 맹호연을 보내다

벗이 서쪽에서 황학루를 떠나
안개 같은 꽃이 핀 삼월에 양주로 내려가네.
외로운 배의 먼 그림자는 푸른 산에서 사라지고
다만 하늘 가로 흐르는 장강의 물결만 보이네.

해설

황학루는 지금의 호북성 무한시에 있으며 광릉은 지금의 강소성 양주시이다. 그러니 장강을 타고 배로 내려가면 하루나 이틀이면 갈 수 있는 거리이다. 맹호연은 〈맹호연께 드리다〉에서 해설하였듯이 이백이 사모하고 흠모하는 사람이다. 그러니 맹호연이 떠나가는데 이별의 시가 없을 수 없다.

'고인'은 현대 한국어에서는 죽은 사람을 뜻하지만 옛날 중국어에서는 친구를 뜻한다. 여기서는 맹호연을 가리킨다. 그가 지금 광릉으로 가려는데 황학루에서 송별을 한다. 옛날 신선이 타고 다니던 황학이 이 누대를 떠나갔다는 전설이 있으니 지금 이곳을 떠나가는 맹호연도 신선인 셈이다. 아지랑이가 일고 희뿌연 대기 속에 꽃이 안개처럼 피어있는 춘삼월에 양주로 배를 타고 내려간다. 따사롭고 놀기 좋은 봄날 같이 어울리지 못하고 헤어지는 것이 못내 아쉽다. 아마 술도 한 잔 했을 것이다. 헤어짐이 아쉬워 떠나가는 이를 붙들고 또 한 잔 했을 것이다.

하지만 결국 배를 타고 떠나간다. 맹호연이 탄 외로운 배가 저 멀리까지 가다가 마침내 푸른 산을 휘감아 돌아가면서 보이질 않는다. 이제 보이는 것은 다만 하늘 끝까지 흘러가는 긴 장강의 물결 뿐이다. 맹호연이 타고 간 배가 더 이상 보이질 않지만 이백의 시선은 긴 장강 물을 따라 맹호연이 가는 곳까지 따라간다. 우두커니 서서 하염없이 강물만 바라보고 있다. 헤어짐의 아쉬움과 다시 보고 싶은 그리움은 저 하늘 끝까지 이어진 장강의 물결보다도 길다.

黃鶴樓送孟浩然之廣陵 황학루송맹호연지광릉

故人西辭黃鶴樓,	고인서사황학루
烟花三月下揚州.	연화삼월하양주
孤帆遠影碧山盡,	고범원영벽산진
唯見長江天際流.	유견장강천제류

남릉에서 아이들과 이별하고 장안으로 들어가다

백주가 새로 익을 때 산에서 돌아오니
누런 닭은 기장 쪼아 먹어 가을에 마침 살이 쪘네.
동자 불러 닭을 삶고 백주를 따르는데
아들과 딸은 기뻐 웃으며 옷자락을 잡아당기네.
소리 높여 노래하고 취하여 스스로를 위로하고자
일어나 춤추니 지는 해가 광채를 다투네.
천자에게 일찍 유세하지 못한 것을 괴로워하다가
채찍질하여 말 타고 먼 길을 건너가네.
회계의 어리석은 아낙은 남편 주매신을 가벼이 보았고
나도 역시 집을 떠나 서쪽 장안으로 들어가네.
하늘을 우러러 크게 웃으며 문을 나서 떠나가니
나 같은 이가 어찌 초야에 묻혀 지내는 사람이겠는가.

해설

'남릉'의 위치에 대해서는 여러 가지 설이 있지만 대체로 지금의 산동성의 지명으로 이백이 오랫동안 살았던 동로라는 설이 가장 유력하다. 그러면 이 시는 천보 원년(742) 이백이 한림공봉으로 천거를 받아 장안으로 갈 때 지은 것이 된다. 그토록 원하던 관직을 얻어서 장안으로 가게 되었으니 얼마나 기분이 좋을까?

이백은 동로에 있을 때 조래산에 은거하면서 여러 은자들과 어울렸는데, 이들은 죽계육일이라고 이름이 났다. 은자의 명망도 있고 문학적 재능도 있었으니 충분히 조정에 천거될만한 자격을 갖추었다고 할 수 있다. 조정의 부름을 받고 산에서 내려와 집에 도착하니 마침 술도 맛있게 익었고 닭도 살쪄있다. 이렇게 좋은 날 술을 차리고 닭을 잡아 즐겁게 놀아야 하지 않겠는가? 오랜만에 아빠를 본 아이들도 좋아라하며 옷자락을 서로 잡아당긴다. 한 잔 마시고는 취해서 여태 마음 고생한 자신을 위로하며 춤 한 사위를 춰본다. 진즉 장안에 가서 천자에게 유세를 했더라면 마흔이 되도록 기다리진 않았을 터인데.

이 때 이백은 주매신이라는 인물이 생각났다. 그는 한나라 무제 때 사람이며 관직은 회계태수까지 올랐다. 주매신이 관직을 하기 전에 그의 집은 가난하여 나무를 베어다가 팔았는데, 그래도 책읽기를 좋아하여 땔감을 묶어서 지고 다니면서 책을 읽었다. 그의 부인도 땔감을 지고 주매신을 따라다녔는데, 매번 그가 책을 읽는 것을 보면 처지에 걸맞지 않다고 부끄럽게 여기고는 타박하였으며 급기야 이혼하기를 청하였다. 주매신은 몇년만 더 참으면 부귀영화를 누릴 터이니 조금만 더 참으라고 했지만, 부인은 출세는 불가능할 것 같다며 떠나고자 하였고 주매신은 결국 이혼을 허락했다. 하지만 몇 년 후 주매신은 결국 관직에 나아가 명성을 떨쳤다. 이백이 갑자기 주매신을 떠올린 이유는 무엇일까? 아마도 그동안 관직에 나가지 못한 자신을 이백의 부인도 타박하지 않았을까? 그러고 보니 이상한 점이 있다. 시의 제목에도 아이들과 헤어진다고 하였고 시의 내용에도 부인의 모습은 보이질 않는다. 네 번째 구의 '아녀'는 자식과 부인으로 풀이할 수도 있지만 '옷자락을 잡아당긴다'는 것은 아이의 행동이다. 이백의 부인도 결국 이백을 떠나갔던 것은 아닐까? 당시 이백의 부인에 관해서 첫 번째 부인인 허씨가 죽고 난 뒤에 같이 살았던 유씨 부인이라는 설과 동로에서 함께 살았던 어떤 부인이라는 설이 있다.

어찌되었건 이백은 자신이 공언한대로 지금 장안으로 나가 관직을 받게 되었다. 하늘을 바라보며 크게 껄껄 웃으며 대문을 나서는 호기로운 모습이 눈에 선하다. 나 이백은 결코 초야에 묻혀 지낼 사람이 아니지. 큰일을 해야 하는 사람이니 당연히 장안에서 날 부를 수밖에 없지. 이제 내 세상이 왔구나.

이백이 이렇게 왕의 부름을 받고 나간 적은 이 외에도 한 번 더 있다. 바로 영왕 이린의 부름을 받아 그의 군대로 나아간 때이다. 당시의 심정이 〈아내와 작별하고 초빙에 응해 가다 3수別內赴徵三首〉에 잘 나타나 있는데, 제2수에서 "돌아올 때 요행히도 황금인장을 차게 되면 소진을 보고도 베틀에서 내려오지 않는 짓은 하지 말게나.(歸時儻佩黃金印, 莫見蘇秦不下機.)"라고 하였다. 소진은 전국시대 사람인데 진秦나라 왕에게 유세를 했지만 성공하지 못했다. 검은 담비 갖옷도 해졌으며 가지고 있던 돈도 다 쓰고는 집으로 빈털터리로 돌아왔는데,

그의 부인은 그를 맞이하려고 베틀에서 내려오지도 않았고 형수는 그에게 밥도 해주지 않았다. 지금 영왕의 부름을 받아 떠나는 자신은 그래도 성공할 터이니 소진과 같은 푸대접을 받을 리는 없을 것이라는 말을 하지만, 그래도 마음 한편에는 그동안 백수로 있을 때 당했을 무시와 괄시가 생각나고 혹시 이번에도 아무런 수확이 없을지도 모른다는 불안감이 있었던 것 같다.

평소 큰소리치면서 언젠가는 관직에 나아가 큰 공적을 세울 것이고 부귀공명이 따라 올 것이라고 호언장담했던 이백에게도 가정사는 그리 순탄하지 않았던 듯하다.

南陵別兒童入京 남릉별아동입경

白酒新熟山中歸,	백주신숙산중귀
黃雞啄黍秋正肥.	황계탁서추정비
呼童烹雞酌白酒,	호아팽계작백주
兒女嬉笑牽人衣.	아녀희소견인의
高歌取醉欲自慰,	고가취취욕자위
起舞落日爭光輝.	기무락일쟁광휘
遊說萬乘苦不早,	유세만승고부조
著鞭跨馬涉遠道.	착편과마섭원도
會稽愚婦輕買臣,	회계우부경매신
余亦辭家西入秦.	여역사가서입진
仰天大笑出門去,	앙천대소출문거
我輩豈是蓬蒿人.	아배기시봉호인

남양에서 손님을 보내다

한 말의 이 술이 묽다고 여기지 말고
잊지 않으려는 작은 마음을 귀하게 여기시게.
벗이 떠나는 것을 안타까워하니
이 나그네를 마음 아프게 하네.
헤어지는 얼굴로 향기로운 풀을 원망하고
봄 그리움은 늘어진 버들에 맺혔는데,
손을 흔들며 거듭 작별하니
헤어지는 길에서 애간장만 끊어지네.

해설

  남양은 지금의 하남성에 있는 지명으로 이백이 젊었을 때 노닐었던 곳이다.
그러니 남양은 이백으로서도 객지인 셈이다. 객지를 떠돌던 중 자신을 찾아온
손님을 보내며 이 시를 지었다. 관직도 없고 떠돌아다니던 자신을 찾아온 손님
이니 반갑고 고마웠을 것이다. 상대방도 관직이 없이 떠도는 신세이지만 그래
도 두 사람은 서로 의기투합하여 학술과 문학에 대해 토론했을 것이다.

  만나면 헤어지는 법. 헤어짐의 아쉬움을 달래기에는 술만큼 좋은 것이 없다.
하지만 경제적으로 여의치 않은 이백은 묽은 싸구려 술만 겨우 장만했다. 부디
술의 가격을 논하지는 말고 헤어져서도 잊지 않겠다는 이 조그만 마음을 알아
주시게. 벗이 떠나가는 것을 아쉬워하다보니 자신 역시 떠돌이 처지라서 더욱
가슴이 아파온다. 정처 없이 관직을 위해 떠도는 것이 얼마나 힘들 줄 누구보
다도 더 잘 알기에.

  이러한 아쉬움과 아픔을 아는지 모르는지 향기로운 봄꽃이 무정하게 피어있
다. 이별에 앞서 버드나무 가지를 꺾어주노라니 실같이 늘어진 가지가 어지럽
게 헝클어진 내 마음과 같다. 잘 가라고 손을 흔들며 두 번 세 번 떠나가는

뒷모습을 바라보는데 애간장이 끊어진다.

 이백의 다른 송별시에서는 아녀자같이 눈물을 흘리지 말라고 하든가, 흥이 다하면 무심한 듯 헤어지면 그만이라고 하며 호방한 모습을 보여주는데, 이 송별시에서는 유난히 가슴이 미어진다. 가난하고 힘들 때의 이별은 누구나 슬프고 아픈 법이다.

南陽送客 남양송객

斗酒勿爲薄, 두주물위박
寸心貴不忘. 촌심귀불망
坐惜故人去, 좌석고인거
偏令遊子傷. 편령유자상
離顔怨芳草, 리안원방초
春思結垂楊. 춘사결수양
揮手再三別, 휘수재삼별
臨歧空斷腸. 림기공단장

술을 대하고 하지장 비서감을 그리워하다 2수 (제1수)

사명산에 미친 나그네가 있었으니
풍류를 아는 하지장이시지.
장안에서 한 번 만나고는
나를 귀양 온 신선이라 부르셨지.
옛날에 잔 속의 술을 좋아하였는데
지금은 소나무 아래의 먼지가 되셨구나.
금 거북을 술과 바꾼 곳을
돌이켜 생각하니 눈물이 수건을 적시는구나.

해설

하지장은 태자빈객 겸 비서감을 지냈으며 현종의 총애를 받던 도사였다. 자는 계진이다. 그는 이백의 〈촉으로 가는 길이 험하구나〉를 보고 감탄하고는 차고 있던 금거북이를 풀어 술을 바꿔 마셨으며 '귀양 온 신선[적선인謫仙시이라는 별칭을 하사하였다. 그리고 이백을 현종에게 추천하여 한림공봉이 되게 하였으니 하지장은 이백에게 은인과 같은 사람이다. 하지장은 비서감으로 있으면서 자신의 고향인 회계의 사명산으로 돌아가 은일하고자 하는 뜻을 밝히자 현종은 경호의 일부를 하사하면서 보내주었다. 그리고 돌아가는 그를 위해 성대하게 연회를 베풀었으며, 하지장은 이듬해 고향에서 생을 마쳤다.

이 시는 하지장이 죽은 뒤 이백이 그를 그리워하며 지은 것이다. 사명산의 미친 나그네[사명광객四明狂客]라는 별칭을 가지고 있던 하지장은 정말로 풍류를 아는 사람이다. 세상의 규범을 뛰어넘어 자신이 하고자 하는 바를 거리낌 없이 했기에 이백과 장안에서 한번 만나서는 신선의 노님을 하였다. 두보의 〈술에 취한 여덟 신선飮中八仙歌〉에 언급될 정도로 술을 좋아했던 하지장이 이

제는 죽어서 먼지가 되었다. 하지만 그의 영혼은 영원히 시들지 않는 소나무가
되어 있다. 생전에 금거북이를 꺼내 술을 사서 마셨던 일을 생각하노라니 눈물
이 그치질 않는다.

　진정 자신을 알아봐 준 지음知音이고 자신과 격의 없이 교유할 수 있었던
친구였으며 자신을 관직에 이끌어준 은인이기에 영원히 기억하려 하였고 오래
도록 그리워하였다. 함께 술을 마시며 호방하게 기운을 떨쳤던 그였기에 술을
마실 때마다 더더욱 보고 싶었을 것이다.

對酒憶賀監 二首(其一) 대주억하감 이수(기일)

四明有狂客,　사명유광객
風流賀季眞.　풍류하계진
長安一相見,　장안일상견
呼我謫仙人.　호아적선인
昔好杯中物,　석호배중물
今爲松下塵.　금위송하진
金龜換酒處,　금귀환주처
卻憶淚沾巾.　각억루첨건

채 산인을 보내다

본래 내가 세상을 버린 것이 아니라
세상 사람이 절로 나를 버린 것이라서,
가없이 떠다니는 배를 한번 타고서
사방팔방 끝 먼 곳을 돌아다니네.
연나라 나그네 채택이 말 타고 달리기를 기약했으니
당거가 어찌 감히 놀릴 수 있었겠는가.
여의주를 찾으려면 용을 놀라게 하지 말 것이고
큰 도는 모르는 사이에 귀의해야 하는 법이지.
고향 산에는 소나무 사이에 뜬 달이 있으리니
그대가 맑은 달빛 완상하기를 기다리리라.

해설

　'산인'은 산에서 은거하는 사람을 가리키고 채 씨에 대해서는 자세히 알려진 바가 없다. 이 시는 채 씨가 원래 은거하던 산으로 돌아가는 것을 전송하며 지은 것이다.

　이백의 지향 역시 세속과 떨어진 자연 속에서 은거하는 것이지만 다른 한편으로는 관직에 나아가 큰 공적을 세우고자 하는 욕망도 있었다. 이 목적을 위해 이리저리 돌아다니지만 별다른 성과가 없다. 이백은 세상 사람들이 평안하게 살 수 있도록 공적을 세우고자 하지만 세상 사람들은 이백을 인정해주며 등용해주질 않는다. 이백은 세상을 버린 적이 없는데 세상 사람이 이백을 버린 것이다. 그래서 사방팔방 세상 끝 먼 곳까지 한없이 떠돌고 있다. 공적을 세운 뒤 부귀공명을 물리치고 초연하게 자연으로 돌아가 유유자적하게 살고 싶은데 뜻대로 되질 않는다. 채 씨도 아마 산에서 은거하다가 이백과 같은 생각으로 세속으로 나왔을 것이고, 그 역시 뜻을 이루지 못하고 다시 산으로 돌아가는 것일 터이다.

옛날 연나라 사람 채택도 마찬가지의 상황이었다. 그는 떠돌아다니며 제후들에게 간알했지만 성과가 없었다. 그래서 점을 잘 보기로 이름난 당거를 찾아가 장래 운수에 대해 점을 보았는데, 당거가 웃으며 말하기를 "그대는 들창코에 어깨는 툭 튀어나왔고, 큰 얼굴에 콧대는 뭉그러지고 다리는 휘었소. 내 듣기에 성인은 관상과는 상관이 없다하니, 아마 그대가 그런 것 같소."라고 하였다. 채택은 당거가 자신을 놀리고 있다는 것을 알아채고는 또 자신의 수명에 대해 물어보았다. 당거가 오늘부터 43년이라고 답하자, 채택은 웃으며 감사를 표하고는 떠나면서 마부에게 말하기를 "내가 좋은 밥과 기름진 고기를 먹고 말을 몰아 빨리 달리며, 황금 인장을 품에 품고 허리에 자색 인끈을 차고서 군주 앞에서 읍을 하고 부귀를 누리기 위해서는 43년이면 충분하다."고 하였다. 후에 채택은 진秦나라 소왕에게 유세하여 재상이 되었다. 여기서 채택은 성씨가 같은 채 산인을 비유하는데, 그가 지금 세속에 나와서 뜻을 이루지 못해 다시 돌아가고 있지만 언젠가는 재능을 펼칠 날이 있을 것이니 다른 사람의 기롱에 신경 쓸 필요 없다는 뜻이다.

채 씨나 이백 자신이나 모두 재능을 펼쳐 공적을 세우겠다는 뜻을 이루는 것은 어찌 보면 용의 여의주를 얻는 것과 같은데, ≪장자열어구≫에 다음과 같은 이야기가 있다. 어떤 사람이 송나라 왕을 알현하고 수레 열 대를 얻었는데, 장자에게 이 사실을 자랑하였다. 장자가 말하기를 "황하에 어느 가난한 집이 있었다. 그 아들이 깊은 연못에 들어갔다가 천금의 구슬을 얻어오니, 그 아버지가 아들에게 말하기를 '돌을 가지고 와서 이것을 부수어버려라. 무릇 천금의 구슬이란 반드시 깊은 연못에 사는 검은 용의 턱 밑에 있는 것인데, 네가 이 구슬을 얻을 수 있었던 것은 필시 그 용이 잠들어 있었기 때문이다. 검은 용이 깨어 있었다면 네 몸이 어찌 조금이라도 남아있었겠는가?'라고 하였다. 지금 송나라의 깊이는 깊은 연못에 비할 바가 아니요, 송나라 왕의 난폭함은 검은 용에 비할 바가 아니다. 그대가 수레를 얻을 수 있었던 것은 필시 그가 잠들어 있었기 때문이다. 만일 송나라 왕이 깨어있었다면 그대는 가루가 되었을 것이다."라고 하였다. 여의주를 찾는데 용을 놀라게 하지 말라는 말은 결국 임금의 노여움을 사지 말아야 한다는 뜻이고, 나아가 관직과 부귀를 추구할 때는 순리를 따라야 한다는 말이다. 큰 도는 암암리에 자신도 모르는 사이에 이루어져야 하는 것이지, 억지로 추구한다고 이루어지는 것이 아니다.

채 씨나 이백이 추구하고자 하는 공명도 마찬가지이다. 지금 세상 사람들이 자신들을 알아주지 않으니 지금은 기다려야 한다. 하늘이 내린 우리의 재주는 언젠가는 쓰일 것이고 그렇게 쓰이는 것이 자연의 순리이다. 다만 지금은 때가 아닐 뿐이다. 그러니 채 씨는 원래 은거하던 산으로 돌아가서 편안한 마음으로 지내야 한다. 아마 거기에는 소나무에 뜬 달이 있을 것이고 그 달은 그대가 돌아와서 빛나는 달빛을 감상해주기를 기다리고 있을 것이다. 나 이백도 곧 그대를 따라 갈 것이니 먼저 가서 큰 바위를 쓸어놓고 술 한 잔 차려놓고 기다려 주시기를.

당나라 때는 세속의 욕망을 끊고 자연 속에서 은거하는 명망가를 불러 관직을 주는 일이 많았으며 특히 현종 때 더욱 그러했다. 그러니 은거하는 자들 중에는 실제로 세속에 관심이 없는 이도 있었지만 관직을 노리고 은자의 명망을 쌓는 이도 많았다. 어찌 보면 이백이나 채 산인도 그런 부류일 수도 있다. 이들에게 있어서 자연 속에서 은일하는 것과 세상으로 나가 관직을 하고 공적을 쌓아 명성을 이룩하는 것은 별개의 일이 아니며 전혀 대립되지 않는 것이었다.

送蔡山人 송채산인

我本不棄世,	아본불기세
世人自棄我.	세인자기아
一乘無倪舟,	일승무예주
八極縱遠舵.	팔극종원타
燕客期躍馬,	연객기약마
唐生安敢譏.	당생안감기
採珠勿驚龍,	채주물경룡
大道可暗歸.	대도가암귀
故山有松月,	고산유송월
遲爾玩清暉.	지이완청휘

은숙을 보내다 3수(제2수)

백로주 앞에 뜬 달이
날이 밝아 돌아가는 나그네를 전송하자,
청룡산 뒤편의 해가
일찌감치 바다 구름 위로 솟아오르네.
흐르는 강물은 무정하게 내려가고
떠나가는 돛은 바람 따라 펼쳐지는데,
서로 바라보며 차마 헤어지지 못하고
또 손에 든 잔을 들이키네.

해설

　은숙은 저명한 도사인 이함광의 제자이며 글씨를 잘 썼던 안진경과 교유하
기도 했다. 이백은 지금의 남경시인 금릉에서 그와 만났다가 헤어지면서 이
시를 썼다.

　헤어지기 전날 밤새도록 이별주를 마셨다. 장강가에 있는 모래톱인 백로주
에 뜬 달을 보면서 술을 마시다보니 어느새 동이 터온다. 지는 달은 돌아가는
은숙을 전송하였고 청룡산 뒤로 어김없이 해가 떠오른다. 좀 더 오래 같이 지
내고 싶지만 야속하게도 태양이 너무나 일찍 떠오른다. 장강 물이 흐르지 않으
면 이 배가 떠나가지 않을 것인데, 헤어짐을 아쉬워하는 내 마음을 모르는 저
강물은 하염없이 흘러가고 있고 은숙이 타고 갈 배의 돛도 바람 받아 한껏 펼
쳐져 있다. 갈 준비가 다 되었다. 이제 떠나가야 한다. 하지만 서로 바라보면서
헤어지지 못하고 또 함께 술을 한 잔 마신다. '욕행불행각진상' 가려다가 가지
못하고 각자 술잔을 비운다. 아마 이렇게 또 하룻밤을 지새우지는 않을까?

送殷淑 三首(其二) 송은숙 삼수(기이)

白鷺洲前月,　백로주전월
天明送客迴.　천명송객회
青龍山後日,　청룡산후일
早出海雲來.　조출해운래
流水無情去,　류수무정거
征帆逐吹開.　정범축취개
相看不忍別,　상간불인별
更進手中杯.　갱진수중배

벗을 보내다

푸른 산이 북쪽 성곽을 가로지르고
맑은 물이 동쪽 성을 휘감았는데,
이곳에서 한번 헤어지면
외로운 쑥이 만 리를 가겠지.
뜬구름은 나그네의 마음이고
떨어지는 해는 친구의 정감이라,
손을 흔들며 이제 떠나가는데
히히힝 무리 떠난 말이 울어대네.

해설

　벗이 떠나간다. 그런데 그 벗이 누구인지 이름을 밝히지 않았다. 그다지 친하지 않은 사람일 수도 있겠지만 시에 표현된 이별의 정감은 각별하다. 아마도 시의 제목은 후대 사람들이 임의로 지은 것이 아닐까 생각되기도 한다.

　푸른 산이 북쪽 성곽을 가로지르고 있고 맑은 물이 동쪽 성을 휘감고 있다. 두 사람이 헤어지는 장소를 표현한 것인데, 마침 푸른 산과 맑은 물이 이백의 눈에 들어왔다. 마지막 구를 보면 벗은 배를 타고 떠나는 것이 아니라 말을 타고 떠나는 것인데 굳이 강물을 말한 이유는 무엇일까? 산과 강물은 송별시에 종종 언급되는 경물이다. 산은 움직이지 않는 경물이고 물은 끊임없이 흘러가는 경물이다. 산은 여기 남아 있는 이를 비유하고 물은 떠나가는 이를 비유한다.

　지금 여기서 한번 헤어지면 벗은 홀로 만 리길을 가야 한다. 아마 다시는 못 볼 수도 있다. 하늘에 무심하게 떠서 정처 없이 흘러가는 구름은 떠나가는 친구의 마음이고, 이제 더 이상의 희망도 없이 사라져가는 태양은 벗을 떠나보내는 이백의 마음이다. 더 이상 그를 만류할 수가 없다. 헤어져야 한다. 하염없

이 손을 흔들며 떠나가는데 벗이 타고 가는 말도 무리를 떠나 홀로 가야하니
서로 아쉬워하는 마음을 알고는 히히힝 울어댄다.

送友人 송우인

靑山橫北郭,　청산횡북곽

白水繞東城.　백수요동성

此地一爲別,　차지일위별

孤蓬萬里征.　고봉만리정

浮雲遊子意,　부운유자의

落日故人情.　락일고인정

揮手自玆去,　휘수자자거

蕭蕭班馬鳴.　소소반마명

숙부 이운 교서를 전별하다

젊었을 때는 세월을 보내면서
노래하고 웃으며 붉은 얼굴을 자랑했는데,
모르는 사이에 홀연 이미 늙었지만
봄바람 돌아온 것을 보니 즐겁습니다.
헤어짐을 아쉬워하며 잠시 즐겁게 노느라
복숭아꽃과 자두꽃 사이를 이리저리 다니는데,
꽃을 보며 좋은 술을 마시고
새 소리를 들으며 맑은 산에 있습니다.
해질녘에 대나무 숲이 조용해지면
사람이 없어서 그저 문을 잠그겠지요.

해설

'교서'는 황실에 소장된 서적을 관리하는 관원으로 정구품에 해당하고 이운에 대해서는 자세히 알려진 바가 없다. 숙부라고 하기는 하였지만 이백보다 항렬이 높은 먼 친척일 것이다. 이백의 시에 종형, 족제, 숙부 등의 호칭이 많이 나오는데 이들은 다만 이씨 성일 뿐 가까운 친척은 아니다. 이백의 가계에 대해서는 잘 알려져 있지 않다. 이백 스스로는 황실의 일가라고 하지만 이는 자신의 존재감을 과시하기 위한 수사적인 표현으로 보인다. 이백은 이씨만 만나면 모두 가까운 친척인양 하였는데 이 역시 자신의 가문을 돋보이게 하려는 뜻이 숨어 있었던 것 같다.

그런데 이운과는 젊은 시절에도 같이 지냈던 것으로 보인다. 붉은 얼굴을 가진 청춘 시기에 한껏 기세를 드높이고 마음껏 노닐었는데 그 젊음은 어느덧 다 지나가버리고 늙고 말았다. 그래도 봄이 다시 찾아오니 즐거운데, 게다가 젊어서 같이 노닐던 숙부 이운과 함께 있으니 옛날 생각도 나고 더없이 즐겁다.

　하지만 만남이 있으면 헤어짐도 있는 법. 이제 멀리 떠나는 숙부를 전송하느라 봄꽃이 활짝 핀 곳에 술상을 차려놓고 즐거운 시간을 가진다. 복숭아꽃 자두꽃을 바라보며 맛있는 술을 마시고 푸른 산에서 사이좋게 노래하는 새소리도 듣는다.

　하지만 즐거움도 잠시, 숙부가 떠나가면 이제 이곳은 조용해질 것이다. 술은 누구하고 마실 것이며 꽃은 누구하고 볼 것이고 새소리는 누구하고 들을 것인가? '죽림'은 대나무 숲인데 아마 이백의 거처 주위에 대나무 숲이 있었을 것이기도 하지만 여기서는 죽림칠현을 생각나게 한다. 죽림칠현은 위나라와 진나라의 교체시기에 살았던 일곱 명의 현자로 어지러운 현실 정치를 떠나 더불어 술을 마시고 청담을 논했다. 그중에 완적과 완함은 숙부와 조카 사이였으니 지금 이운과 이백의 관계와 같다. 이운과 이백이 봄날 같이 노닐었던 것이 아마도 완함과 완적이 죽림칠현의 일원으로 세속 정치의 욕망을 버리고 자연 속에서 고아한 담론을 나누며 노닐었던 것과 같다고 여긴 것이다. 이제 이운이 떠나면 그런 죽림칠현의 노님을 할 수 없으니 이백은 무얼 할 수 있겠는가? 그저 문을 닫고 방안에 있을 뿐이다.

餞校書叔雲 전교서숙운

少年費白日,	소년비백일
歌笑矜朱顏.	가소긍주안
不知忽已老,	부지홀이로
喜見春風還.	희견춘풍환
惜別且爲懽,	석별차위환
徘徊桃李間.	배회도리간
看花飮美酒,	간화음미주
聽鳥臨晴山.	청조림청산
向晚竹林寂,	향만죽림적
無人空閉關.	무인공폐관

숙부 이화 시어를 모시고 누대에 올라 노래 부르다

저를 버리고 가 버린
어제의 날은 붙잡아 머무르게 할 수 없고,
제 마음을 어지럽히는
오늘의 날은 번뇌와 근심을 많게 합니다.
긴 바람이 만 리 먼 곳으로 가을 기러기를 보내는데
이를 보니 높은 누대에서 거나하게 취할 만합니다.
봉래의 문장과 건안의 풍골이 있었고
중간에 사조가 있어 또한 청신하고 빼어났으니,
모두 표일한 흥취를 품고 씩씩한 생각이 날아
푸른 하늘에 올라 밝은 달을 잡고자 했습니다.
칼을 뽑아 물을 베도 물은 다시 흐르고
잔을 들어 시름을 삭여도 시름은 다시 시름겨워,
세상에서의 인생살이 뜻대로 되지 않으니
내일 아침 머리 풀고 일엽편주를 타고 떠나겠습니다.

해설

이 시의 제목이 〈선주 사조루에서 숙부 이운 교서를 전별하다宣州謝脁樓餞別
校書叔雲〉로 된 판본도 있는데, 시의 내용에 전별의 내용이 없기 때문에 이는
잘못인 것으로 보인다. 이화는 당대의 유명한 산문가로 천보 연간에 감찰어사
와 시어사를 지냈다.

이백의 진정한 꿈은 무엇이었을까? 신선이 되어 하늘나라에서 영원히 사는
것? 관직에 올라 훌륭한 업적을 쌓아 역사서에 길이 이름을 남기는 것? 자연
속에서 술을 마시며 유유자적하게 사는 것? 세속에서 물욕을 초월한 채 여러

사람들과 즐겁게 노니는 것? 이 모든 것이 이백의 지향이었지만 진정 이백이 원했던 것은 문학적 명성이었던 것으로 보인다. 그가 사람들과 즐겁게 노닐 때나 홀로 외로이 술을 마실 때나 항상 했던 것은 시와 문장을 짓는 것이었고, 옛날 굴원이나 사령운의 작품이 길이길이 후세에 전해지듯이 자신의 작품이 하늘의 태양과 별처럼 영원히 존재하기를 바랐다.

시라는 것은 인간 존재에 대한 끝없는 고민과 번뇌 속에서 영롱하게 피어오르는 것인데 이는 지난한 고통을 수반하는 것이다. 이백의 시름은 만고의 시름이며 인간 본연의 시름이니, 그 근원은 자연의 무궁함과 비견되는 인간 생명의 유한함이었다. 항상 순환하고 반복하며 일정한 모습으로 영원무궁토록 진행되는 자연 속에서 인간의 일생은 백년도 되지 않아 찰나에 불과하다. 아침 이슬이 저녁을 모르고 여름의 매미가 겨울을 알지 못하듯이 인간은 자연의 시간을 알 수가 없다. 하지만 세월은 무심하게도 무정하게도 어김없이 하루하루 지나간다. 돌이킬 수 없이. 나를 버리고 가버리는 어제라는 시간은 붙잡아 머물게 할 수 없다. 오늘이라는 시간 역시 그렇게 지나가버릴 것이어서 마음을 어지럽게 하고 번뇌와 근심에 사로잡히게 한다. 그리고 세월은 흘러 흘러 어느덧 기러기가 멀리 떠나가는 가을이 되었다. 또 한 해가 지나간다. 이런 감상에 빠져 있으니 또 술을 마시고 시름을 삭혀야 하지 않겠는가?

술을 가지고 높은 누대에 올랐다. 누대라는 공간은 실내도 아니고 실외도 아니다. 평지에 있지 않고 높이 있어서 사방 먼 곳을 바라볼 수 있지만 그렇다고 그곳으로 갈 수 있는 것은 아니다. 먼 세상으로의 탐험을 갈 수 있는 적극적인 공간이 아니라 먼 곳을 바라만 볼 수 있는 수동적인 공간이다. 그저 자신이 처한 환경에 순응하면서 지금의 근심과 걱정을 일시적이고 임시적으로 해소할 수 있을 따름이다. 하지만 높은 곳에 올라서 먼 곳을 바라보기 때문에 몸은 비록 여기 있지만 생각은 멀고 깊어진다.

옛날 이런 곳에 올라 천고의 시름을 노래하던 사람들로 누가 있었을까? 봉래의 문장과 건안의 풍골이 있었다. 봉래는 원래 신선이 산다는 동해 위의 산인데, 신선의 신비한 서적이 이 산에 소장되어있다고 한다. 그래서 동한시기 궁궐의 책을 소장하는 곳인 동관을 도가봉래산이라고 불렀다. 이로부터 봉래의 문장은 한나라 시기의 훌륭한 문장을 의미한다. 건안은 동한말 헌제의 연호인데, 당시 조조, 조비, 조식 삼부자와 건안칠자의 시문이 유명하였다. 그들이 지은 작품은 표현된 정서가 강개하고 굳세어 시풍이 강건한 느낌을 주는데, 이를 건안풍골이라고 하였다. 그래서 건안의 풍골은 위진 시기의 강건한 풍격의 문학을 의미한다. 이들이 높은 누대에 올라 인간의 본원적인 문제에 대해 고민하면서 함께 술을 마셨고, 비분강개를 토로하며 시문을 지었다. 그리고 그들의 이름은 지금까지도 남아있다. 그 이후로 또 누가 이런 일을 했던가? 사조가 있었고 사령운도 있었다. 이들 역시 사조루나 사공정 등 누대에 올라서 표일한 흥취를 씩씩하게 표현하지 않았던가? 그래서 이들은 모두 푸른 하늘에 올라 달을 잡고자 하였고, 지금까지 달과 함께 별과 함께 영원히 남아있지 않은가?

하지만 지금 나는 어떠한가? 저들처럼 될 수 있을까? 흐르는 물을 칼로 베도 물은 계속 흐르듯이 내 시름을 술로 삭히려고 하여도 시름은 계속 솟아난다. 짧은 인생 내 뜻대로 되는 것이 없으니 이제 어찌해야 하겠는가? 세상을 버리고 망망대해를 떠다니는 일엽편주처럼 떠돌아다녀야 할 것이다.

하지만 이백은 결국 성공했다. 그의 시가 봉래의 문장, 건안의 풍골, 사조와 사령운 등과 함께 지금까지 하늘의 별과 달이 되어 영원히 떠 있으니. 이제는 그 시름을 거두어도 되지 않을까?

陪侍御叔華登樓歌 배시어숙화등루가

棄我去者	기아거자
昨日之日不可留,	작일지일불가류
亂我心者	란아심자
今日之日多煩憂.	금일지일다번우
長風萬里送秋雁,	장풍만리송추안
對此可以酣高樓.	대차가이감고루
蓬萊文章建安骨,	봉래문장건안골
中間小謝又淸發.	중간소사우청발
俱懷逸興壯思飛,	구회일흥장사비
欲上靑天覽明月.	욕상청천람명월

抽刀斷水水更流,　　추도단수수갱류
擧杯消愁愁更愁.　　거배소수수갱수
人生在世不稱意,　　인생재세불칭의
明朝散髮弄扁舟.　　명조산발롱편주

무슨 생각으로 푸른 산에서 사느냐고 내게 묻는데
웃으며 답하지 않노라니 마음이 절로 한가롭네.
복숭아꽃이 물에 떠서 아득히 흘러가는 곳
또 다른 천지가 있는데 인간세상은 아니구나.

해설

　이백은 자연인이 되어 산에 산다. 세속의 모든 욕망, 부귀영화에 대한 욕망을 버리고 산 속에서 유유자적하게 지낸다. 누군가 물어본다. 왜 산에 사냐고? 이백이 산에 사는 이유는 무엇이었을까? 마음이 편해서일 것이다. 현대 사람들도 일상사를 훌훌 털어버리고 산에 들어가서 아무 근심 걱정 없이 살고 싶어 한다. 하지만 결단을 못해 아등바등 살아가고 있지 않은가? 하지만 이백은 실행에 옮긴 것이다.

　물어보는 사람에게 뭐라고 답할 것인가? 그냥 빙그레 웃으며 대답을 하지 않는다. 한가로운 마음에서 피어나는 미소가 그 답일 것이다. 마음 편하게 살고 있는 것이 내 모습에서 절로 보이지 않느냐? 도연명의 〈술을 마시다 20수〉 중 제5수에 다음과 같은 말이 있다. "산 기운은 아침저녁으로 좋고 날던 새는 서로 더불어 돌아간다. 이 가운데에 참뜻이 들어 있으나 설명하려다 이미 말을 잊었다.(山氣日夕佳, 飛鳥相與還. 此中有眞意, 欲辨已忘言.)" 도연명이 팽택령을 하다가 그만두고 전원으로 돌아와서 한적하게 살고 있는데 누군가 와서 "어떻게 이렇게 살 수 있느냐?"고 물어본다. 도연명 역시 이에 대해 설명은 하지 않고 국화를 따다가 문득 남산을 바라본다. 아침저녁으로 바라보는 저 푸른 산이 마음을 편하게 하니 새도 즐겁게 노닐다가 저녁이 되면 다시 산으로 돌아온다. 이것이 자연의 이치인데 나도 그 이치를 따라서 고향으로 돌아왔구나. 내 마음 한가롭고 편안한 것이 이러한 이치인데 이걸 설명하려다 할 말을 잊어버린다.

이는 군이 말로 할 필요도 없고 말로 표현될 것도 아니다. 지금 여기 살고 있는 모습에서 진정한 그 뜻이 담겨져 있고 그대로 드러나고 있다.

지금 자신이 있는 곳이 어디인가? 바로 도연명이 〈도화원기〉에서 말했던 무릉도원이다. 복숭아꽃이 물에 떠내려 오는데 그곳을 거슬러 올라가면 있는 이상향. 도연명의 무릉도원은 세속의 인간이 다시 찾아갈 수 없는 곳이지만, 이 세상에 무릉도원이 한 곳만 있는 것은 아니다. 마음을 비우고 한가롭게 사는 곳이 바로 나 자신의 무릉도원이다. 비록 사람 사는 곳과 가까이 있더라도 내가 세속에 마음을 두지 않으면 이곳은 더 이상 인간세상이 아니고 무릉도원이 된다.

山中問答 산중문답

問余何意棲碧山,	문여하의서벽산
笑而不答心自閑.	소이부답심자한
桃花流水窅然去,	도화류수묘연거
別有天地非人間.	별유천지비인간

내가 어떤 사람이냐고 가섭 호주사마가 묻는 질문에 답하다

청련거사는 하늘에서 폄적된 신선으로서
술집에 이름을 숨긴 지 삼십 년이 되었네.
호주사마는 물을 필요가 있는가?
금속여래가 바로 나의 후신인데.

'호주'는 지금의 절강성 호주시이며, '사마'는 지방장관인 자사를 보좌하는 육품정도의 관직이다. '가섭'은 이름에 불교의 색채가 있어서 당시의 천축, 즉 지금의 인도에서 온 귀화인으로 보이는데, 그 행적에 대해서는 자세히 알려진 것이 없다.

이백이 호주에 들렀을 때 그곳 관원들의 연회자리에 초청을 받았다. 이백의 풍격이나 문학적 자질에 대해서는 익히 들어서 알고 있을 터이지만 가섭이 또 이백이 어떤 사람이냐고 물어봤던 것 같다. 일반적으로 우리가 이런 질문을 받으면 뭐라고 대답할까? 대체로 자신의 직업이나 이름을 말할 뿐 자신의 정체성에 대해 자세히 설명하지 못할 것 같다. 어찌보면 남들에게 자신 있게 내세울만한 자신만의 독특한 캐릭터가 없어서 그럴 지도 모르겠다. 하지만 이백은 한 편의 시를 지어 자신을 소개한다.

우선 '청련거사'라고 하였다. '청련'은 푸른 연꽃이란 뜻으로 불교에서는 청정무구한 존재를 비유한다. 세속의 아무런 때가 묻지 않은 순수한 사람이다. '거사'는 덕행과 능력이 뛰어나지만 관직에 나가지 않은 사람이다. 세속의 부귀공명에 관심이 없는 고고한 인품을 가진 사람이다. 그리고 '적선인' 즉 귀양 온 신선이라고 하였다. 이 별명은 하지장이 이백과 같이 술을 마시고 노닐면서 지어준 것이다. 일반적으로 신선이라고 하면 하늘의 신선세계에 있어야 하는

데, 이백은 신선의 풍모를 지니고 있지만 세속에 있기 때문에 귀양 왔다고 한
것이다. 그런데 귀양을 오려면 죄를 지어야 하는데 이백은 무슨 죄를 지었을까?
신선도 맡은 바 임무가 있고 나름의 질서 체제가 있는데, 이백은 술을 좋아하여
그런 일을 등한시하고 신선의 규범을 무시하는 호방함을 가지고 있어서일 것이다.
　여기서 이백은 두 가지의 정체성을 말했는데, 불가와 도가의 특징을 아우르
고 있다. 두 사상 체계가 지금으로 보면 완전히 구분되어 있지만 이백이 살던
당나라 때에는 두 사상이 이론적으로 상호 보완하며 경쟁하였다. 일반인들 역
시 불가와 도가를 구분하여 별개의 것으로 보지 않고 한 사람의 행위 안에 공
존할 수 있는 것으로 여겼다. 이백은 신선의 풍모를 가지고 있을 뿐만 아니라
장생불사를 위해 연단도 제조했으며 도사 자격증인 '도록'을 받기도 하였기에
'적선인'이란 정체성은 당연시된다. 그리고 이백은 불교에도 관심이 많아 스님
과 교유를 많이 하였고 불교 관련 시문도 제법 있다. 이백이 불교의 교리에
얼마나 정통했는지는 자세히 알 수 없지만 그에게 불교가 완전히 배제된 것은
아니었고, 자신을 '청련거사'라고 칭할 정도로 불교에 관심이 있었다. 이는 아
마도 가섭이 천축에서 온 불교신자였음을 감안한 대답일 수도 있다.
　청련거사이고 적선인인 이백이 인간 세상에서 하는 일은 무엇인가? 삼십년
동안 술집에서 이름을 숨기고 있다. 이백이 하는 일이라고는 그저 술을 마시는
것뿐이다. 술 한 말을 마시면 시 삼백 편을 짓는다고 했으니, 시도 그만큼 많이
지었을 것이다. 그런데 자신의 이름을 숨기고 산다고 하였다. 당시 이백은 상
당히 유명한 인물이었고 누구나 이백이라는 이름을 알고 있었는데, 이름을 어
떻게 숨길 수 있었겠는가? 이는 자신의 정체성을 숨긴다는 뜻이리라. 신선이라
는 자신의 신분을 속이고 인간인 척한다는 것이다. 불교에서는 이백이 또 어떤
존재인가? 부처의 한 명인 금속여래가 바로 이백의 후신이니 이백은 부처이기
도 하다. 이 세상에서 신선이고 부처인 이백 자신을 알아줄 사람이 누가 있겠
는가? 그저 술이나 마시고 시나 지으면서 살아야지. 그래도 내가 누구인지 굳
이 묻는다면, 이렇게 대답하리라.

答湖州迦葉司馬問白是何人 답호주가섭사마문백시하인

青蓮居士謫仙人,　　　청련거사적선인

酒肆藏名三十春.　　　주사장명삼십춘

湖州司馬何須問,　　　호주사마하수문

金粟如來是後身.　　　금속여래시후신

금릉성 서쪽에 있는 손초주루에서 달을 구경하다 새벽이 되었고, 노래하고 음악을 연주하다가 해가 졌는데, 술김에 자줏빛 비단 갖옷과 오사건을 갖추고 술친구 여러 명과 함께 뱃노래 부르며 진회에서 석두성으로 가 최성보 시어를 방문하다

어젯밤에는 서쪽 성에 뜬 달을 구경했는데
푸른 하늘에 옥 갈고리를 드리웠고,
아침에는 금릉의 술을 사서
손초루에서 노래하며 연주했네.
홀연히 수놓은 관복 입은 최 시어가 생각나서
배를 타고 석두성으로 가는데,
오사건을 대충 매고
자줏빛 비단 갖옷을 거꾸로 걸쳤기에,
강 양쪽 사람들은 박장대소하며
왕자유인가 의심했으리라.
십여 명의 술친구들은
강 위에서 어지러이 취하여,
배 젓는 사공을 장난삼아 흔들고
떠들썩하게 외치며 파도의 신 양후를 얕잡아보았으며,
중도에 만난 오나라 여인은
주렴 걷고 나와 우리를 조롱하였네.
내가 그대를 그리워해 여기 왔으니
미친 짓인지 부끄러운 짓인지 알지 못하네.
달 아래서 그대 한번 만나서

세 잔 술을 마시고는 곧장 배를 돌려,
배를 버리고 함께 소매를 나란히 하여
남쪽 나루터의 다리를 걸어 올랐네.
흥이 올라 〈녹수곡〉을 부르니
진 땅의 객인 그대는 이에 맞춰 몸을 흔들었고,
닭이 울 때 다시 서로 초대했으니
좋은 연회 자리가 하늘보다 높이 있는 것 같네.
나에게 수백 자의 글을 써서 주니
글자마다 큰 바람을 헤치고 나가는 듯한데,
그 글을 갖옷 위에 묶어 놓았다가
그대가 생각나면 매번 길게 노래하리라.

해설

　이 시는 제목도 길고 내용도 제법 길다. 사정이 많았던 듯하다. 대체로 제목
이 길면 그 제목에 시를 짓게 된 사정을 자세히 적어 놓으니 우선 제목을 살펴
보자. 금릉성 즉 지금의 남경시 서쪽의 손초주루에서 달을 구경했다. 금릉은
당시 번화한 곳이었고 그 중에서도 손초주루는 유명한 술집이다. 그곳에서 술
을 마시며 달구경을 하다가 날이 샜다. 또 술을 마시며 노래하고 음악을 연주
하다가보니 어느덧 해가 졌다. 술이 취하면 친구가 보고 싶은 법이다. 술김에
친구 여러 명과 함께 배를 타고 최성보라는 친구를 찾아간다. 옷은 자줏빛 가
죽 옷과 검은색 모자를 챙겼으니 나름 차려 입은 셈이다. 석두성 역시 금릉
지역이니 배를 타고 멀리 간 건 아니지만 최성보를 만나서 밤새 놀고 아침에
또 만나서 술을 마신다. 이박삼일 동안 술을 마시며 노닐었던 셈이다. 술도 많
이 취했으니 다른 사람은 눈에 보이질 않고 자신들만 신나서 이리저리 우르르
몰려다니며 소리 지르고 즐겼을 것이다. 술을 좋아하고 친구를 좋아하는 사람
이라면 젊었을 때 한번쯤 해봤던 모습이다. 이백 역시 그런 행위를 즐겼고
이 시에 그 모습이 고스란히 남겨져 있다.
　시가 길지만 술의 흥취가 잔뜩 올랐기에 그다지 어려운 내용은 없다. 술에

취해서 오사건은 대충 매고 갖옷은 거꾸로 입은 모습, 배를 타고 가면서 죽을 줄도 모르고 뱃사공을 흔들며 소리치는 모습, 도중에 다른 배를 타고 가는 여인들과 만나 희롱하는 모습, 나루터의 다리에 올라가 노래 부르고 춤을 추는 모습, 자기를 위해 글을 써주자 항상 가지고 다니면서 생각나면 읽겠다고 호언장담 하는 모습. 이런 모습들 속에서 호방한 이백의 대단함이 느껴지기보다는 친구랑 떡이 되도록 술에 취해 마구잡이로 돌아다니던 옛날 나의 모습이 생각이 나고, 그 때의 호기와 당시의 친구가 그리워진다.

시 중간에 나오는 왕자유는 진晉나라의 왕휘지이다. 그가 회계산 북쪽에 있는 산음에 살 때, 어느 날 밤 눈이 오자 이리저리 배회하며 시를 읊조리다 대규라는 친구가 생각나서 배를 타고 그가 있던 섬계로 갔다가 그를 만나지 않고 다시 돌아왔다. 누가 그 이유를 물어보자 왕자유는 흥취가 나서 찾아갔다가 흥취가 다해 돌아온 것이니 반드시 그를 만나야할 필요는 없다고 했다. 그 역시 이백처럼 흥취로 사는 멋있는 사람이었나 보다.

翫月金陵城西孫楚酒樓達曙, 歌吹日晚乘醉著紫綺裘烏紗巾與酒客數人棹歌, 秦淮往石頭訪崔四侍御 완월금릉성서손초주루달서, 가취일만승취착자의구오사건여주객수인도가, 진회왕석두방최사시어

昨翫西城月,	작완서성월
青天垂玉鉤.	청천수옥구
朝沽金陵酒,	조고금릉주
歌吹孫楚樓.	가취손초루
忽憶繡衣人,	홀억수의인
乘船往石頭.	승선왕석두
草裏烏紗巾,	초과오사건
倒披紫綺裘.	도피자의구
兩岸拍手笑,	량안박수소

疑是王子猷.	의시왕자유
酒客十數公,	주객십수공
崩騰醉中流.	붕등취중류
謔浪掉海客,	학랑도해객
喧呼傲陽侯.	훤호오양후
半道逢吳姬,	반도봉오희
卷簾出揶揄.	권렴출야유
我憶君到此,	아억군도차
不知狂與羞.	부지광여수
月下一見君,	월하일견군
三杯便迴橈.	삼배편회요
捨舟共連袂,	사주공련메
行上南渡橋.	행상남도교
興發歌綠水,	흥발가록수
秦客爲之搖.	진객위지요
雞鳴復相招,	계명부상초
清宴逸雲霄.	청연일운소
贈我數百字,	증아수백자
字字凌風飆.	자자릉풍표
繫之衣裳上,	계지의구상
相憶每長謠.	상억매장요

태산을 노닐다 6수(제3수)

새벽에 일관봉에 올라
손을 들어 구름 관문을 여니,
정신이 사방으로 날아올라
마치 천지간을 벗어난 것 같구나.
황하가 서쪽에서 와서
아득하게 먼 산으로 들어가는데,
절벽에 기대 천하를 둘러보니
눈길 다한 곳까지 긴 하늘이 광활하구나.
우연히 아이 같이 생긴 신선을 만나니
검푸른 머리칼을 쌍으로 구름같이 올렸는데,
나를 비웃으며 신선술 배우는 것도 늦었고
공연히 시간만 보내며 붉던 얼굴 시들었다고 하네.
머뭇거리다보니 홀연 그 모습이 보이지 않는데
넓고 아득해서 좇아가기 어렵구나.

태산은 지금의 산동성에 있는 산으로 오악 중의 하나이며 산 중의 산이다.
대대로 중국의 황제는 자신이 훌륭한 업적을 이루면 이곳에 와서 하늘과 땅에
제사를 지내면서 성과를 보고하고 감사의 인사를 드렸다. 그리고 신선이 사는
명산으로 알려져 있다. 이백은 신선술과 연단술을 통해 신선이 되고자 했기에
부푼 마음을 가지고 태산을 찾아 올랐을 것이다.

새벽에 해가 처음으로 보인다는 일관봉에 올라보니 천하가 다 보인다. 서쪽
끝에서 발원한 황하가 이곳으로 흘러들어오고 저 먼 곳까지 하늘이 광활하다.
천지가 발 아래에 있다. 이런 곳에 신선이 살 터이다. 제1수에서는 "선녀 네댓

명이 높은 하늘에서 훨훨 내려와서, 미소를 머금고 흰 손을 내밀어 내게 신선의 술이 담긴 유하잔을 건네준다.(玉女四五人, 飄飄下九垓. 含笑引素手, 遺我流霞杯.)"라고 하였고, 제2수에서는 "맑은 새벽에 흰 사슴을 타고 하늘 문이 열리는 산에 곧장 올라, 산 속에서 신선을 만났는데 네모난 눈동자에 용모가 수려하네.(淸曉騎白鹿, 直上天門山. 山際逢羽人, 方瞳好容顔.)"라고 하며 신선을 만났다는 이야기를 하였다.

제3수에서도 어린 아이의 모습을 한 신선을 만났다. 신선은 오래 살아도 늙지 않고 때로는 아이의 모습으로 변하기도 한다. 그런데 그 신선이 이백 더러 말하기를, "당신은 이미 젊었을 때부터 공연히 신선술을 배운답시고 이리저리 다녔지만 세월만 보내고 성과도 없이 늙어버렸는데, 이미 때가 늦었으니 돌아가라."고 한다. 다른 사람이 이런 말을 하면 모르는 소리를 한다고 무시할 수 있지만 태산의 신선이 이렇게 말을 했으니 더 이상 희망의 빛이 보이질 않는다. 정신이 아득해지며 혼미하여 어찌할 줄 모르다가 다시 정신을 차려보니 신선은 보이질 않고 종적도 찾을 수 없다. 붙잡고 하소연하고 매달리고자 해도 그럴 데가 없어졌다.

신선의 꿈을 가지고 태산에 찾아와서 신선과 선녀를 만나 대접도 받았지만, 자신이 신선술을 이룰 수 있는 기회는 사라지고 그럴 가능성도 없음을 확인했다. 원래 신선이었다가 잘못을 저질러 인간세계로 귀양 온 신선이 이제 다시는 하늘로 올라갈 수 없게 되었다. 눈물을 흘리며 안타까운 마음에 그저 술을 한 잔 들이키고는 하늘에 뜬 달을 바라볼 뿐이다.

遊泰山 六首(其三) 유태산 육수(기삼)

平明登日觀,   평명등일관
擧手開雲關.   거수개운관
精神四飛揚,   정신사비양
如出天地間.   여출천지간
黃河從西來,   황하종서래

窈窕入遠山.   요조입원산

憑崖覽八極,   빙애람팔극

目盡長空閑.   목진장공한

偶然値青童,   우연치청동

綠髮雙雲鬟.   록발쌍운환

笑我晚學仙,   소아만학선

蹉跎凋朱顏.   차타조주안

躊躇忽不見,   주저홀불견

浩蕩難追攀.   호탕난추반

종남산을 내려와 곡사 산인의 집에 들러 묵으면서 술을 앞에 두다

저녁에 푸른 산에서 내려오니
산에 뜬 달도 나를 따라 돌아오는데,
지나온 길을 돌아다보니
푸릇푸릇 산 중턱을 가로질렀네.
나를 이끌고 농가에 다다르니
어린 아이가 사립문을 열어주고,
파란 대나무 사이 그윽한 길로 들어가니
푸른 여라 덩굴이 나그네의 옷자락을 스치네.
쉴 자리를 얻어 기뻐 말하며
좋은 술을 함께 마시다가,
길게 노래하며 솔바람을 읊조리니
별빛이 흐려지고서야 노래가 다하네.
나는 취하고 그대 또한 즐거우니
거나해져서 세상일을 함께 잊어버리네.

해설

'종남산'은 장안 남쪽에 있는 산으로 매우 크고 깊어서 명승지일 뿐만 아니라 도교의 명산이다. 예로부터 저명한 도사들이 이곳에서 거주하였으며 현종 때는 종남산의 도사를 궁중으로 불러 관직을 주거나 가르침을 받기도 하였다. 이 시의 제목에서 종남산을 내려왔다고 했는데 이백이 종남산에 간 목적은 자세히 알 수가 없다. 유람을 갔을 수도 있고 도교 수련을 하러 갔을 수도 있다. '곡사'는 두 글자로 된 성인데 누구인지 알 수 없고, '산인'이라고 한 것으로 보아 산에 은거하는 은자일 가능성이 높다.

이백이 종남산에서 내려오는데 산에 뜬 달도 자기를 따라 온다. 달은 이백의 분신이다. 지나온 길을 돌아보니 어슴푸레 산 중턱에 구불구불 흔적이 보인다. 이 때 곡사 산인을 만난 것으로 보인다. 저녁이 되어 머물 데가 필요했던 이백은 자신을 알아보고 초대해준 곡사 산인이 반가웠을 것이다.

곡사 산인은 이백의 손을 이끌고 자신의 농가로 갔는데 아이가 문을 열어놓고는 공손히 맞이한다. 집 안으로 들어가니 대나무가 푸릇푸릇하게 자란 길이 있고 소나무에서 늘어뜨린 푸른 여라가 옷깃을 스친다. 집안의 정취를 보아하니 무식한 촌부가 아니라 고아한 정취를 가진 진정한 은자이다.

묵을 장소를 얻었고 마음에 맞는 이를 만났다. 좋은 술을 차려놓고는 솔바람 속에서 즐겁게 말하고 길게 노래도 불렀다. 당연히 날이 새고 별빛이 사라질 때까지 즐겼을 것이다. 술에 취해 즐겁게 노닐다보니 두 사람 모두 세속의 온갖 욕심과 잡념을 잊어버리게 된다. '별유천지비인간' 또 다른 신선세계에서 진정한 은자가 된다.

뜻하지 않게 우연히 만난 사람이지만 이렇게 즐겁고 고아하게 놀 수 있으니, 곡사 산인 역시 이백과 같은 부류의 사람이었을 것이다. 같은 부류의 사람들은 한 눈에 알아보는 법이다.

下終南山, 過斛斯山人宿置酒 하종남산, 과곡사산인숙치주

暮從碧山下,　　모종벽산하
山月隨人歸.　　산월수인귀
卻顧所來徑,　　각고소래경
蒼蒼橫翠微.　　창창횡취미
相攜及田家,　　상휴급전가
童稚開荊扉.　　동치개형비
綠竹入幽徑,　　록죽입유경
青蘿拂行衣.　　청라불행의
歡言得所憩,　　환언득소게

美酒聊共揮.　미주료공휘
長歌吟松風,　장가음송풍
曲盡河星稀.　곡진하성희
我醉君復樂,　아취군부락
陶然共忘機.　도연공망기

금릉 봉황대에 술을 차려놓다

술을 차려놓고 석양을 끌어 오네
금릉의 봉황대에서.
긴 물길이 만고에 쏟아져 내려가니
마음은 구름과 함께 탁 트이는구나.
묻노니 예전에
봉황은 누구를 위해 날아왔던가?
봉황이 떠난 지 이미 오래이니
마땅히 오늘은 돌아오겠지.
현명한 임금이 복희나 헌원을 능가하고
현명한 재상이 삼대에 앉아있으니,
호걸은 쓸 데가 없어
악기를 튕기며 금 술잔에 취하네.
동풍이 산에 핀 꽃에 불어오니
어찌 잔을 비우지 않겠는가?
여섯 조대의 황제들은 깊은 풀 속에 묻혔고
궁궐 깊은 곳은 푸른 이끼로 어둑하네.
술을 차려놓고 더 이상 말하지 말 것이니
다만 노랫소리와 종소리로 서로 재촉해야지.

해설

　금릉은 지금의 남경시이고 봉황대는 금릉 서쪽에 있던 누대이다. 남조 송나라 때 오색 찬란한 새 세 마리가 날아왔는데 사람들이 봉황이라고 여기고는 그곳에 누대를 세우고 봉황대라고 하였다. 이백의 이 시는 금릉의 봉황대에 술을 차려놓고 노닐면서 지은 것이다.

금릉의 봉황대에 술을 차려놓고 붉은 석양을 끌어온다. 붉은 석양이 지면 응당 봉황대에도 노을빛이 비칠 것인데 굳이 석양을 끌어오는 것은 무엇일까? 아마도 봉황이 새로 날아올 수 있도록 분위기를 만든 것이리라. 봉황대에서 바라보니 장강이 길게 흘러가고 있다. 마침 구름이 걷혀 천 년 만 년 흘러왔던 장강물이 힘차게 내려가는 모습을 보노라니 이백의 마음이 탁 트인다.

봉황은 원래 태평성세에만 나타난다고 했는데 옛날 봉황은 어느 임금이 있을 때 왔던 것일까? 세상이 오래 바뀌고 지금 또 태평성세가 되었으니 오늘 틀림없이 날아올 것이다. 이백이 이곳에 술을 차리고 기다리고 있으니 더욱더 그러할 것이다.

지금의 황제는 옛날 가장 어질다고 하던 복희씨나 헌원씨를 능가하고 훌륭한 재상들이 조정에서 일을 맡고 있다. 이러한 태평성세를 응당 즐거워해야 하는데, 이백은 근심스럽다. 이제 더 이상 자신과 같은 호걸을 필요로 하지 않기 때문이다. 난세에 영웅이 나는 법인데 지금은 태평성세이니 영웅이 될 수 없는 것이다. 그러니 어쩔 수 없이 음악을 연주하고 술을 마시며 솟아오르는 기운을 누그러뜨릴 뿐이다. 때는 또 봄날이라 따뜻한 바람에 꽃향기가 가득하다. 이 좋은 봄날 모름지기 즐겨야 할 것이다.

옛날을 생각해보니 이 금릉은 또 어떤 곳인가? 삼국시대 오나라 때부터 동진, 송, 제, 양, 진 등 여섯 조대에 걸쳐서 도읍지였지 않은가? 그 권세 높던 왕들은 죽어서 무덤 속에 있고 그들의 찬란했던 궁궐은 이제 이끼로 어둑할 뿐이다. 인간의 부귀영화가 얼마나 갈 것이고 사람의 인생은 또 얼마나 사는 것인가? 그러니 뭘 하겠는가? 그저 술을 마실 것이니 노래를 부르고 종을 쳐 흥을 돋워야 하리라.

봄날 태평성세를 맞아 멋진 경관을 앞에 두고 있지만 이런저런 근심, 천고의 근심 때문에 즐기지 못하고 술만 마시며 서글픈 마음을 달랜다.

金陵鳳凰臺置酒 금릉봉황대치주

置酒延落景,	치주연락영
金陵鳳凰臺.	금릉봉황대
長波寫萬古,	장파사만고
心與雲俱開.	심여운구개
借問往昔時,	차문왕석시
鳳凰爲誰來.	봉황위수래
鳳凰去已久,	봉황거이구
正當今日迴.	정당금일회
明君越羲軒,	명군월희헌
天老坐三臺.	천로좌삼대
豪士無所用,	호사무소용
彈絃醉金罍.	탄현취금뢰
東風吹山花,	동풍취산화
安可不盡杯.	안가부진배
六帝沒幽草,	륙제몰유초
深宮冥綠苔.	심궁명록태
置酒勿復道,	치주물부도
歌鐘但相催.	가종단상최

금릉 봉황대에 오르다

봉황대 위에서 봉황이 노닐다가
봉황은 떠나고 누대는 비었는데 강만 절로 흐르네.
오나라 궁궐의 화초는 외딴 길에 묻혀버렸고
진나라 시절의 대신들은 오래된 무덤이 되어버렸네.
삼산은 푸른 하늘 바깥으로 반쯤 드리웠고
한 강줄기는 백로주를 사이에 두고 나뉘었네.
온통 뜬구름이 태양을 가리고 있으니
장안이 보이지 않아 사람을 근심스럽게 하네.

　금릉 봉황대에 관해서는 앞의 시 해설에서 자세히 설명하였다. 앞의 시와 내용이 비슷해 보이지만 상반된 성격을 가지고 있기도 하다. 시의 형식으로 보자면 앞의 시는 오언고시라서 자신의 감회를 마음대로 자연스럽게 표현하였으며, 이 시는 변형된 칠언율시로 감정을 정제하여 차분한 느낌을 준다.

　이백과 비슷한 시기의 시인으로 최호라는 사람이 있다. 지금의 무한에 누런 학이 날아왔다는 전설이 있는 황학루가 있는데 이백이 그곳에 가보고는 멋진 경관에 찬탄하면서 시를 지으려고 했다. 그런데 최호가 먼저 읊은 시를 읽어보고는 그 훌륭함에 감탄하면서 붓을 꺾어버리고 그냥 내려왔다고 한다. 이백이 최호의 황학루 시에 필적할만한 시를 지으리라 내심 벼르고 있었을 터인데, 이 시가 바로 그런 마음에서 지은 것이라는 설이 있다. 그만큼 이백의 명작이라는 말일 것이다.

　봉황대에 봉황이 왔다가 지금은 날아가 버리고 없다. 누대는 텅 비었고 장강만 흐르고 있다. 봉황이 태평성세에 나타나는 새라는 것을 상기시킨다면 현재는 태평성세하고는 거리가 멀다. 장강이 '절로' 흐른다는 표현과 누대가 '비었다는 표현에서 그 상실감을 느낄 수 있다. 여섯 왕조 동안 도읍지로 있었던 금릉은 그 모습이 많이 변했다. 옛 궁궐은 사람이 다니지 않아 외딴 길이 되어버렸고 왕과 대신이 죽어 묻힌 무덤에는 잡초가 우거져 있다. 태평성세와는 거리가 멀다.

이제 이백은 시선을 들어 저 먼 곳을 바라본다. 삼산이 푸른 하늘 아득히 바라보이고 강물 따라서 백로주의 넓은 모래사장이 펼쳐져 있다. 하지만 반쯤 드리우고 나뉘어 흐른다는 표현이 부정적인 인상을 준다. 무엇이 잘못된 것일까?

이백의 시선은 옛 도읍지가 아니라 지금의 도읍지인 장안을 향하고 있다. 그곳에 응당 보여야하는 태양이 구름에 가려져 보이질 않는다. 여기서 태양은 천자를 상징하고 태양을 가리고 있는 구름은 천자의 현명한 정치를 가리는 간신배를 상징한다. 지금 간신배가 조정에 득실거리며 천자가 올바른 판단을 하지 못하게 막고 있으니 이 나라가 언제나 태평성세가 될 것인가? 패기가 있고 재능이 뛰어난 이백 같은 이가 당장 가서 이러한 혼란을 종식시켜야 할 것인데, 지금 이백을 불러주는 사람이 없어 홀로 근심하고 있다.

격렬한 감정의 표현은 자제하면서 주변 경물을 담대하게 그려내어 자신의 생각을 표현하고 있다. 여기서 이백이 그려내는 시공간은 수백 년의 역사를 갈마들고 금릉에서 장안으로 나아가 하늘 끝까지 뻗어가고 있다. 가슴이 넓고 생각이 크다.

登金陵鳳凰臺 등금릉봉황대

鳳凰臺上鳳凰遊,	봉황대상봉황유
鳳去臺空江自流.	봉거대공강자류
吳宮花草埋幽徑,	오궁화초매유경
晉代衣冠成古丘.	진대의관성고구
三山半落靑天外,	삼산반락청천외
一水中分白鷺洲.	일수중분백로주
總爲浮雲能蔽日,	총위부운능폐일
長安不見使人愁.	장안불견사인수

형부시랑이신 숙부를 모시고 동정호를 노닐다가 취한 후에 쓰다 3수(제3수)

군산을 깎아버리면 좋으리니
상수가 평평하게 흘러가리라.
파릉에 술이 무한하니
동정호의 가을에 취해 죽으리라.

해설

  '시랑'은 정사품에 해당하는 중앙관직이며 숙부는 〈숙부이신 이엽 형부시랑
과 중서사인 가지를 모시고 동정호를 노닐다 5수陪族叔刑部侍郞曄及中書賈舍人至
遊洞庭 五首)에 나오는 이엽과 동일인물로 보인다. 여기서 숙부라고 했지만 이
백과 어떤 혈족관계인지는 알 수 없다. 이백의 시에 나오는 '족형'이나 숙부와
같은 표현은 단순히 이백과 성이 같은 자인 경우가 많다.

  형부시랑이라는 고위관직을 지낸 이와 함께 동정호를 노닐다가 술에 잔뜩
취해 시를 지었는데 제1수에서 "취한 후에 맑은 광기를 부리는 걸 허락하소서.
(醉後發淸狂)"라고 한 것을 받아서 지은 광기가 실린 작품이다.

  동정호 안에 있는 산인 군산을 만일 깎아버리면 동정호로 들어오는 지류인
상수가 아무런 장애도 없이 평평하게 잘 흘러갈 것이다. 그러면 넓기로 유명한
이 동정호가 더 넓어 보일 것이다. 이곳 파릉에는 술이 한없이 많으니 그 술을
마시고는 동정호의 가을날에 실컷 취해보리라.

  산을 없애버리겠다는 표현은 〈동관산에서 취한 후 절구를 짓다銅官山醉後絶
句〉에도 보이는데, 동관산을 너무 좋아해서 천년토록 이곳에서 춤을 추며 노닐
것이니 그 춤추는 소매로 동관산 옆에 있는 오송산을 닮아서 없애버리겠다고
하였다. 이백 특유의 과장된 표현이 여실히 드러나서 술 취한 뒤 이백의 호방
함을 극명하게 보여준다. 술에 취해 허언을 하는 것은 〈강하에서 위빙 남릉현

령에게 주다江夏贈韋南陵冰〉에서 "내 장차 그대 위해 황학루를 부숴 버릴 테니,
그대 또한 나를 위해 앵무주를 엎어버리게나.(我且爲君搥碎黃鶴樓, 君亦爲吾倒却鸚
鵡洲.)"라고 하는 것에서도 보인다. 명승지로 유명한 황학루와 앵무주를 없애버
리겠다고 하였으니 그 배짱과 기백은 누구보다 드높다. 이 때문에 상대방이
이백을 방자하다고 나무라니 이백은 또 〈정씨가 황학루를 때려 부수겠다는 나
를 시로써 나무라기에 취한 후 답하다醉後答丁十八以詩譏予搥碎黃鶴樓〉라는 시를
지어 상대방의 호방함을 칭송하였다. 이백의 호기는 끝을 모른다.

陪侍郎叔遊洞庭醉後 三首(其三) 배시랑숙유동정취후 삼수(기삼)

剗卻君山好,   잔각군산호
平鋪湘水流.   평포상수류
巴陵無限酒,   파릉무한주
醉殺洞庭秋.   취살동정추

여산 폭포를 바라보다 2수(제2수)

해가 향로봉을 비추어 자줏빛 안개가 피어나는데
멀리서 폭포를 보니 앞쪽의 시내가 걸려있는 듯하구나.
곧장 아래로 날아 흐르는 것이 삼천 척이니
은하수가 높은 하늘에서 떨어졌나보다.

해설

　중국 여산에 폭포가 있다. 까마득히 높은 곳에서 떨어지기 때문에 가까이 가서는 잘 보이지 않고 오히려 멀리서 봐야 그 장관을 제대로 감상할 수 있다. 여산에 가면 반드시 봐야 될 명승지 중 하나이다. 이백 역시 그곳을 갔으며 그 경관에 찬탄하며 시를 두 수 지었다.

　여산 향로봉에 햇볕이 비추니 폭포 상부의 물안개가 피어올라 자줏빛 안개가 자욱하다. 그 모습이 향로의 향연기와 같다. 멀리서 폭포를 보면 마치 그 앞에 있는 강을 벽에 걸어놓은 듯 곧게 솟아있다. 강은 본디 땅 위를 흐르는 것인데 그것을 벽에 걸어놓았다는 발상이 정말 기발하다.

　벽에 걸린 물줄기를 보아하니 곧장 아래로 날 듯 빠르게 흐르는데 높이가 삼천 척 정도 되어 보인다. 한 척이 30센티미터이니 삼천 척이면 900미터이다. 물론 이것은 '삼'이라는 숫자와 '천'이라는 숫자를 이용한 과장법이다. "술을 한 번 마시면 삼백 잔을 마셔야 한다"는 말의 삼백 잔 역시 많다는 '삼'과 '백'을 이용한 과장법이다. 여기서는 폭포가 '날아 흐른다'고 하여 그 속도감을 표현했을 뿐만 아니라 하늘에서 내려오는 느낌을 자아낸다.

　폭포가 내려오며 포말이 흩어져 반짝이는 것을 보아하니 마치 하늘의 별빛이 연상된다. 은하수도 하늘의 강물이니 그 물이 아마도 하늘에서 내려오는 것이리라. 이렇게 이백이 본 여산의 폭포는 땅의 강물에서 하늘의 은하수까지 연결되어 천지를 관통하고 있다. 이백이 아니면 담아낼 수 없는 스케일이다.

이러한 표현을 한번 쓰기엔 아까웠던지 제1수에서도 "삼백장의 물길을 매달아 수십 리 골짜기로 내뿜네.(挂流三百丈, 噴壑數十里.)", "처음에는 은하수가 떨어져 그 반이 구름 하늘 속에서 뿌려진 것인가 놀랐네.(初驚河漢落, 半灑雲天裏.)"라는 말을 하였지만 약간 느낌이 다른 건 어쩔 수 없다.

하지만 제1수에 있는 "바닷바람이 불어도 끊어지지 않다가 강가의 달이 비치면 또 없어진 듯하네.(海風吹不斷, 江月照還空.)"라는 표현은 이백의 상상력에 감탄을 금치 못하게 한다. 멀리서 보면 워낙 높아서 가느다란 실 같지만 워낙 세차게 내려오기 때문에 거센 바닷바람이 불어와도 전혀 흔들림이 없으며, 맑은 달빛이 비쳐 세상이 환해지면 폭포 역시 달빛으로 빛나서 마치 폭포가 사라진 듯하다. 여산 폭포의 세참과 맑음을 절묘하게 드러내었다.

그래서 이백은 영원히 인간세상을 떠나 신선의 세계와 같은 이곳에서 살고 싶어 했으며, 훗날 이백의 부인이 여산의 여도사인 이등공을 찾아가서 도를 수련하고자 할 때 흔쾌히 보내주었던 것이다.

望廬山瀑布 二首(其二) 망려산폭포 이수(기이)

日照香爐生紫煙,	일조향로생자연
遙看瀑布挂前川.	요간폭포괘전천
飛流直下三千尺,	비류직하삼천척
疑是銀河落九天.	의시은하락구천

노 땅의 선비를 조롱하다

노 땅의 노인이 오경에 관해 말하면서
백발이 되도록 뜻풀이에 치여 죽어 가는데,
세상을 경영하고 백성을 구제할 계책을 물으면
안개 속에 떨어진 듯 망연자실하구나.
발에는 원유리를 신고
머리에는 방산건을 쓰고서,
곧게 뻗은 길을 느릿하게 걷는데
가기도 전에 먼저 먼지가 이는구나.
진나라 승상 이사는
넓은 옷을 입은 유생을 중시하지 않았는데,
그대들은 숙손통을 비난하니
나와는 본래 부류가 다르지.
현실의 일을 이해하지 못하니
문수 가로 돌아가 밭이나 갈아야 하리라.

해설

노 땅은 지금의 산동성 일대이다. 노나라는 주공의 후예가 봉해졌고 공자가
태어났으며 유가의 뿌리가 되는 곳이다. 대대로 그곳의 선비들은 유가를 신봉
하며 자신들의 신조로 여기고 있었다. 하지만 이 시에서 이백은 노 땅의 선비
들이 고루하다고 조롱하였다.

노 땅의 유생들은 백발이 되어 늙어가도록 오경을 공부하면서 그 구절풀이
에만 매여 있다. 학문이란 것이 경세제민을 위해 사용되어야 그 진가를 발휘하
는 것인데, 학문을 위한 학문을 하고 있었던 것이고 탁상공론만 벌이고 있었던
것이다. 그러니 세상 사람을 구제하고 백성들의 삶을 나아지게 하려는 정책을

내놓으라고 말을 하면 마치 안개 속을 헤매며 어디가 어디인지 모르듯이 아무런 말도 못하는 것이다.

그러면서도 자신들은 '주공의 후예이다', '공자의 후예이다', '유가의 정통 계승자이다'라고 자부하면서 스스로 잰체하고 있다. 전통 유가 선비의 복식을 거창하게 갖추고서 나보란 듯이 큰길을 느릿느릿 걸어가는데 그 거동이 워낙 부산스러워서 발걸음을 떼기도 전에 먼지가 일어날 정도이다. 실질은 없고 겉만 번지르르하다.

그러니 진나라 진시황의 재상인 이사는 유가 선비가 현실과 동떨어진 이야기만 하면서 오히려 분란만 일으킨다는 명목으로 분서갱유를 하지 않았던가. 또 한나라 고조가 새 나라를 세우고는 국가의 위엄을 세우기 위해 숙손통으로 하여금 조정의 의례를 정하게 하였다. 그가 유생을 구하러 노 땅에 갔을 때, 노 땅의 유생은 숙손통이 옛 제도와 합치되는 사람이 아니라고 하며 협조하지 않으려고 하였다. 이에 숙손통은 그들을 시대의 변화를 모르는 자들이라고 비웃지 않았던가. 새 시대의 새 기운을 일으키고자 하는데 여전히 옛 관습을 고수하며 스스로 버림받았던 자들이 바로 지금 노 땅의 유생과 같지 않은가.

하지만 이백은 유가를 공부하기는 했지만 그들과는 부류가 다르다. 현실을 외면한 학문은 하고자 하지 않는다. 현실에 참여하지 않는 책벌레들은 그저 고향으로 돌아가 농사나 지으며 살아가야 할 것이다.

이백은 퍽이나 실용적인 사람이었던 것으로 보인다. 젊었을 때 지금의 사천성에 있던 대광산에서 조유에게서 학문을 배웠는데 그가 쓴 《장단경》은 실용을 중시하였다. 그리고 이백은 어려서 다양한 사상을 공부하여서 한 쪽으로 치우치지 않았으며 각 사상의 좋은 면을 골라서 잘 융합시키고자 하였다. 흔히 유불도 융합 사상이라고도 하는데 요즘으로 말하면 통섭, 융복합 등을 몸소 실천했다고 할 수 있다. 이러한 독특한 사상 체계가 이백이라는 유일무이한 인간을 만들었다. 하지만 현실에서 이백의 융합된 사상은 큰 힘을 발휘하지 못했다. 오히려 유연한 사상 체계, 연결접속이 자유로운 사유 체계는 당시로서는 받아들이기 힘든 진보적인 것이었을 것이다. 그러했기 때문에 그는 현실 정치 세계에 완전히 결합하지 못하고 항상 경계적인 존재로 남았으며 언저리만 돌아다녔는지도 모르겠다.

嘲魯儒 조로유

魯叟談五經,　　로수담오경

白髮死章句.　　백발사장구

問以經濟策,　　문이경제책

茫如墜煙霧.　　망여추연무

足著遠遊履,　　족착원유리

首戴方山巾.　　수대방산건

緩步從直道,　　완보종직도

未行先起塵.　　미행선기진

秦家丞相府,　　진가승상부

不重褒衣人.　　부중포의인

君非叔孫通,　　군비숙손통

與我本殊倫.　　여아본수륜

時事且未達,　　시사차미달

歸耕汶水濱.　　귀경문수빈

구월 구일 중양절 파릉에 올라 술을 차려놓고 동정호의 수군을 바라보다

중양절 하늘이 맑아
높은 곳에 오르니 가을 구름이 없어서,
조화옹이 개벽한 강과 산에
초산과 한수가 또렷이 분명한데,
긴 바람이 거센 파도를 치니
용 비늘 모양 파문이 겹겹으로 밀려오네.
기억컨대 옛날 제왕이 유람하며 노닐 때
누선이 분하를 장엄하게 가로질렀다던데,
오늘은 고래 같은 흉악한 자를 토벌하고자
깃발은 얼마나 어지러이 휘날리는가.
깃발의 흰 깃털이 술 단지에 떨어지고
동정호에 삼군이 늘어서 있네.
누런 꽃잎은 따지 않아도
군대 북소리는 멀리서 듣는데,
칼춤을 추어 떨어지는 해를 되돌리니
이때 해가 저물지 못하는구나.
한껏 노래하여 장사들을 북돋워서
요사스런 기운을 제압할 수 있을 것이니,
쩨쩨하게 동쪽 울타리 아래에 있던
도연명은 대오에 끼기에 부족하리라.

해설

　음력 9월 9일 중양절은 중국의 전통 명절로 대체로 가족들이 모여서 높은 동산에 오른 뒤 국화주를 마시고 붉은 산수유 열매를 꽂거나 주머니에 넣어 사악한 기운을 쫓는다. 이백도 중양절이 되자 파릉에 올라서 술을 차려놓았다. 그리고 동정호에 늘어서 있는 수군을 바라본다. 영왕 이린의 수군이다.

　영왕은 현종의 열여섯번째 아들이다. 안록산의 난이 일어났을 때 현종은 강남지역을 진정시키기 위해 이린을 파견하였는데 그는 그 지역을 점거하고는 반란을 도모했다. 당시 이린이 여러 인사를 모집하였는데, 이백 역시 부름을 받았다. 이 시는 이백이 이린의 부름을 받아 그의 군대에 참여하고 있을 때 마침 중양절을 맞이하여 높은 곳에 올라서 그의 수군을 바라보며 감개를 적은 것으로 대체로 그 수군의 씩씩함을 읊었다.

　가을 구름 한 점 없이 맑은 중양절에 높은 곳에 올라서 사방을 둘러보니 산과 강이 뚜렷하게 보이는데, 동정호에는 바람이 거세게 불어 파문이 겹겹이 쌓여있다. 지금 영왕의 군대가 동정호의 거센 물결에 맞서 씩씩하게 도열해 있다. 그 모습을 보니 옛날 제왕이 천하를 유람하며 정세를 살피던 때와 같은데 지금은 고래 같이 난폭한 도적 무리인 안록산을 토벌하기 위해 무수한 깃발을 곧추세우고 있다.

　멀리서 나부끼는 깃발의 깃털이 이곳의 술단지에 떨어지는 것을 보니 마치 중양절에 마시는 술에 띄운 국화꽃과 같다. 비록 오늘은 국화꽃잎을 띄우지는 못했지만 둥둥 울리는 군대의 북소리를 듣고 있노라니 시인의 마음도 격앙된다. 그래서 술을 한 잔 마신 뒤 검을 뽑아 들고 춤을 추자 그 의기에 태양도 놀라서 뒷걸음질 치니 오늘은 해가 지지 못한다.

　이백이 지금 부르는 이 노래에 군사들의 사기는 치솟을 것이고 사악한 무리를 가볍게 제압할 수 있을 것이다. 옛날 도연명은 중양절이 되면 국화주를 마시며 전원에 머물지 않았던가. 그렇게 쩨쩨했던 도연명은 지금 의기 높은 우리 군대에는 감히 끼지 못할 것이다.

　이백이 마지막에 도연명을 생각해 낸 것은 도연명이 〈술을 마시다飮酒〉 시에서 "동쪽 울타리에서 국화를 따다가 아득히 남산이 보인다.(採菊東籬下, 悠然見南山.)"라고 읊었고, 또 〈중양절 한가롭게 지내다九日閒居〉의 서문에서 "내가 한가로이 지내면서 구가 두 개 겹쳐진 중구라는 이름을 좋아하는 것은 가을 국화가 뜰에 가득 찼기 때문이지만 술을 마실 수가 없어서 공연히 구월의 꽃인 국화를 먹는다.(余閒居, 愛重九之名, 秋菊盈園, 而持醪靡由, 空服九華.)"라고 하였기 때문이다. 도연명은 그저 할 일없이 전원에서 시간만 보내고 있었던 것이다. 하지만 이백은 지금 그럴 수 없다. 떨쳐 일어나 반란의 무리를 쓸어버리고 큰 공을 세워야 한다.

도연명에 대한 이백의 이러한 태도는 다른 시에서 보이는 것과는 완연히 다르다. 평소 이백은 도연명을 자신의 모범으로 삼았으며, 세속의 물욕을 버리고 자연 속에서 유유자적하게 살고자 하였다. 하지만 상황이 달라지면 평소의 생각도 달라지는 법. 이런 경우 이백은 과감하게 자신의 생각을 바꾸었다. 주나라 문왕의 인정을 받아 재상이 되었던 강태공을 흠모하다가도 나이가 들도록 낚시하면서 기다릴 수 없다고 비판하기도 하였다. 동산에 은거하고 있다가 결정적인 순간에 일어나 큰 공을 세운 사안을 흠모하다가도 동산에서 세월을 허비하며 세상을 도외시했다고 비판하기도 하였다. 이러한 평가가 이율배반적이기도 하지만 이백은 변화된 상황에 자신의 주장을 적절하고 과감하게 수정하였다. 이러한 모순과 과감함이 또한 이백의 한 특징이기도 하다.

九日登巴陵置酒, 望洞庭水軍 구일등파릉치주, 망동정수군

九日天氣清,	구일천기청
登高無秋雲.	등고무추운
造化闢川岳,	조화벽천악
了然楚漢分.	료연초한분
長風鼓橫波,	장풍고횡파
合沓蹙龍文.	합답축룡문
憶昔傳遊豫,	억석전유예
樓船壯橫汾.	루선장횡분
今茲討鯨鯢,	금자토경예
旌旆何繽紛.	정패하빈분

白羽落酒樽,　　백우락주준
洞庭羅三軍.　　동정라삼군
黃花不掇手,　　황화불철수
戰鼓遙相聞.　　전고요상문
劍舞轉頹陽,　　검무전퇴양
當時日停暉.　　당시일정훈
酣歌激壯士,　　감가격장사
可以摧妖氛.　　가이최요분
握齱東籬下,　　악착동리하
淵明不足群.　　연명부족군

아침에 백제성을 떠나다

채색 구름 속에 백제성을 아침에 떠나니
천리 떨어진 강릉을 하루에 돌아가리라.
양쪽 강둑의 원숭이 울음소리 아직 들리는데
가벼운 배는 이미 만 겹의 산을 지났구나.

해설

백제성은 지금의 중경시의 장강 가에 있다. 장강의 협곡이 좁고 길게 이어져 있는 곳이어서 물살이 상당히 거세다. 이백은 영왕 이린의 군대에 참여했다가 반란죄로 감옥에 갇혔고 이어서 야랑으로 유배를 가게 되었는데, 이 시는 유배를 가던 도중 백제성에서 사면 받아 풀려나 돌아올 때 지은 것이라는 설이 있다. 시에서 느껴지는 경쾌함이 그 증거이다. 하지만 젊었을 때 풍운의 꿈을 안고 촉 땅을 떠나 중원으로 나올 때 지었을 가능성도 있다.

아침 해가 뜨자마자 울긋불긋한 노을을 바라보며 백제성에서 배를 띄운다. 이곳은 물살이 세고 강을 따라서 내려가기 때문에 굳이 노를 젓지 않아도 배가 쏜살같이 간다. 상쾌한 아침에 기분 좋은 바람을 받으며 동쪽에 뜬 태양을 바라보며 내려간다. 이렇게 가면 천리 떨어진 강릉까지 하루만에도 갈 수 있겠다.

이곳은 촉 땅이라 강 양쪽으로 원숭이가 많이 살고 산이 겹겹으로 놓여있다. 하지만 강릉으로 나가면 강폭이 넓어지고 물길이 순탄해지며 산이 보이지 않고 평원이 펼쳐진다. 하루 사이에 풍광이 확 바뀌는 셈이다. 아직 귓전에는 협곡의 원숭이 울음소리가 들리는 듯 한데 가볍게 날아가는 배는 어느새 만 겹의 산을 지나 평평한 초 땅에 도착했다.

시가 짧기 때문에 그 경쾌함이 더욱 커진다. 〈강을 가면서 멀리 부치다江行寄遠〉에서도 이러한 속도감을 느낄 수 있다. "빠른 바람이 한 조각 돛에 불어오니 해가 질 때는 천 리나 떠나왔구나. 헤어질 때의 술기운이 아직 남아 있지만 이미 타향의 나그네가 되었구나.(疾風吹片帆, 日暮千里隔. 別時酒猶在, 已爲異鄕客.)"

이 시는 지인과 헤어지고 난 뒤에 쓴 것이다. 아침에 술 한 잔 마시고 헤어졌는데 저녁에는 아직 작별하며 마신 술의 기운이 남아 있지만 벌써 천리나 떨어진 곳의 나그네가 되어버린 것이다. 아침의 작별이 꿈만 같을 것이고 믿기지 않을 것이다. 백제성을 떠나며 지은 것은 새로운 희망에 대한 기쁨을 속도감으로 표현한 반면 이 시는 친구와 이별한 상실감을 속도감으로 표현하였다. 속도가 빠른 만큼 감정도 더욱 깊어진다.

早發白帝城 조발백제성

朝辭白帝彩雲間,　　조사백제채운간
千里江陵一日還.　　천리강릉일일환
兩岸猿聲啼不盡,　　량안원성제부진
輕舟已過萬重山.　　경주이과만중산

술을 기다려도 오지 않기에

옥 술병을 푸른 실로 묶고서
술을 사 오는 것이 어찌 이리 늦는가?
산꽃이 나를 향해 웃으니
술잔 물기 딱 좋은 때구나.
저녁에 동쪽 창 아래에서 마시면
꾀꼬리가 다시 이곳에 있으리니,
봄바람과 취한 나그네가
오늘 정말 서로 잘 어울리겠지.

해설

　봄날 산에 꽃이 만발하고 꾀꼬리가 즐겁게 운다. 산의 꽃은 마치 나를 향해 웃고 있는 듯하고 꾀꼬리는 나를 친구인양 반갑게 여기며 주위에서 노래를 한다. 이렇게 기분 좋은 날 한 잔 하지 않을 수 있을까? 좋은 술병에 푸른 실까지 묶어 예쁘게 단장하고 아이를 시켜 술을 사오게 한다.

　근데 왜 이렇게 오지 않는가? 금방 아이를 보냈지만 얼른 한 잔 하고 싶은 마음에 안달이 난다. 저녁이 될 때까지 꽃구경하고 꾀꼬리 노래 들으며 술을 마시고 있노라면, 얼굴도 울긋불긋해져 꽃과 같아질 것이고 신나서 노래를 한 곡 부르면 꾀꼬리도 같이 노래할 것이다. 그러니 봄바람 속에 취한 나는 봄의 일부가 되고 봄과 한 몸이 될 것이다. 내가 봄이다. 술을 마시며 봄을 즐길 것을 상상만 해도 즐겁다.

　이 시는 술을 마시면서 느낀 흥취를 적은 것이 아니라, 술심부름을 보낸 뒤 술을 기다리면서 지은 것이다. 술을 기다리는 정도가 아니라 얼른 오지 않는다고 안달이 나서 지은 것이다. 술을 마시지 않았지만 이미 술을 마시고 봄을 즐기고 있는 모습을 실감나게 표현하였다. 진정한 술꾼이고 진정한 시인이다.

待酒不至 대주부지

玉壺繫靑絲,	옥호계청사
沽酒來何遲.	고주래하지
山花向我笑,	산화향아소
正好銜杯時.	정호함배시
晩酌東窗下,	만작동창하
流鶯復在玆.	류앵부재자
春風與醉客,	춘풍여취객
今日乃相宜.	금일내상의

노 땅 중도의 동쪽 누각에서 취했다가 일어나 짓다

어제 동쪽 누각에서 취했으니
또 응당 접리 모자를 거꾸로 썼겠지.
누가 날 부축해서 말을 태웠을까?
누각에서 내려온 때도 생각나지 않는구나.

해설

 아침에 눈을 뜬다. 집이다. 어제 일을 더듬어본다. 친구와 만나서 술을 마셨다. 즐겁게 마셨다. 취하도록 마셨으니 모자가 비뚤어져도 몰랐을 것이다. 이차를 간 것 같다. 흥겨운 모임이었던 것 같다. 삼차도 갔나? 휴대전화를 살펴본다. 누군가와 통화한 내역도 있고 신용카드 결재한 문자도 있다. 그런데 무슨 말을 했는지, 몇 시에 헤어졌는지, 어떻게 술집을 나왔는지, 누가 날 데리고 왔는지, 뭘 타고 왔는지, 기억이 도통 나질 않는다.
 이백도 그랬던 것 같다. 술을 좋아했으니 그런 경험은 허다했을 것이다. 그리고 그것을 시로 적어놓았다.

魯中都東樓醉起作 로중도동루취기작

昨日東樓醉,　작일동루취
還應倒接䍦.　환응도접리
阿誰扶上馬,　아수부상마
不省下樓時.　불성하루시

벗과 모여서 묵다

천고의 시름을 씻어내려고
연달아 백 병을 마시네.
좋은 밤이 청담을 나누기에 알맞고
밝은 달빛에 잠을 이룰 수 없는데,
취기가 올라 빈산에 누우니
하늘과 땅이 바로 이불이고 베개구나.

해설

친구끼리 모여 하룻밤을 보내게 되었다. 그간 나누지 못했던 정담이 오고가
고 술잔이 오고간다. 마침 달도 환하게 떠서 정취를 돋운다. 그렇게 밤이 깊도
록 흥겨운 분위기가 이어진다.

그런데 시의 첫머리에서 천고의 시름을 씻어낸다고 했다. 무슨 시름일까?
이들이 나누는 청담이란 것은 자연의 이치이고 인생의 철학인 것이다. 인간의
유한한 삶 속에 허망하게 스러져가는 육신, 아등바등 살아봤자 결국엔 한줌의
재로 돌아가는 미미한 존재, 무한히 반복되는 자연 속에서 유유자적하게 살지
못하는 아쉬운 모습. 이러한 번민은 인류가 생겨났을 때부터 했을 것이고 앞으
로의 인류도 끊임없이 할 것이다. 그러니 천고의 시름이다.

이를 씻어내기 위해서는 술이 최고다. 시름이 깊은 만큼 술도 많이 마셔야
한다. 백 병은 마셔야 한다. 술을 마시고 즐겁게 친구와 노니는 것이 우리 인생
의 유일한 낙이다.

취해서 아무도 없는 산에서 친구들과 누우니 이 천지가 바로 이불이고 베개
다. 땅을 베고 하늘을 덮는다. 이 우주가 바로 나의 집이고 나는 우주와 하나가
된다. 이제 내가 자연의 이치대로 자연의 순리대로 움직일 것이고 자연과 합치
될 것이니, 만고의 시름은 더 이상 하지 않을 것이다. 나는 자연과 더불어 영원
할 것이기 때문이다.

友人會宿 우인회숙

滌蕩千古愁, 척탕천고수
留連百壺飲. 류련백호음
良宵宜淸談, 량소의청담
皓月未能寢. 호월미능침
醉來臥空山, 취래와공산
天地卽衾枕. 천지즉금침

달 아래서 홀로 술을 마시다 4수(제1수)

꽃 사이에 한 병의 술
친한 이 없어 홀로 마시다가,
잔을 들어 밝은 달을 초대하고
그림자를 마주하니 세 사람이 되었네.
달은 본래 술 마실 줄 모르고
그림자는 그저 나를 따라할 뿐,
잠시 달과 그림자와 어울려
모름지기 이 봄에 즐겨야 하리라.
내가 노래하면 달은 서성이고
내가 춤추면 그림자는 어지러이 움직이네.
깨어 있을 때는 함께 즐거워하지만
취한 후에는 각각 흩어지니,
무정한 교유를 영원히 맺고자
아득한 은하수 너머를 서로 기약하네.

해설

　꽃이 핀 봄날, 친한 이가 없어 홀로 술 한 병을 놓고 마시고 있다. 적막하다. 마침 달이 떴기에 잔을 들어 초대한다. 달빛이 이곳을 비춘다. 그러니 내 그림자가 선명히 생겨난다. 나, 달, 그림자 세 명이 되었다. 세 명이 술을 마신다. 하지만 달은 손도 없고 입도 없으니 원래 술을 마실 줄 모르고 그림자는 내가 마시는 걸 흉내만 낼 뿐이다. 하지만 이 봄날 즐겨야 하니 잠시 달과 그림자와 더불어서 술잔을 기울인다.

　일어나서 노래 한 곡조를 뽑으면 달도 그 노래를 듣느라 잠시 가던 길을 멈추고 서성이는 듯하고, 술에 취해 춤을 추니 그림자도 내 춤에 맞춰 같이 어지럽게 움직여주고 있다. 내가 왜 지금 이렇게 홀로 술을 마시고 있나? 세상 사람들과 술을 마실 때는 함께 즐거워하다가도 술에 취하고 나면 다들 자신의 이익을 채우기 위해 흩어져버린다. 술을 마시고 취했을 때도 나와 같이 있어줄 친한 이는 없다. 그저 달과 그림자만 나와 함께 있을 뿐이다. 세속의 욕망을 버린 무정한 교유를 할 이는 이 세상에는 없고 달과 그림자 뿐이니, 우리의 교유를 영원히 맺으려면 이 세속을 떠나 저 은하수 너머로 가는 수 밖에 없을 것이다.

혼자 술을 마시는 것이 음주의 가장 높은 단계인데, 이백은 그 혼술의 진수를 보여주고 있다. 달을 불러오고 그림자와 마주하여 술을 마시다가 노래도 부르고 춤도 춘다. 달과 그림자는 날 배신하지 않는다. 날 미워하지도 않는다. 날 시기하기도 않고 날 속이지도 않는다. 세속의 사람들에게 이리저리 치여 진절머리가 난 이백은 오늘도 홀로 술을 마신다. 저 은하수 너머에서.

月下獨酌 四首(其一) 월하독작 사수(기일)

花間一壺酒,　화간일호주
獨酌無相親.　독작무상친
擧杯邀明月,　거배요명월
對影成三人.　대영성삼인
月旣不解飮,　월기불해음
影徒隨我身.　영도수아신
暫伴月將影,　잠반월장영
行樂須及春.　행락수급춘
我歌月徘徊,　아가월배회
我舞影零亂.　아무영령란
醒時同交歡,　성시동교환
醉後各分散.　취후각분산
永結無情遊,　영결무정유
相期邈雲漢.　상기막운한

하늘이 만일 술을 사랑하지 않았다면
주성이 하늘에 있지 않았고,
땅이 만일 술을 사랑하지 않았다면
주천이 땅에 있지 않았을 것인데,
하늘과 땅이 이미 술을 사랑했으니
내가 술을 사랑해도 하늘에 부끄럽지 않네.
청주를 성인에 비한다고 이미 들었고
탁주를 현인과 같다고 또 말하는데,
현인과 성인이 이미 술을 마셨으니
어찌 반드시 신선을 추구하겠는가?
석 잔이면 큰 도에 통하고
한 말이면 자연과 합쳐지니,
다만 술 속의 흥취를 얻을 뿐이고
깨어있는 자들에게 전하지 말아야지.

해설

이 시는 이백이 술을 사랑하는 이유에 대해서 적었는데 발상이 기발하다.
하늘에는 술의 별이라는 뜻을 가진 '주성'이라는 별이 있고 땅에는 술의 샘이라
는 뜻을 가진 '주천'이라는 지명이 있다. 이 이름이야 사람들이 임의로 붙인 것
이지만 이백은 하늘이 술을 사랑해서 '주성'이라는 별이 있게 되었고 땅이 술을
사랑해서 '주천'이라는 곳이 생겼다고 한다. 이렇듯 하늘과 땅이 술을 사랑했으
니 내가 술을 사랑해도 하늘과 땅에 부끄럽지 않다. 오히려 하늘과 땅의 순리
에 부합하는 행위이다.

예전에 금주령이 내렸을 때 사람들은 은어를 만들어 청주를 성인이라고 하

고 탁주를 현인이라고 하였다. '성인을 만난다' '현인의 가르침에 빠진다' 등의
표현은 술을 마신다는 의미였다. 이런 상황을 이백은 교묘히 이용한다. 청주는
성인이고 탁주는 현인이라는 말을 통해서 현인과 성인이 이미 술을 좋아하고
술을 마셨다고 한다. 그러니 나도 현인과 성인을 따라 술을 마시는 것이 무어
잘못된 일이겠는가? 오히려 술을 마시면 현인과 성인의 경지에 들어갈 수 있어
서 도를 얻게 되고 영원히 살게 되는 것이니 신선술 같은 것을 추구할 필요가
없다. 그저 술만 마시면 된다.

  그러니 술을 석 잔만 마시면 성인과 현인의 큰 도와 합쳐지고 한 말을 마시
면 하늘과 땅의 순리를 얻게 되어 자연과 합쳐진다. 그저 술 속의 흥취만 얻기
만 하면 된다. 다른 것은 필요 없다. 이런 경지는 술 마시는 자, 술에 취한 자만
알 수 있는 것이다. 술을 마시지 않는 자들에게는 말해줘도 이해하지 못한다.
그저 나만 알고 있을 것이고 나만 술을 마실 것이다. 이백에게 음주는 득도의
과정이었다.

月下獨酌 四首(其二) 월하독작 사수(기이)

天若不愛酒,　천약불애주

酒星不在天.　주성부재천

地若不愛酒,　지약불애주

地應無酒泉.　지응무주천

天地旣愛酒,　천지기애주

愛酒不愧天.　애주불괴천

已聞淸比聖,　이문청비성

復道濁如賢.　부도탁여현

賢聖旣已飮,　현성기이음

何必求神仙.　하필구신선

三杯通大道,　삼배통대도

一斗合自然.　일두합자연

但得酒中趣,　단득주중취

勿爲醒者傳.　물위성자전

삼월 함양성은
천 가지 꽃이 대낮에 비단 같은데,
누가 봄에 홀로 근심 하겠는가
이 경치를 대하고는 곧장 술을 마셔야 하리.
운명의 좋고 나쁨과 수명의 길고 짧음은
자연의 조화로 일찍이 부여된 것이지만,
한 단지 술에 삶과 죽음이 같아지니
세상만사 진실로 알기 어렵구나.
취한 후에는 천지를 잃어버리고
아무것도 모른 채 홀로 잠이 드는데,
내 몸이 있는지도 모르니
이 즐거움이 최고이구나.

해설

　봄이 온 함양성 즉 장안성에는 온갖 꽃이 만발하여 햇빛을 받아 반짝이는 것이 마치 비단과 같다. 이렇게 좋은 봄에 누가 근심 걱정을 하겠는가? 곧장 달려가서 술을 사다가 마셔야 한다. 운수가 펴지거나 궁박한 것, 수명이 짧거나 긴 것, 이런 것은 이미 하늘의 조물주가 다 정해놓은 것이다. 인간이 어찌할 수 있는 것이 아니다. 지금 불우하여 힘들다고 걱정할 것 없고, 높은 관직에 올라 권세와 부귀를 누린다고 좋아할 것도 없다. 백 세를 건강하게 산다고 좋아할 것 없고 어린 나이에 일찍 죽는다고 슬퍼할 것도 없다. 이 모든 것은 이미 정해진 것이기 때문이다.

　술을 마시고 취해 이런 생각을 하노라니 삶과 죽음이 매한가지이다. 가난과 부귀가 한가지이고 요절과 장수가 한가지이다. 세상만사 모두 다 이런 것이니 정말 알다가도 모를 일이다. 좋은 것도 없고 안 좋은 것도 없다. 술에 취하니 하늘도 없고 땅도 없다. 내가 누구인지도 모른 채 홀로 잠이 들 뿐이다. 마침내 나 자신이 존재하는지도 모르는 경지가 되니, 이 즐거움은 비길 데가 없다. 극단적인 무의 세계, 망아의 세계로 들어간다. 그곳에는 어떠한 차별도 없고 욕심도 없으며 시기와 질투도 없다. 모든 것이 공평하니 마음이 편안해진다.

月下獨酌 四首(其三) 월하독작 사수(기삼)

三月咸陽城,	삼월함양성
千花晝如錦.	천화주여금
誰能春獨愁,	수능춘독수
對此徑須飮.	대차경수음
窮通與修短,	궁통여수단
造化夙所稟.	조화숙소품
一樽齊死生,	일준제사생
萬事固難審.	만사고난심
醉後失天地,	취후실천지
兀然就孤枕.	올연취고침
不知有吾身,	부지유오신
此樂最爲甚.	차락최위심

달 아래서 홀로 술을 마시다 4수(제4수)

곤궁의 시름은 천만 갈래
좋은 술은 삼백 잔,
시름은 많고 술은 비록 적지만
술을 기울이니 시름이 오지 않기에,
술이 성인임을 알겠으니
술이 거나해지면 마음이 절로 열리는구나.
백이 숙제는 곡식을 사양하고 수양산에 누웠고
안회는 자주 쌀독이 비어 굶주렸지.
당시 즐겁게 술을 마시지 않았으니
헛된 명성을 어디에 쓰겠는가?
게 앞발은 신선의 단약
지게미 언덕은 봉래산,
또 모름지기 좋은 술을 마시고는
달을 타고 높은 누대에서 취해야 하리라.

해설

가난하고 궁박하기에 오는 시름은 천 가닥 만 가닥 천만 가닥이다. 시름을 끊으려 해도 끝이 없다. 좋은 술이 삼백 잔이 있다. 많은 것인가 적은 것인가? 삼백이라는 숫자는 일반적으로 많다는 말이다. 마땅히 술을 마시면 삼백 잔을 마셔야 한다고 이백 스스로 말했으니, 삼백 잔은 적은 양은 아닐 것이다. 하지만 근심의 양에 비하면 적다.

그렇다고 술을 마시지 않을 수는 없다. 근심이 괴롭기 때문이다. 그래서 마신다. 마시고 취하니 언제 그랬냐는 듯이 근심이 사라지고 마음이 탁 트인다. 옛 성인의 말씀을 공부하고 되뇌어 봐도 근심이 사라지지 않았는데 술을 마시니 모든 것이 해결되었다. 그러니 술이 성인이다.

성인이라고 일컬어지던 백이와 숙제는 절조를 지킨다는 명분으로 주나라의 곡식을 먹지 않기 위해 수양산에서 굶주렸다. 공자의 수제자였던 안회는 안빈낙도했다고 하지만 쌀이 없어서 배를 곯았다. 성인들은 가난에 찌들어 얼마나 힘들게 살았던가? 왜 이렇게 좋은 술을 마시지 않아서 그렇게 궁박했던가? 왜 사람들에게 술을 마시라고 해서 근심을 해소해주지 않았던가? 그러니 그들의 명성은 헛된 것이 아닌가?

안주로 먹는 게의 앞발은 신선이 먹는 단약이어서 장로불사하게 해주고, 술을 만들고 남은 지게미를 언덕 같이 높이 쌓아 놓았으니 이는 신선이 산다고 하는 봉래산이다. 술이 있는 곳이 바로 신선세계이다. 술을 마시니 모든 근심과 걱정이 사라진다. 가난도 사라진다. 그러니 술을 마시면 신선이 되어 달에 올라타고 신선의 누대로 갈 수 있다. 근심하는 이들이여, 술을 마셔야 한다. 술이 성인이다.

月下獨酌 四首(其四) 월하독작 사수(기사)

窮愁千萬端, 궁수천만단
美酒三百杯. 미주삼백배
愁多酒雖少, 수다주수소
酒傾愁不來. 주경수불래
所以知酒聖, 소이지주성
酒酣心自開. 주감심자개
辭粟臥首陽, 사속와수양
屢空飢顔回. 루공기안회
當代不樂飮, 당대불락음
虛名安用哉. 허명안용재
蟹螯卽金液, 해오즉금액

糟丘是蓬萊.　조구시봉래

且須飮美酒,　차수음미주

乘月醉高臺.　승월취고대

산에서 은자와 술을 마시다

두 사람이 마주하여 술을 마시니 산꽃이 피어나네
한 잔 한 잔 또 한 잔.
나는 취해 자려 하니 그대는 잠시 갔다가
내일 아침 생각이 있으면 금을 안고 오시게.

해설

    산에 사는 은자와 함께 술을 마신다. 세속과 등지고 아무런 욕심도 없이 자연 속에서 유유자적하게 살고 있는 사람이다. 그와 함께 있으니 이백도 같은 마음이 된다. 두 사람이 마주보며 술을 마시노라니 산의 꽃도 흥겨워서 하나씩 피어난다. 술 한 잔에 꽃이 피어나고 이야기꽃이 피어난다. 그렇게 한 잔 한 잔 또 한 잔. 계속 마신다. 마시다보니 졸립다. 나는 이제 자려고 하니 그대는 잠시 돌아갔다가 내일 아침에 또 나랑 술을 마실 의향이 있으면 음악을 연주할 악기를 안고 오시게. 내일도 봄꽃을 보며 음악과 술을 함께 합시다.

    짧은 시이지만 그 안에 여유와 정감이 가득 담겨 있다. 두 사람 사이에는 어떠한 격식도 없다. 손님으로 초대했지만 자기 마음대로 왔다가 가고 졸리면 잔다. 사실 이 이야기는 이백의 것이 아니라 도연명의 행동이다. 도연명의 전기에 보면 그의 사람됨이 이와 같았다고 한다. 평소 도연명을 흠모했던 이백도 마찬가지였다. 세속의 격식에 얽매이지 않고 자기 뜻대로 행동한다. 물론 그 안에는 자연에 대한 사랑, 상대방에 대한 애정, 풍류를 즐길 줄 아는 여유 등이 듬뿍 담겨 있다. 전혀 무례하지 않다.

    〈여름날 산 속에서夏日山中〉라는 시를 보면 격식을 훌훌 벗어버린 이백의 모습을 확인할 수 있다. "흰 깃 부채도 흔들기 귀찮아서 푸른 숲 속에서 옷을 벗었네. 두건을 벗어 석벽에 걸어놓고 머리를 드러내어 솔바람을 쐬네.(懶搖白羽扇, 裸袒靑林中. 脫巾掛石壁, 露頂灑松風.)" 부채질하기도 귀찮은 더운 여름날 숲 속 시원한 곳에 들어가 옷도 벗고 두건도 벗은 채 솔바람을 쐬고 있다. 체면을 차린다고 더워도 머리를 싸매고 관을 써야만 하는 양반들이 보기에는 민망하고 천박하게 보일 것이다. 하지만 이백에게 그런 허식은 용납되지 않는다. 인간을 옭아매는 모든 격식을 거부한다.

이렇게 격식을 거부하는 마음은 이 시의 형식에서도 드러나는데, 바로 '일배일배부일배'와 같은 표현이다. 원래 시에서 반복되는 단어의 사용은 금기시되다시피 하는데 여기서 이백은 '일배'라는 말을 한 구에서 세 번이나 반복하고 있다. 이는 시의 격률에도 어긋나기 때문에 옛 사람들은 이런 표현을 생각조차 못했다. 하지만 이백은 이들의 고정관념을 뛰어넘었다. 〈선성에서 진달래를 보다宣城見杜鵑花〉라는 시에서는 더 나아간다. "한번 울고 한번 돌아갈 때마다 애간장이 한번 끊어지니 삼춘 삼월에 삼파 땅을 그리워하네.(一叫一迴腸一斷, 三春三月憶三巴.)"라고 하여 '일'과 '삼'을 두 구에서 세 번씩 반복하였다. 이를 통해 리듬감을 고조시키면서 그리움에 애달파하는 감정을 더욱 격앙시켰다. 이백은 남들이 하는 평범한 방법으로는 시를 짓지 않았다.

山中與幽人對酌 산중여유인대작

兩人對酌山花開,	량인대작산화개
一杯一杯復一杯.	일배일배부일배
我醉欲眠卿且去,	아취욕면경차거
明朝有意抱琴來.	명조유의포금래

봄날 취했다가 일어나 뜻을 말하다

세상살이 긴 꿈과 같으니
어찌 그 삶을 수고롭게 하겠는가?
그리하여 종일토록 취해
쓰러져 앞 기둥에 누웠네.
깨어나 뜰 앞을 보니
새 한 마리가 꽃 사이에서 지저귀네.
지금이 어느 때냐고 물으니
봄바람이 꾀꼬리에게 말하고 있네.
이에 느꺼워 탄식하려고
술을 마주하고는 또 스스로 기울이네.
크게 노래하며 밝은 달을 기다리고
음악이 다하니 이미 정을 잊어버렸네.

해설

봄은 이중적인 계절이다. 추운 겨울이 가고 만물이 생동하여 온갖 꽃이 피어
나고 푸릇푸릇 싹이 나며 갖가지 새와 동물들이 나와 즐겁게 논다. 게다가 봄
바람이 불어오면 사람의 마음도 부풀어 올라 둥둥 떠다닌다. 생동의 계절이고
활력의 시기이다. 마음껏 즐기고 싶다. 하지만 나이가 들어 자신의 청춘이 지
나가버린 이에게는 또 다른 생각을 준다. 계절이 순환하여 또 새 봄이 왔건만
나의 봄은 어디 갔는가? 내게도 다시 청춘이 돌아올 수 있을까? 예전에는 이
봄을 맘껏 즐겼는데 지금은 노쇠하여 감히 어울리지 못하겠구나. 이 화려한
봄은 곧 지나가버릴 터인데, 그렇게 나의 인생도 쉬 지나가버렸고 또 지나가겠
지. 한탄의 계절이다. 한 해가 지나가고 만물이 쇠락하는 가을에만 인생무상을
느끼는 것이 아니다. 생명력이 넘치는 봄날 오히려 생명의 쇠락을 한탄하게

된다.

이러한 한탄을 극복하기 위해 무엇을 해야 하나? 조금이라도 젊었을 때 즐겨야 한다. 유한한 생명과 지나가는 세월은 인간에게 주어진 숙명이다. 거부할 수 없으니 그냥 받아들여야 한다. 카르페 디엠. 이 순간을 즐기자. 고민 따위는 하지 말자. 긴 꿈과 같이 허무한 인생살이 속에 뭣 하러 고생하며 사는가? 술이나 마시자. 술을 마시고는 종일 취해 마당 앞의 기둥에 누워 그대로 잠이 든다.

얼마나 잤을까? 눈을 떠보니 새 한 마리가 꽃 사이에서 지저귄다. 정신이 몽롱하여 여기가 어디인지 지금이 어떤 때인지도 모르겠다. 지금이 어느 때인가 물어본다. 옆에 누가 있는 것도 아닌데, 혼잣말일 것이다. 그런데 봄바람이 꽃 사이의 꾀꼬리와 말을 하고 있는 것이 보인다. 봄이구나. 아직도 봄이다. 봄날의 탄식을 없애려고 술을 마시고 누웠는데 아직도 봄이다. 이 시름을 없애려면 또 술을 마셔야 한다. 큰 소리로 노래도 불러본다. 밝은 달이 뜨기를 기다린다. 애써 이 봄날을 즐기려고 애를 쓴다. 그렇게 또 술에 취하고 나니 몽롱해진다. 꾀꼬리도 사라지고 달도 사라지고 꽃도 사라지고 나도 사라진다. 모든 감정이 사라진다. 또 잠이 든다.

세상살이는 긴 꿈과 같다. 깨고 일어나면 사라지는 꿈이다. 그런데 자고 일어나도 꿈인지 생시인지 모르겠다. 잠에서 깼는데 이게 꿈속에서 깬 건지 진짜 깬 건지 구분이 되지 않는다. 깨어나서 현실로 돌아와도 멍한 것이 아직도 꿈인 것 같다. 아니 아직도 꿈이다. 봄바람이 꾀꼬리와 말을 하다니. 꿈이 확실하다. 꿈이고 싶다.

春日醉起言志 춘일취기언지

處世若大夢,　처세약대몽
胡爲勞其生.　호위로기생
所以終日醉,　소이종일취
頹然臥前楹.　퇴연와전영
覺來盼庭前,　교래반정전

一鳥花間鳴. 일조화간명
借問此何時, 차문차하시
春風語流鶯. 춘풍어류앵
感之欲嘆息, 감지욕탄식
對酒還自傾. 대주환자경
浩歌待明月, 호가대명월
曲盡已忘情. 곡진이망정

마음을 풀어내다

술을 마주하다보니 어느덧 어두워졌는데
떨어진 꽃잎이 내 옷에 수북하네.
취해 일어나 개울의 달빛을 따라 걷는데
새는 돌아가고 사람 또한 드물구나.

해설

이 시의 제목이 '자견'이다. 자신의 감정을 표현하여 풀어낸다는 뜻이다. 아무런 목적의식 없이 자신이 느낀 생각을 붓 가는대로 솔직하게 적었다는 점에서 사실상 무제시이다.

때는 봄이다. 온 산에 꽃이 만발할 때 술을 한 병 들고 꽃그늘 아래에서 한 잔 마신다. 친구가 있었을까? 있으면 있어서 좋고 없으면 없는 대로 좋다. 술을 마시다보니 꽃잎이 한 잎 한 잎 떨어진다. 내 어깨에도 떨어지고 머리 위에도 떨어지고 술잔에도 떨어진다. 술잔에 꽃잎이 떨어지면 또 한 잔 마신다. 꽃 속에 한 점이 되어버린다.

그렇게 한잔씩 마시다 보니 어느새 어둑해졌다. 자리에서 일어나려고 하니 옷자락에 떨어진 꽃잎이 수북하다. 무심한 듯 꽃잎을 툴툴 털고는 취한 채 비틀비틀 걸어서 집으로 돌아온다. 길 따라 난 개울에 밝은 달이 비친다. 내가 걸어가니 그 달이 날 따라온다. 저 달이 있으니 외롭지는 않다. 집으로 돌아가는 길. 꽃 사이에서 지저귀던 새도 둥지로 돌아가 버렸고 꽃놀이하던 많은 사람들도 집으로 돌아가 버렸다. "깨어 있을 때는 함께 즐기지만 취한 뒤에는 각자 흩어진다." 새나 사람들은 집으로 돌아가면 자신의 가족이 있는 곳에서 안식을 취하겠지만 나는 왠지 외롭다.

집에 가서 날 따라오는 저 달과 한 잔 더 해야겠다.

自遣 자견

對酒不覺暝,　대주불각명
落花盈我衣.　락화영아의
醉起步溪月,　취기보계월
鳥還人亦稀.　조환인역희

경정산에 홀로 앉다

뭇 새들은 높이 날아가 버리고
외로운 구름은 홀로 한가로이 떠가네.
서로 바라보아도 둘 다 싫증나지 않는 것은
오직 경정산 뿐이로구나.

해설

경정산은 지금의 안휘성에 있는 산이다. 이백이 이 지역을 자주 유람하였으니 이 시가 정확히 어느 때에 지은 것인지 단정하기는 힘들다.

이 시는 경정산에 홀로 앉아서 보고 느낀 것을 쓴 것이다. 흔히 이 시를 자연과 하나가 된 절대 고독의 경지로 해석하기도 하는데, 좀 색다른 시각에서 이 시를 볼 수도 있을 것 같다. 제목에서 '홀로'와 '앉다'의 의미가 중요하다. '홀로'라고 하면 주위에 아무도 없다는 것이다. 고독한 존재를 의미한다. 고독은 외로운 상태로 번뇌의 실마리가 된다. 하지만 인간 존재의 본질로 심화시키면 고독은 깊은 성찰의 계기가 된다. '앉다'는 것은 서 있는 것과 누워 있는 것의 중간 자세이다. 서 있는 사람은 언제든지 어디로든 갈 수 있으며, 누워 있는 사람은 편안하게 안주하고 있다. 이동성과 안정성에서 차이를 보이고 있는데 '앉아 있는 사람'은 그 중간적 상태를 점하고 있다. 자신의 지향을 향해 가지도 않고 그렇다고 이곳에서 편히 쉬지도 못하는 존재이다.

경정산에서 홀로 앉아서 보이는 경물은 두 가지이다. 새와 구름. 새는 무리를 지어 있으며 저 멀리 높이 날아가고 있다. 구름은 홀로 있으며 정처 없이 한가로이 떠 있다. 새는 이백으로부터 멀어지고 있으며 구름은 일정한 거리를 유지하고 있다. 새는 자신의 지향을 향해 가고 있으며 구름은 한가로이 떠돌고 있다.

새와 구름이 이렇게 산과 함께 언급되는 것을 이해하려면 도연명의 〈귀거래사歸去來辭〉에 나오는 "구름은 무심히 산골짜기에서 나오고, 새들은 날기 지쳐서 돌아올 줄 안다(雲無心以出岫, 鳥倦飛而知還)"라는 구절을 참고할 만하다. 그리고 이백의 〈봄날 홀로 술을 마시다春日獨酌〉 2수 중 제1수에서 "외로운 구름은 빈산으로 돌아가고 무리지은 새들도 각기 이미 돌아가, 저들은 모두 의탁할 곳이 있는데 내 삶은 홀로 의지할 곳이 없다.(孤雲還空山, 衆鳥各已歸. 彼物皆有託, 吾生獨無依.)"라고 한 것에서도 실마리를 찾을 수 있다.

산은 원래 구름과 새가 사는 곳이다. 그들의 안식처이다. 구름은 산에서 나오고 새는 산에서 산다. 아침에 구름과 새가 자신의 목적을 달성하기 위해 생활을 하기 위해 잠시 나왔다가 저녁이 되면 다시 돌아간다. 그들의 고향이기 때문이다. 이백의 이 시에서도 마찬가지이다. 구름은 경정산에서 생겨나고 새는 경정산에서 산다. 그런데 지금 구름과 새는 경정산을 떠나가고 있다. 새는 자신의 지향을 위해 저 높은 곳을 향해 떠나가 버렸고 구름은 정처 없이 떠돌고 있다. 비록 한가하다는 표현을 썼지만 실상은 산을 떠나 외로이 떠돌고 있다.

여기서 새와 구름은 모두 이백의 과거와 현재를 비유하고 있다. 풍운의 꿈을 가지고 고향을 떠나 세상으로 나와 큰 공업을 이루겠다고 한 이백은 지금 높이 날아가는 새로 표현되어 있다. 자신이 가진 재능을 인정받지 못하고 실의한 채 이리저리 떠돌고 있는 이백은 외로운 구름으로 표현되어 있다. 이들은 이제 쉬어야 한다. 안식처로 돌아와야 한다. 그래서 지금 이백은 경정산에 있는 것이다.

서로 돌아봐도 질리지 않는 것은 경정산 뿐이다. 산이라는 존재는 움직이지 않는 가장 안정적인 존재이다. 굳건한 대지에 뿌리박고 있으며 하늘을 향해 한껏 솟아있다. 땅과 하늘을 이어주고 있는 산. 이것은 다시 일어나 박차 오르고자 하는 힘을 준다. 피곤에 쌓인 몸을 쉬면서 다시 활력을 얻을 수 있는 곳이다. 그러니 이곳에 누워있을 수가 없다. 이곳에 안주할 수만은 없다. 언젠가는 다시 저 새들처럼 날아오를 것이다. 그래서 앉아 있는 것이다. 언제라도 뛰어나갈 수 있도록.

이렇게 이백은 새와의 만남, 구름과의 만남, 산과의 만남을 통해 자신의 과거, 현재, 미래를 구성하고 있다. 특히 외롭고 한가로운 구름과의 만남에서 이백의 마음속에는 두 가지가 갈등하고 있음을 알 수 있다. 홀로 지내는 이 극한의 외로움을 어떻게 극복할 것인가? 경정산에서 한가로이 유유자적하게 살며 이 외로움을 인간 존재의 문제로 승화시킬 것인가? 아니면 홀로 지내는 고독을 끊고는 경정산을 다시 떠나 인간 세상으로 나가 명성을 추구하고 공적을 쌓을

것인가? 이백은 홀로 경정산을 바라보며 앉아있다. 일어서서 나갈까? 아니면
여기에 누워 있을까?

獨坐敬亭山 독좌경정산

眾鳥高飛盡,　중조고비진
孤雲獨去閑.　고운독거한
相看兩不厭,　상간량불염
只有敬亭山.　지유경정산

긴 밧줄로도 태양을 묶어버리기는 어려워
옛날부터 모두 슬퍼하고 괴로워했으니,
황금이 북두성만큼 높이 있어도
따뜻한 봄을 사는 데 아끼지 않으리.
부싯돌의 불꽃은 빛을 남기지 않아
마치 세상의 사람들과 같은데,
눈앞의 일도 이미 꿈과 같거니와
훗날 나는 누구의 몸이 될까?
술병을 들면 가난하다 말하지 말고
술을 가져다 사방 이웃을 모으리라.
신선의 일은 진정 모호한 것이라
취한 가운데 얻은 참됨만 못하지.

해설

　제목이 '고시를 본뜨다'인데 여기서 말하는 '고시'는 한나라 때의 〈고시 19수〉를 가리킨다. 작자를 알 수 없는 이 시들은 투박한 표현으로 인간의 여러 감정을 솔직하게 표현하였다. 이로부터 옛 시인들은 '솔직한 표현'이라는 시풍을 본받기 위해 노력하였으며 이백 역시 이러한 시를 많이 지었다.

　첫머리에서 긴 밧줄로 태양을 묶기 어렵다고 하였다. 태양을 왜 묶을까? 움직이지 못하게 하는 것이다. 태양이 지나가는 것은 시간의 흐름을 말하는 것이니 태양을 묶는 것은 세월을 붙들어 맨다는 말이다. 예로부터 인간은 자신의 의지와는 무관하게 끊임없이 흘러가는 시간을 붙잡아 오늘의 젊음을 유지하고자 하였다. 하지만 모두 실패하였고 항상 슬퍼하고 괴로워했다. 돈이 아무리 많으면 뭐하겠는가? 늙고 죽으면 그만이니. 그래서 한 해의 봄을 더 살 수 있다면 다시 청춘으로 돌아갈 수 있다면 하늘까지 쌓은 황금이라도 아깝지 않다.

　인간의 삶은 마치 부싯돌의 불꽃과 같아서 잠깐 세상에 흔적을 남기고는 사라져 버린다. 지금 내가 살고 있는 삶이 마치 꿈속과 같이 허망한데, 후세에 내가 또 누구 몸으로 태어난들 마찬가지가 아니겠는가? 불교에서 윤회를 말하며 영원히 살 수 있다고 하지만 유한한 생명을 가진 인간의 한계를 벗어나기란 쉽지 않다.

　그럼 어떻게 해야 하는가? 술을 마시고 모두 잊어버리자. 가난하다고 돈이 없다고 말하지 말고 술을 사서 마셔야 한다. 사방 이웃을 불러다가 함께 마시며 즐겨야 한다. 신선의 도를 익히면 장생불사할 수 있다고 하지만 그것도 역시 헛소리이다. 사람이 아무리 노력해도 결국 신선이 되지는 못한다. 모두다 전설 속의 이야기일 뿐이고 허황된 소리이다. 술을 마신 뒤에 느끼는 황홀한 감정, 세상과 하나가 되어 모든 번민이 사라지는 경지. 바로 이것이야말로 우리가 추구해야 할 진리이다. 마시고 즐기며 모든 것을 잊어버리자.

　이 시에서 눈여겨 볼 것은 이백이 신선의 도를 부정했다는 사실이다. 도사 자격증인 도록을 전수받고 연단술을 익히며 신선의 도를 추구하였지만 장생불사를 얻지는 못했다. 그래서 인간의 유한한 생명에 안타까워하고 슬퍼하였다. 그러고는 신선의 도가 존재하지 않는다고 선언하기도 한다. 대신 술을 마시고 자신만의 새로운 경지에 도달하기는 했지만 술이 깨고 나면 그것도 물거품처럼 사라지고 만다. 하지만 이백은 포기를 모르는 사람이라, 다시 한 번 신선의 도를 추구하지만 또 실패한다. 술을 마시고 취했다가 또 깬다. 도전과 실패, 부정과 극복의 과정을 무한히 반복하면서 이백은 항상 슬퍼하고 고뇌하였다. 그러나 결코 어느 것 하나 포기하지는 않았다.

擬古 十二首(其三) 의고 십이수(기삼)

長繩難繫日,　장승난계일
自古共悲辛.　자고공비신
黃金高北斗,　황금고북두

不惜買陽春. 불석매양춘
石火無留光, 석화무류광
還如世中人. 환여세중인
卽事已如夢, 즉사이여몽
後來我誰身. 후래아수신
提壺莫辭貧, 제호막사빈
取酒會四鄰. 취주회사린
仙人殊恍惚, 선인수황홀
未若醉中眞. 미약취중진

어디에서 가을 소리가 들리는가?
쏴쏴하며 흔들리는 북쪽 창의 대나무라네.
순환하며 변화하는 만고의 마음은
움켜쥐어도 손에 채울 수 없네.
조용히 앉아 만물의 오묘함을 보며
호연하게 그윽함과 고독을 좋아하노라니,
흰 구름이 남쪽 산에서 와서
내가 있는 처마 아래로 와서 머무네.
당거를 찾아가 점을 보는 것도 귀찮고
계주를 찾아 점을 치는 것도 부끄럽나니,
49년 동안 잘못 된 일
한번 지나가면 돌이킬 수 없는 법.
야인의 정취는 갈수록 한가로운데
세상의 도리는 엎치락뒤치락하네.
도연명이 전원으로 돌아갔을 때
시골집에는 술이 응당 익어있었겠지.

해설

심양의 자극궁은 노자의 묘당이며 노자의 도를 수양할 수 있는 곳이다. 이백도 도가의 도에 심취하였으니 이곳에서 머물며 심신을 수련했을 것이다. 때는 가을이라 사색에 잠기기 좋다. 주위에 보이는 사물을 하나하나씩 살펴보면서 자연의 이치에 대해 깊이 생각해본다.

가을바람에 흔들리는 북쪽 창가의 대나무. 쏴쏴 소리를 내면서 가을의 정취를 뿜어내고 있다. 봄과 여름이 지나가고 다시 가을이 왔고 또 겨울이 올 것이

다. 무한히 반복하는 계절의 순환 속에서 만물이 변화해가는 것을 보니 자연의
이치는 정말 오묘하다.

하지만 만물의 오묘한 변화가 눈에 보이기는 하지만 막상 손에 잡아 구체화
시키려고 하면 물을 쥔 것처럼 줄줄 새나가고 잡히질 않는다. 깨닫기는 하지만
말로 표현할 길이 없다. 이렇게 호젓한 가운데 그윽함과 고독을 즐기고 있으려
니 나도 자연의 일부가 된 듯하다. 그래서 남산의 구름이 나를 찾아온다.

내가 세상의 이치를 다 깨우쳤으니 당거나 계주와 같이 점을 잘 보는 사람을
찾아가서 내 인생에 관해 물어볼 필요가 없다. 나의 지난 날은 이러한 이치를
깨우치지 못했으니 모든 일이 헛된 것이고 잘못된 것이다. 하지만 이제 와서
어찌하겠는가? 돌이킬 수 없으니 그냥 묻어둘 밖에.

세상의 일은 좋았다가도 나빠지고 나빠졌다가도 좋아지니 요지경 속의 일이
여서 항상 불안하고 근심스럽다. 하지만 이제 세속의 규범에서 벗어난 야인은
훌훌 모든 것을 털어버리니 한가롭고 자유롭다. 아마 옛날 도연명이 세속을
버리고 전원으로 돌아갔을 때도 이런 마음이었으리라. 이백도 이제 모든 것을
버리고 자연으로 돌아가면 내가 즐기며 마실 술이 맛있게 익어있을 것이다.

자연의 이치를 터득하여 세속의 모든 욕망을 끊어버리고 자연 속에서 소박
하고 유유자적하게 살려는 이백의 마음이 잘 드러나 있다.

尋陽紫極宮感秋作 심양자극궁감추작

何處聞秋聲,　　하처문추성
脩脩北窗竹.　　소소북창죽
迴薄萬古心,　　회박만고심
攬之不盈掬.　　람지불영국
靜坐觀衆妙,　　정좌관중묘
浩然媚幽獨.　　호연미유독
白雲南山來,　　백운남산래
就我簷下宿.　　취아첨하숙

嬾從唐生決,　란종당생결
羞訪季主卜.　수방계주복
四十九年非,　사십구년비
一往不可復.　일왕불가복
野情轉蕭散,　야정전소산
世道有翻覆.　세도유번복
陶令歸去來,　도령귀거래
田家酒應熟.　전가주응숙

멀리 부치다 12수(제3수)

본래는 한 줄 편지를 써서
그립다고 간곡히 말하려 했는데,
한 줄 또 한 줄
종이에 가득 써도 정을 어찌 다하리오.
요대의 누런 학이
청루의 그녀에게 전해주겠지.
나의 붉은 얼굴은 다 시들었고
흰 머리칼은 어찌 그리도 새로 생겼나?
응당 돌아갈 때가 아님을 스스로 알고 있지만
집을 떠나고 세 번의 봄이 지났구려.
복숭아꽃과 자두꽃이 지금 어떠한가?
창문 앞에서 광채를 발하고 있을 터인데,
향기로운 바람에 날리지 않게 하여
붉은 꽃을 간직하고 함께 기다리시게.

해설

멀리 있는 이에게 부치는 편지이다. 멀리 있는 이는 여인인데 이백의 부인일 가능성이 높다. 항상 집을 떠나 타향을 떠돌았던 이백이 멀리 있는 부인을 그리워했던 것은 당연한 일일 것이다. 그래서인지 다른 문인들보다 부인에게 보내는 시가 더 많이 남아있다.

처음에는 그냥 한줄 정도 간단하게 '보고 싶다'는 말만 쓰려고 했는데 쓰다가 보니 한 장 가득 채워도 끝나질 않는다. 쓰고 난 뒤 이 편지는 아마도 내가 있는 요대의 누런 학이 푸른 누각에 있는 그녀에게 보내줄 것이다. 편지를 보낼 방법이 불편했던 과거에는 편지를 부쳐도 언제 도착할지 제대로 전달이 될

지 가늠이 되지 않았기에, 그저 누런 학이 전해줄 것이라고 자위했을 뿐이다.
  그 뒤의 내용은 모두 편지에 적은 이야기이다. 집을 떠나온 지 삼년이 되어
가는데 객지에서 고생하며 고향을 그리워하다가보니 젊은 얼굴은 늙어버렸고
흰 머리가 새로 나기 시작한다. 하지만 아직 돌아갈 때가 되지 않았기에 더욱
근심스럽다. 고향에 심어놓은 복숭아나무와 자두나무가 봄이 되어 꽃을 피워
창가에서 빛날 터인데. 예전에는 꽃그늘 아래에서 같이 노닐었는데 지금은 헤
어져 홀로 있겠구나. 내가 곧 돌아갈 터이니 바람에 꽃잎이 떨어지지 않게 잘
간직하고 기다리시게. 여기서 붉은 꽃은 복숭아꽃과 자두꽃만을 말하는 것은
아니다. 나는 비록 노쇠했지만 당신만은 젊음과 미모를 그대로 유지해달라는
것이다. 남편을 너무 걱정하여 몸과 마음을 상하게 하지 말고.

寄遠 十二首(其三) 기원 십이수(기삼)

本作一行書,　본작일항서
殷勤道相憶.　은근도상억
一行復一行,　일항부일항
滿紙情何極.　만지정하극
瑤臺有黃鶴,　요대유황학
爲報靑樓人.　위보청루인
朱顏凋落盡,　주안조락진
白髮一何新.　백발일하신
自知未應還,　자지미응환
離居經三春.　리거경삼춘
桃李今若爲,　도리금약위
當窗發光彩.　당창발광채
莫使香風飄,　막사향풍표
留與紅芳待.　류여홍방대

봄날의 원망

황금 굴레의 흰 말 타고 요동으로 간 뒤에
비단 휘장과 수놓은 이불로 봄바람에 누웠네.
지는 달은 처마로 내려와 촛불 다 타는 것 엿보고
날리는 꽃잎은 문으로 날아와 빈 침대를 비웃네.

해설

　낭군이 황금으로 장식한 흰 말을 타고 멀리 있는 요동으로 떠났다. 낭군은 아마도 지체 높은 사람이고 변방으로 정벌을 나갔을 것이다. 조금만 기다리면 큰 공을 세우고 돌아오겠다고 말하고는 떠나갔을 것이다. 그러고는 봄이 되었다. 아니 이번 봄에 떠나갔을 수도 있겠다. 떠난지 하루 밖에 안 지났을 수도 있겠다. 저녁에 해가 진 뒤 낭군과 함께 지내던 방에 누웠다. 비단 휘장과 수놓은 이불이 있지만 그이가 없다. 낭군을 그리워하는 마음에 잠들지 못하고 초가 다 타도록 누워있다. 창가에 비치는 달은 왜 홀로 있나 의아해하며 구경하는 것 같고, 문 안으로 날려 들어온 꽃잎은 썰렁한 침대에 혼자 있는 걸 비웃는 듯하다. 이 좋은 봄날 독수공방하는 여인의 어지러운 마음이 그대로 드러난다.

　봄바람에 눕다. 지는 달이 엿본다. 날리는 꽃잎이 비웃는다. 이런 표현은 감각적이고 현대적이다.

春怨 춘원

白馬金羈遼海東,　　백마금기료해동
羅帷繡被臥春風.　　라유수피와춘풍
落月低軒窺燭盡,　　락월저헌규촉진
飛花入戶笑床空.　　비화입호소상공

일 년 삼백육십일
날마다 곤죽이 되어 취했네.
비록 이백의 부인이 되었지만
태상의 처와 무엇이 다른가?

해설

　아내에게 주는 짧은 시이다. 항상 술만 마신다고 잔소리를 들었을 이백이 그래도 아내를 위로한답시고 지어준 것으로 보인다.

　마지막 구에 나오는 '태상'은 제사와 예악을 주관하는 관리인데 여기서는 후한의 주택이라는 사람을 가리킨다. 그는 매일같이 공경스럽게 종묘를 보살폈는데, 어느 날 종묘의 재궁에서 과로로 병들어 눕게 되었다. 그의 부인이 걱정스러워서 그를 찾아왔더니, 주택은 재궁에 아녀자가 들어오면 안된다는 금기를 범했다고 하며 크게 화를 내고는 그녀를 감옥으로 보냈다. 당시 사람들은 그의 행동이 괴팍하다고 생각하고는 "세상에 잘못 태어나 태상의 처가 되었네. 일 년 360일 중에 359일은 제사 일을 하고, 하루 제사 일을 하지 않을 때면 곤죽이 되도록 취하네.(生世不諧, 作太常妻, 一歲三百六十日, 三百五十九日齋, 一日不齋醉如泥)"라고 하였다.

　이백은 고지식하게 일만 하다가 하루 곤죽이 되도록 취하는 주택과 같다고 스스로 여겼다. 그래도 주택은 자신에게 주어진 일이라도 열심히 했지만 이백은 359일 술을 마시고 남은 하루도 역시 술을 마셨던 것이다. 그러니 둘 다 가정을 내팽겨 친 것은 매한가지이다. 남편이야 술 마시고 맘 편하게 살겠지만 부인은 살림걱정 남편걱정에 시름 잘 날이 없다.

贈內 증내

三百六十日, 삼백륙십일
日日醉如泥. 일일취여니
雖爲李白婦, 수위리백부
何異太常妻. 하이태상처

대 노인의 주점에 쓰다

대 노인은 황천 아래에서
여전히 대춘주를 빚고 있겠지.
무덤에는 이백이 없으니
누구에게 술을 팔까?

대 씨 성을 가진 노인이 죽었다. 그는 술집을 운영하고 있었는데 이백은 그 술집의 단골이었으리라. 아마도 매일같이 대 씨의 술집에 가서 술을 사다 마셨을 것이다. 그 술집 주인이 죽었으니 어찌 슬프지 않았으랴? 그래서 그 술집에 애도하는 시를 하나 지어서 써 놓았다.

대 씨 노인은 죽어서 황천에서도 술을 빚고 있을 터인데 그곳에는 이백이 없으니 누구에게 술을 팔겠는가? 이 세상의 술꾼은 이백 밖에 없는데, 아직 나 이백은 살아 있으니 저승에서 누가 술을 사겠느냐는 말이다. 술집 주인과의 애정이 듬뿍 묻어나는 말이다. 그가 죽어서 이제 그가 만든 술을 못 마시는 아쉬운 심정이 애틋하다.

이렇게 술을 만드는 장인과 같은 평민을 위해 문인이 시를 쓴 것은 흔치 않은 일이다. 이백은 당시 신분적 차이를 뛰어넘어 진정한 인간적 교류를 했다. 그래서 이백의 시에는 가수, 대장장이, 술집 주인, 여염집 아낙네 등과 같은 군상이 드물지 않게 등장한다. 허례와 가식을 싫어하였으니 오히려 권세가들보다는 이들이 더욱 편했을 수도 있겠다.

題戴老酒店 제대로주점

戴老黃泉下,　대로황천하
還應釀大春.　환응양대춘
夜臺無李白,　야대무리백
沽酒與何人.　고주여하인

대아의 시가 오래도록 지어지지 않았으니
내가 노쇠해지면 결국 누가 읊겠는가?
왕풍의 시가 덩굴 풀에 버려지고
전국시대에는 가시덤불이 많았으니,
용과 호랑이가 서로 잡아먹으며
전쟁을 하여 광폭한 진나라에 이르렀지.
올바른 노래는 어찌 그리 아득한가?
슬픔과 원망의 소리가 굴원에 의해 일어났고,
양웅과 사마상여가 쇠퇴한 물결을 격동시켜
물길을 여니 가없이 흐르게 되었지.
피폐함과 흥성함이 비록 만 번이나 바뀌어도
시의 법도는 진정 이미 사라져버렸으니,
건안 시기 이후로는
화려해져서 진귀할 만하지 않았지.
성스러운 당대에 옛 기풍을 회복하여
무위지치로 맑고 참됨을 귀하게 여겼으니,
여러 인재가 아름답고 밝은 시대에 속해
시운을 타고 물고기처럼 함께 도약하였고,
문식과 실질이 서로 찬란해져
뭇 별이 가을 하늘에 늘어서 있는 듯하구나.
나의 뜻은 공자처럼 산정하고 전술하는 것이어서
밝은 빛을 드리워 천년동안 비추리니,
성인의 경지를 바라여 만약 입언하게 되면
'획린'에서 절필하리라.

해설

이 시는 역대로 편찬된 이백의 시 전집에 첫 번째로 수록된 작품이다. 이백이 스스로 시를 짓는 이유와 야망에 대해 적은 것이기 때문에 편찬하는 이들이 가장 먼저 소개하고 싶었기 때문일 것이다.

'대아의 시'라는 것은 ≪시경≫을 말한다. ≪시경≫은 주나라의 시를 공자가 추려내여 엮은 책으로 알려져 있으며 시의 가장 모범으로 인정되어 왔다. 그 ≪시경≫ 시의 정신을 계승하고자 역대의 시인들은 노력했으니 이백 역시 자신이 짓는 시의 근원으로 ≪시경≫을 들고 있다. 하지만 그러한 여러 노력에도 불구하고 ≪시경≫의 정신을 이어받은 시가 항상 지어진 것은 아니다. 중간에 사치와 향락을 일삼거나 부귀권세에 아부하기 위해 실질을 잃어버리고 형식만을 중시하는 시가 많이 지어졌기 때문이다. 그런 세태에서 ≪시경≫의 시가 오래도록 지어지지 않았는데, 만일 이백이 노쇠해지면 누가 그 정신을 계승하여 시를 지을 수 있겠는가? 이백만의 패기와 자신감이 돋보이는 말이다. 내가 아니면 안된다.

이러한 선언 뒤에 역대로 ≪시경≫의 시가 제대로 지어지지 않은 상황을 서술하였다. '왕풍의 시' 역시 ≪시경≫을 의미한다. 공자가 ≪시경≫의 정신을 되새긴 이후 전국시대에는 온 천하가 전쟁에 휘말렸고 이후 진나라가 통일했지만 광폭한 정치가 이어졌다. ≪시경≫의 정신을 이어받은 올바른 소리, 올바른 시는 언제 지어졌나? 이후로도 계속 아득히 미미하기만 하였다. 〈이소〉를 지은 굴원은 슬픔과 원망의 소리만 했을 뿐이고, 양웅과 사마상여는 화려한 문사만 되풀이하여 오히려 쇠퇴한 물결을 일으켰을 뿐이다. 하지만 이들의 영향력은 대단하여 이러한 작풍이 이후 계속 진행되었다. 그나마 위나라 때 조씨 삼부자와 건안칠자들이 "건안풍골"로 그 법도를 회복하는가 싶었지만 이후로 시는 화려함만 추구할 뿐 실질은 잃어버렸다.

이백이 살고 있는 당나라에 들어와서야 비로소 정치가 올바르게 이루어져서 여러 인재가 자신의 뜻을 올바르게 펼 수 있게 되었다. 이들의 문장과 시는 형식과 실질이 잘 조화를 이루어 이른바 "문질빈빈文質彬彬"하니 마치 별이 하늘에서 빛나는 듯이 훌륭한 시문이 이루어졌다. 이백 또한 그들 중의 한명이고 나아가 그들 중의 최고이다. 이백의 뜻은 공자처럼 ≪시경≫을 편찬하는 것에 있다. 이백이 짓는 시가 바로 ≪시경≫의 시이다. 그러니 이백이 짓는 시는 천년토록 빛날 것이고, 이백은 성인의 경지에 올라 공자처럼 입언하게 될 것이다. 그 이후에는 공자가 '획린'이라는 글을 쓰고 절필을 한 것처럼 이백도 붓을 놓게 될 것이다.

이백은 공자와 어깨를 나란히 하고 같은 수준의 일을 하는 성인이 되고자 하였다. 그래서 그의 마지막 시인 〈길을 떠나며〉에서 자신이 죽고 난 뒤에는 오직 공자만이 자신의 죽음을 슬퍼할 수 있을 것이라고 했다.

古風 五十九首(其一) 고풍 오십구수(기일)

大雅久不作,　　대아구부작
吾衰竟誰陳.　　오쇠경수진
王風委蔓草,　　왕풍위만초
戰國多荊榛.　　전국다형진
龍虎相啖食,　　룡호상담식
兵戈逮狂秦.　　병과체광진
正聲何微茫,　　정성하미망
哀怨起騷人.　　애원기소인
揚馬激頹波,　　양마격퇴파
開流蕩無垠.　　개류탕무은
廢興雖萬變,　　폐흥수만변
憲章亦已淪.　　헌장역이륜
自從建安來,　　자종건안래
綺麗不足珍.　　기려부족진
聖代復元古,　　성대복원고
垂衣貴淸眞.　　수의귀청진
群才屬休明,　　군재속휴명
乘運共躍鱗.　　승운공약린

文質相炳煥,　　문질상병환
衆星羅秋旻.　　중성라추민
我志在刪述,　　아지재산술
垂輝映千春.　　수휘영천춘
希聖如有立,　　희성여유립
絶筆於獲麟.　　절필어획린

나그네가 장안에서 왔다가
다시 장안으로 돌아가니,
거센 바람이 내 마음을 불어서
서쪽 함양의 나무에 걸어놓았네.
지금의 마음 말할 수가 없는데
지금 헤어지면 언제 만날까?
보고 또 보노라니 그대는 보이지 않고
이어진 산에 안개만 피어나네.

해설

　지금의 산동성에 있던 금향에서 장안으로 돌아가는 위씨를 송별하며 지은 시이다. 이백이 지은 시 중에 헤어지며 지은 것이 상당히 많이 있다. 그만큼 많은 사람을 만났기 때문이기도 하지만 헤어짐의 감정이 남달랐기 때문이기도 할 것이다. 사람에 대한 정이 남달리 깊었다고 할 수도 있겠다. 이 시에서도 그 절절한 슬픔이 느껴진다.

　장안에서 온 나그네인 위씨가 다시 장안으로 돌아간다. 그런데 갑자기 바람이 불어 내 마음을 서쪽 함양 즉 장안의 나무에 걸어놓았다. 내 마음도 위씨 따라 가버린 것이다. 마음이 바람을 타고 간다는 설정도 기발하지만 그 마음을 나무에 걸어놓았다는 것도 범상치 않다. 예전에 연을 날리다가 나무에 걸리는 적이 종종 있었는데 그 연은 어지간해서는 떨어지지 않았다. 헤어지지 않으려는 마음, 기어코 같이 있으려는 마음, 나무에 걸려서 그를 항상 지켜보려는 마음. 이런 마음이 담겨 있지 않을까 생각된다. 헤어짐의 서글픔, 헤어진 뒤의 그리움, 같이 있고자 하는 갈망 등등을 이루 말하려고 해도 다 말할 수가 없다. 이제 헤어지면 언제 만날지 모르기 때문이다.

　떠나가는 위씨의 뒷모습을 보고 또 보고, 그의 모습이 사라질 때까지 바라본다. 그렇게 위씨는 산등성이를 넘어갔지만 그래도 혹 보이지 않을까 계속 바라본다. 하지만 야속하게도 안개가 피어올라 그것마저 가로막는다. 이제는 정말 그를 볼 수 없다. 아마도 이 안개는 이백의 눈에 맺힌 눈물이 아닐까?

金鄕送韋八之西京 금향송위팔지서경

客自長安來,	객자장안래
還歸長安去.	환귀장안거
狂風吹我心,	광풍취아심
西挂咸陽樹.	서괘함양수
此情不可道,	차정불가도
此別何時遇.	차별하시우
望望不見君,	망망불견군
連山起煙霧.	련산기연무

조염 당도현위의 채색 산수화를 노래하다

아미산은 서쪽 끝 하늘에 높이 솟아 있고
나부산은 남쪽 바다와 곧장 이어져 있네.
이름난 화공이 골똘히 생각하다 오색 붓을 휘두르니
산을 몰고 바다를 내달려 눈앞에 펼쳐 놓았네.
당에 가득한 푸른빛은 쓸어 낼 수 있을 것 같고
적성산의 노을빛과 창오산의 안개가 펼쳐져 있네.
동정호와 소상강에 생각이 아득해지고
삼강과 칠택에 마음이 오르내리네.
거센 파도는 솟구쳐서 어디로 향하는가?
외로운 배가 한번 떠나면 돌아올 날이 아득할 것이고,
먼 길 가는 배가 움직이지도 않고 선회하지도 않지만
떠가면 바람 따라 하늘 끝에 떨어질 듯하네.
심장이 요동쳐 멀리 끝까지 보아도 흥은 다하지 않으니
삼신산의 봉우리에는 언제나 도착할 수 있을까?
서쪽 봉우리는 우뚝 솟아 계곡물을 내뿜고
가로 놓인 바위가 물을 막으니 물결이 소리 내며 흐르네.
겹겹의 동쪽 벼랑은 옅은 안개에 가려있고
깊은 숲속의 잡목들은 공연히 무성하네.
이 속이 어둑하여 밤낮을 잃었고
안석에 기대 귀 기울여도 매미소리도 없네.
큰 소나무 아래에 신선들이 늘어서 있고
마주 앉아 말없는 이는 남창의 신선이구나.
남창의 신선 조 선생은
꽃다운 나이에 호방한 청운의 선비이지.

관아에는 일이 없어 여러 손님들과 연회를 베푸는데
아득하니 마치 그림 속에 있는 듯하네.
오색으로 그려진 그림이 무어 귀할 게 있겠는가?
진짜 산이어야 내 몸을 온전히 할 수 있지.
만약 공이 이루어진 뒤에야 옷을 털고 떠난다면
무릉도원의 복숭아꽃이 날 몹시도 비웃으리라.

해설

이 시는 지금의 안휘성에 있었던 당도의 현위 관직에 있는 조엽이 소장한 채색 산수화를 읊은 것이다. 혹자는 이 산수화를 조엽이 직접 그렸다고 말하기도 한다. 당시 대부분의 산수화는 먹으로만 그렸는데 이 그림은 채색을 하였으니 그 생동감과 화려함은 만인의 입에 오르내리기에 충분했을 것이고, 이백 역시 이 그림을 보고 찬탄을 머금지 않았다.

산수화에는 높고 험준한 산이 곳곳에 그려져 있는데 먼 곳에는 아스라이 안개로 가려져 있었을 것이며, 산 사이로 계곡물이 세차게 흐르고 앞의 강물에는 배가 떠 있었을 것이다. 이러한 산수를 보고 이백은 자신이 직접 가보았던 중국의 유명한 산과 강을 상상해내고는 마치 그 속에 자신이 있는 듯한 느낌을 생동감 있게 표현하였다. 특히 물에 가만히 떠 있는 배를 보고는 바람이 불면 곧장 하늘 끝까지 날아갈 것 같다고 하였는데, 이백은 흥분된 가슴을 부여잡고는 이 배를 타고 이 산수 속의 신선세계로 가고자 하는 마음을 드러내었다.

그림의 세부적인 경관을 자세히 묘사하다가 이백의 눈이 마지막으로 머문 곳은 큰 소나무 아래에 줄 지어 서 있는 신선들이고 이들을 마주하고 있는 남창의 신선이다. 남창의 신선은 한나라의 매복으로 그는 일찍이 남창의 현위로 임명되었다가 관직을 그만두고 고향에 은거하였다. 왕망이 국정을 전횡하자 그는 처자를 버리고 집을 떠났는데, 전설에 의하면 신선이 되었다고 한다. 그림 속의 인물이 매복이라는 근거는 없지만 이백이 굳이 남창의 현위를 지낸 매복이라고 여긴 것은 바로 이 그림을 가지고 있는 조엽이 예전에 남창의 현위를 지냈기 때문이다. 여기서는 조엽이 매복처럼 신선의 풍모를 가지고 있어 이 채색 산수 그림 속에 어울릴만하다고 칭송하기 위해 이렇게 말한 것이다. 조엽은 나이가 젊지만 호방한 기상을 가지고 있는 청운의 선비이다. 정사를 잘 펴서 관아에는 별다른 일이 없고 여러 인재를 초빙하여 연회를 베푸는데, 그 가운데 앉아 있는 모습이 마치 줄 지어 서 있는 여러 신선 가운데 있는 매복의 모습과 같다.

이렇게 조염을 칭송한 이백은 갑자기 시상을 꺾는다. 이렇게 채색된 그림이 무슨 소용이 있는가? 진짜 산이라야 내가 그곳에 가서 수양하며 내 몸을 온전히 하고 나아가 신선이 될 수 있는 것이지. 이백이 평소 주장했던 것은 '공성신퇴'이다. 세상에서 큰 공을 세워 이름을 남긴 뒤 어떠한 포상도 다 마다하고 사임하고는 자연으로 돌아와 유유자적하게 사는 것이다. 하지만 이 시에서는 다른 이야기를 한다. 만일 그렇게 한다면 무릉도원의 복숭아꽃이 자신을 몹시도 비웃을 것이라고. 그러니 공을 세우기를 기다리지 말고 지금 당장 은일해야 한다고. 신선세계로 들어가야 한다고.

마지막의 이야기는 약간 납득이 되지 않는다. 채색 산수화를 실컷 칭송해놓고서는 그림이라 실속이 없다고 하고는 갑자기 자신은 공성신퇴를 하지 않고 곧장 은일하겠다고 한다. 그림과 관계없이 조염과 관계없이 자신의 이야기로 마무리를 하고 있다. 이런 것을 두고 평자들은 이백이 '자기중심적이다' '다른 사람을 배려하지 않는다' '안하무인이다'라고 평가하기도 한다. 하지만 반드시 그렇지는 않다. 여기서 이백은 그림에 그려진 신선세계에 있는 조염을 발견하고는 그의 인품과 덕망을 칭송하였다. 그러니 당연히 그런 조염을 따라야 하지 않겠는가? 조염은 원래 세속의 부귀공명은 도외시하고 신선의 기풍을 가진 사람이니 지금 당장 그림 속의 신선이 아니라 현실 속의 조염을 따라야 할 것이고, 그를 따라 자연 속에서 은일하며 살아야 할 것이다. 그러니 자신이 평소에 가졌던 신념인 '공성신퇴'도 부정하면서 은일하고자 하겠다는 말을 한 것이다. 처음부터 끝까지 조염의 그림과 그의 인품을 칭송하는 내용이다.

그림을 보고 지은 시인 제화시가 이백에게 몇 수 있다. 그림의 내용을 생동감 있게 묘사한 것이 여타 시인들의 실력을 훨씬 뛰어넘었다는 말은 할 필요가 없다. 그것에서 더 나아가 그림을 소장한 사람과 자연스럽게 연결시켜 그 사람의 인품을 칭송하는 단계로 나아갔으니 진정 제화시의 선구자라고 할 수 있다. 제화시의 원조라고 칭송받는 두보의 제화시도 아마 이런 이백의 제화시의 영향을 받은 것이리라.

當塗趙炎少府粉圖山水歌 당도조염소부분도산수가

峨眉高出西極天,	아미고출서극천
羅浮直與南溟連.	라부직여남명련
名工繹思揮綵筆,	명공역사휘채필
驅山走海置眼前.	구산주해치안전
滿堂空翠如可掃,	만당공취여가소
赤城霞氣蒼梧烟.	적성하기창오연
洞庭瀟湘意渺綿,	동정소상의묘면
三江七澤情洄沿.	삼강칠택정회연
驚濤洶湧向何處,	경도흉용향하처
孤舟一去迷歸年.	고주일거미귀년
征帆不動亦不旋,	정범부동역불선
飄如隨風落天邊.	표여수풍락천변
心搖目斷興難盡,	심요목단흥난진
幾時可到三山巔.	기시가도삼산전
西峰崢嶸噴流川,	서봉쟁영분류천
橫石蹙水波潺湲.	횡석축수파잔원
東崖合沓蔽輕霧,	동애합답폐경무
深林雜樹空芊綿.	심림잡수공천면
此中冥昧失晝夜,	차중명매실주야
隱几寂聽無鳴蟬.	은궤적청무명선
長松之下列羽客,	장송지하렬우객
對座不語南昌仙.	대좌불어남창선
南昌仙人趙夫子,	남창선인조부자
妙年歷落青雲士.	묘년력락청운사
訟庭無事羅衆賓,	송정무사라중빈

杳然如在丹靑裏.　묘연여재단청리
五色粉圖安足珍,　오색분도안족진
眞山可以全吾身.　진산가이전오신
若待功成拂衣去,　약대공성불의거
武陵桃花笑殺人.　무릉도화소살인

형문을 건너며 송별하다

멀리 형문 바깥을 건너서
초 땅에서 노닐게 되었네.
산은 평평한 들을 따라 다하였고
강은 넓은 땅으로 들어가 흐르는데,
달이 지니 하늘의 거울이 날아가고
구름이 피어나니 바다 누각 신기루가 생기네.
여전히 고향의 물을 좋아하니
만 리길 떠나가는 배를 전송해서이지.

해설

　이백이 젊은 시절 촉 땅에서 공부하고 유람하다가 마침내 넓은 중원으로 가게 되었다. 이 시는 이백이 촉 땅을 떠나 형문을 지나게 되어 지인과 헤어지며 지은 것이다. 형문은 촉 땅과 초 땅의 경계라고 보면 되겠다. 장강을 따라 형문 서쪽인 촉 땅은 좁은 협곡과 높은 산이 중첩되어 있으며 형문 동쪽인 초 땅은 너른 평원과 평탄한 물길이 펼쳐져 있다. 양쪽의 경관이 완전히 다르기 때문에 비로소 타향에 도달했다는 느낌을 주게 된다.

　이제 이백이 멀리 형문 바깥으로 와서 초 땅을 노닐게 되었다. 겹겹으로 이어지던 산은 이제 평평한 들을 만나며 사라져버렸고 장강은 넓은 땅을 들어가 흐르고 있다. 새로운 세계이다. 하지만 넓은 땅을 뜻하는 '대황'이라는 말에서 느낄 수 있듯이 이곳의 세계는 너무 넓어 막막하다. 미지의 앞길에 대한 긴장감을 일으키게 한다.

　날이 저물어 달이 뜨면 하늘에는 마치 거울이 지나가는 듯하고 구름이 피어나면 아득히 먼 곳에는 아지랑이가 피어나듯 신기루가 생긴다. 이국적이지만 그래도 낭만이 있는 정경이다. 생전 처음 보는 환상적인 경관이지만 그래도 다행히도 고향에서 보던 달빛만은 그대로이다.

　이제 새로운 세계로 들어와서 부푼 꿈을 안고 새로운 출발을 하게 된다. 여기까지 날 데려다준 고향의 물길이 그래서 여전히 고맙고 사랑스럽다. 만 리먼 곳을 가는 날 전송해주었으니.

　결국 제목에서 말한 '송별'의 대상은 지인들이라기보다는 고향에서 형문까지 자신을 데려다준 강물인지도 모르겠다. 여태까지는 고향 땅의 배려로 여기까지 왔지만 앞으로는 이제 나 자신만을 믿고 살아가겠노라는 결심이 엿보인다.

渡荊門送別 도형문송별

渡遠荊門外,　　도원형문외
來從楚國遊.　　래종초국유
山隨平野盡,　　산수평야진
江入大荒流.　　강입대황류
月下飛天鏡,　　월하비천경
雲生結海樓.　　운생결해루
仍憐故鄉水,　　잉련고향수
萬里送行舟.　　만리송행주

서쪽으로 태백봉에 오르는데
석양 무렵에 끝까지 다 올랐네.
태백성이 내게 말하기를
나를 위해 하늘 관문을 열어준다고 하네.
바라노니 경쾌한 바람을 타고 떠나
곧장 뜬구름 사이로 나가기를.
손을 들면 달을 가까이 할 수 있고
앞으로 나아가면 다른 산은 없는 듯하구나.
한번 이곳 무공을 떠나면
언제 다시 또 돌아올까?

해설

태백봉은 지금의 섬서성에 있는 산으로 태을산 또는 태일산이라고 불린다. 금성인 태백성의 정기가 이곳에 내려와서 산이 되었다고 한다. 이름에서도 느끼듯이 세상의 근본이 되는 가장 으뜸이 되는 산으로 여겨졌으며 도교의 성지이기도 하다. 이백의 호가 태백인데 이는 어머니가 꿈에 태백성의 정기가 품에 들어온 뒤 이백을 임신했다고 해서 지은 것이라고 한다. 그러니 태백봉은 이백으로서는 자신의 정기가 생겨난 곳이고 자신의 본토라고 생각했을 것이다.

그 태백산에 마침내 이태백이 올랐다. 산이 높으니 하루 종일 올라 해가 질 때쯤에서야 겨우 다 올랐다. 다 오르고 나니 태백성이 이태백에게 말을 한다. "내가 너를 위해 하늘의 관문을 열어주겠다." 태백봉에 올라 더 이상 오를 곳이 없는데, 태백봉의 정령인 태백성이 하늘의 관문을 열어주어 하늘로 올라가게 해준다고 한다. 드디어 이태백은 신선이 되어 하늘로 올라갈 수 있게 되었다. 시원한 바람을 타고 하늘을 날아 구름 사이를 노닐 수 있게 되었다. 손을 뻗으면 달을 만질 수 있고 앞으로 다니면 다른 산은 전혀 보이질 않는다. 가장 높은 산에서 더 높이 올라 하늘을 날아다닌다.

하지만 어찌 이것이 실제의 상황이겠는가? 그저 이백의 환상일 뿐이다. 높은 곳에 올라 하늘을 나는 신선이 되고자 하는 자신의 바람을 그려본 것일 뿐이다. 그래도 태백봉에 올라 자신의 정기를 마음껏 받으며 신선이 된 경험을 해 보았다.

이제는 내려가야 된다. 이곳을 지금 떠나면 언제 다시 올 수 있을까? 신선이 되려는 이백의 길은 아직도 멀다.

登太白峰 등태백봉

西上太白峰,   서상태백봉
夕陽窮登攀.   석양궁등반
太白與我語,   태백여아어
爲我開天關.   위아개천관
願乘泠風去,   원승령풍거
直出浮雲間.   직출부운간
擧手可近月,   거수가근월
前行若無山.   전행약무산
一別武功去,   일별무공거
何時復更還.   하시부갱환

고풍 59수(제41수)

아침에 자니해에서 장난치다가
저녁에 붉은 노을 옷을 걸치고,
손을 휘둘러 약목을 꺾어
이 서쪽 태양을 쳤네.
구름에 누워 세상 끝까지 노닐다보니
옥 같은 얼굴로 이미 천년을 보냈구나.
훨훨 날아 끝없는 곳으로 들어가
머리를 조아리며 옥황상제께 빌었더니,
나를 불러 태소에서 노닐게 하고
옥 술잔에 신선이 마시는 경장을 내리시네.
한 번 마시면 만 년을 살게 되니
뭣 하러 고향으로 돌아가리?
영원히 긴 바람을 따라 떠나서
하늘 밖에서 마음대로 노닐리라.

해설

　동방삭이 어릴 때 갑자기 집을 나간 뒤 일 년이 지나고 나서야 돌아왔다. 사람들이 놀라서 그에게 어딜 갔었냐고 물었더니, "아침에 자줏빛 진흙이 있는 자니해에 가서 놀다가 그 자줏빛에 옷이 더러워져서 해가 지는 곳에 있는 우연에 가서 옷을 빨고 저녁에 돌아왔는데 어찌 일년이 지났다고 하는가?"라고 대답했다고 한다. 자니해와 우연은 모두 전설 속의 지명이다. 약목 역시 해가 지는 곳에 있다고 하는 전설의 나무이다.

　이백은 아침에 자니해에서 장난치고 저녁에는 해가 지는 서쪽 끝으로 가서 노을로 만든 옷을 걸치고는 약목 가지를 꺾어서 태양을 치고 논다. 아마 이

태양을 세게 쳐버리면 내일 아침 해가 뜨는 동쪽으로 갈지도 모르겠다. 이렇게 구름 속에 누워서 세상 끝까지 다니며 놀다보니 천 년이 지났지만 얼굴은 예전과 같이 젊음을 유지하고 있다. 훨훨 날아서 끝없는 하늘로 올라가 옥황상제를 만나 인사를 하니, 태소에서 노닐게 하고 경장을 내린다. 태소는 우주의 근원을 의미하며 경장은 신선이 마시는 술이다. 경장을 한 번 마시면 만년을 살게 된다.

이로 인해 이백은 공간적 시간적 한계를 모두 뛰어 넘는다. 세상의 사방 끝뿐만 아니라 하늘 끝까지도 갈 수 있으며, 과거로는 우주가 처음 시작할 때까지 궁구할 수 있으며 미래로는 천년만년을 살 수 있다. 그것도 젊음을 유지한 채로. 이러니 자신에게 무슨 미련이 있겠는가? 고향으로 돌아갈 필요도 없다. 그냥 바람 따라 하늘 바깥에서 노닐 뿐이다.

이 시에서 이백은 시공간적으로 인간의 한계를 뛰어넘은 초인 같은 존재가 된다. 옛날에는 이러한 존재를 신선이라고 했다. 영원불사의 몸이다. 그러니 어떠한 근심도 없다. 자신의 재능을 인정받고자 노력하지 않아도 된다. 그냥 바람이 부는 대로 자연이 인도하는 대로 마음껏 다니면서 살 따름이다. 이러한 상황이 이백이 궁극적으로 원했던 것이다. 그리고 그는 마치 그렇게 된 것인 양 천연덕스럽게 그 상황을 묘사하고 있다. 꿈속의 일일 수도 있고, 술을 한 잔 하고 취했을 때의 느낌일 수도 있다. 하지만 그 묘사가 너무 생생하고 너무 확실하여 진짜 그렇게 된 것 같다. 이백에게 환상과 현실의 경계는 너무나 모호하다.

古風 五十九首(其四十一) 고풍 오십구수(기사십일)

朝弄紫泥海,	조롱자니해
夕披丹霞裳.	석피단하상
揮手折若木,	휘수절약목
拂此西日光.	불차서일광
雲臥遊八極,	운와유팔극

玉顔已千霜. 옥안이천상
飄飄入無倪, 표표입무예
稽首祈上皇. 계수기상황
呼我遊太素, 호아유태소
玉杯賜瓊漿. 옥배사경장
一飡歷萬歲, 일손력만세
何用還故鄉. 하용환고향
永隨長風去, 영수장풍거
天外恣飄揚. 천외자표양

대천산의 도사를 방문했으나 만나지 못하다

물 흐르는 소리 속에 개가 짖고
복숭아꽃에는 많은 이슬이 열렸네.
숲이 깊어서 때로 사슴이 보이고
개울에 정오가 되어도 종소리가 들리지 않으며,
야생 대나무는 푸른 산기운을 가르고
날아 떨어지는 물은 푸른 봉우리에 걸려있네.
아무도 그가 간 곳을 모르니
근심스레 두세 그루 소나무에 기대어 보네.

해설

　대천산은 대광산이라고도 하고 지금의 사천성에 있다. 이백이 젊었을 때 이 곳에서 수련과 학습을 했다. 그러던 중 어느 도사를 방문했으나 마침 거처에 있지 않아서 만나지 못하고 이 시를 지었다.

　아침에 대천산의 도사를 찾아갔다. 물소리가 졸졸 들리고 그 물에는 복숭아꽃이 떠 있다. 마치 도연명의 〈도화원기〉에 나오는 무릉도원과 같은 느낌이 든다. 도사의 거처에 가까이 오자 개 짖는 소리가 들린다. 가득 핀 복숭아꽃에는 아침 이슬이 담뿍 맺혀있다. 정말로 신선의 세계에 온 듯하다. 이곳에 있기만 해도 절로 속세의 기운이 없어지는 것 같다.

　하지만 도사는 거처에 있지 않다. 잠시 근처를 서성이며 그를 기다려본다. 숲이 깊으니 때로는 사슴이 보이기도 한다. 개울가에 앉아 그를 기다려보지만 정오가 되어도 종소리가 들리지 않고 인기척이 없다. 멀리 바라보니 푸른 산을 가로질러 대나무가 펼쳐져 있고 수직으로 떨어지는 폭포가 보인다. 아마 저 대나무 숲 속이나 폭포수 아래에 도사가 있을지도 모르겠다.

　하지만 아무도 도사가 간 곳을 모르니 찾아갈 수가 없다. 오늘 만날 수 없을

지도 모르겠다고 걱정이 되기도 하지만 계속 기다린다. 소나무가 두세 그루가 있는데 마치 도사의 인품을 닮은 듯 고고해 보인다. 그 소나무를 쓰다듬고 기대어 보니 도사를 만난 듯하다. 아마 도사도 소나무 아래를 노닐며 기대고 있었을 것이다.

비록 도사를 만나지는 못했지만 그가 살고 있는 곳의 정취를 한껏 맛보면서 마치 도사를 만난 듯 그의 정기를 담뿍 받았다. 굳이 만날 필요가 있을까? 굳이 만나서 이야기를 나눌 필요가 있을까? 그저 그가 사는 곳에 잠시 머무는 것만으로도 충분하다.

訪戴天山道士不遇 방대천산도사불우

犬吠水聲中, 견폐수성중
桃花帶露濃. 도화대로농
樹深時見鹿, 수심시견록
溪午不聞鐘. 계오불문종
野竹分青靄, 야죽분청애
飛泉挂碧峰. 비천괘벽봉
無人知所去, 무인지소거
愁倚兩三松. 수의량삼송

친척 아저씨 이엽 형부시랑과 가지 중서사인을 모시고 동정호를 노닐다 5수(제2수)

남쪽 호수의 가을 물에는 밤이 되어도 안개가 없으니
어찌하면 물길을 타고 하늘 위로 곧장 올라갈 수 있을까?
잠시 동정호로 나아가 달빛을 빌리고
배를 저어 흰 구름 가에서 술을 사리라.

해설

　이엽은 정사품에 해당하는 형부시랑을 역임했으며 당시 영하현의 현위로 폄적되어 가던 도중 이백과 만났다. 가지는 안록산의 난으로 촉으로 피신 가던 현종을 따라가 기거사인과 지제고의 벼슬을 받았고 정오품상에 해당하는 중서사인을 역임하였다. 그는 숙종 때 악주의 사마로 좌천되었으며 당시 이백을 만났다. 세 사람의 공통점은 모두 조정의 관원으로 있다가 쫓겨났다는 것이다. 이들이 지방의 동정호에 모여서 의기투합했으니 한편으로는 흥겨웠고 한편으로는 시름을 달랬을 것이다. 이백 역시 그 감정이 남달랐기에 다섯 수의 시를 지었다.

　중국의 남부에 해당하는 동정호에 가을이 되었다. 물은 더욱 맑아지고 날씨도 쾌청하여 밤이 되어도 안개가 끼지 않는다. 동정호는 중국에서 가장 큰 호수가 아닌가? 끝없이 펼쳐진 맑은 물에 하늘이 비치니 어디가 하늘이고 어디가 물인지 모르겠다. 저 호수의 끝이 하늘과 맞닿아 있으니 배를 타고 끝까지 가면 하늘로 올라갈 수 있을 것 같다.

　그러니 배를 타고 가보자. 마침 달빛이 좋아 흥취가 절로 생긴다. 그런데 여기서 이백은 달빛을 '빌린다'고 하였다. 정확히 번역하면 외상으로 산다는 뜻이다. 달빛은 아무나 즐기면 되는 것이어서 외상으로 살 수도 없고 외상으로 살 필요도 없는데, 왜 군이 외상으로 산다는 말을 했을까? 그리고 누구에게 외상으로 산다는 걸까? 달빛을 가진 이가 누구인가? 바로 달이고 달빛이 비친

동정호이고 이러한 자연을 만든 조물주일 것이다. 이백은 이들과 대화를 하고 있다. 그리고 흥정을 한다. 마치 아주 친한 사이인 양. 이들이 자기에게 달빛을 외상으로 팔면 그 다음에는 하늘로 올라가는 길도 빌려줄 것 같다.

배를 저어가자. 달빛이 비치고 하늘이 비치는 이 동정호가 바로 하늘이다. 하늘을 날아가는 배를 탄 이백과 그 일행은 구름이 뭉게뭉게 피어나는 끝까지 간다. 그곳에서 술을 산다. 이렇게 좋은 날 술이 빠져서는 안된다. 그렇게 한 잔 마시고 이들은 하늘을 날아다니는 신선이 된다.

마지막 구를 '술을 사서 배를 저어 흰 구름 끝까지 가본다'라고 풀이하기도 하는데, 뜻과 흥취는 마찬가지이다. 기왕이면 흰 구름 가에서 파는 술이 더 맛 있지 않을까 싶기도 하고, 하늘 끝까지 가는 흥겨운 길에 술을 마시며 가는 것이 더 흥겨워 보이기도 한다.

陪族叔刑部侍郎曄及中書賈舍人至遊洞庭 五首(其二)
배족숙형부시랑엽급중서가사인지유동정 오수(기이)

南湖秋水夜無煙, 남호추수야무연
耐可乘流直上天. 내가승류직상천
且就洞庭賒月色, 차취동정사월색
將船買酒白雲邊. 장선매주백운변

북풍의 노래

촉룡이 사는 차가운 한문은
빛나는 것이 마치 새벽이 열리는 듯한데,
해와 달이 비추면서 어찌하여 이곳에는 이르지 않는가?
오직 북풍이 노하여 부르짖으며 하늘에서 불어올 뿐이구나.
연 땅의 산에는 방석만큼 큰 눈꽃이
펄펄 날려 헌원대에 떨어지는데,
임 그리는 유주의 아낙네는 십이월이 되면
노래와 웃음을 멈추고는 두 눈썹을 찌푸린다.
문에 기대어 행인을 바라보며
만리장성의 혹한에 있는 임을 생각하니 정말로 애달프구나.
헤어질 때 칼을 들고 변방을 구하겠다고 떠나면서
호랑이 무늬가 새겨진 이 금빛 화살통을 남겨놓았지.
그 안에 흰 깃 화살 한 쌍이 있었는데
거미가 줄을 치고 먼지만 쌓인 채,
화살만 괜스레 남아있고
사람은 이제 전사하여 다시 돌아오지 않으니,
차마 이 물건을 볼 수 없어
태워 이미 재가 되었구나.
황하의 물은 흙을 쌓아서 오히려 막을 수 있지만
북풍에 눈 내릴 때 그 한은 없애기 어렵구나.

해설

북풍이 부는 추운 겨울이다. 이 차가운 바람이 어디서 불어오는가? 바로 북

극의 산인 한문이다. 이곳에는 해와 달이 비추지 않아서 항상 춥고 어두운 곳이라서 촉룡이라는 동물이 그곳을 밝히고 있을 뿐이다. 그곳의 북풍이 노하여 울부짖으면 하늘에서 찬바람이 불어와 이 세상이 모두 차갑게 얼어붙는다.

연 땅은 지금의 북경시로 당시에는 북쪽 변방이었다. 그곳 역시 겨울 추위가 대단하니 방석만한 눈송이가 펄펄 떨어진다. 여기서도 이백 특유의 과장이 보인다. 연 땅의 유주라는 지역에 한 여인이 살고 있는데 유독 한겨울이 되면 근심에 사로잡힌다. 평소 노래를 흥얼거리고 만면에 미소를 띠던 즐거운 여인이지만 북풍이 불어와 추워지면 눈썹을 찌푸린 채 거리로 나가 행인들을 바라본다. 변방의 적을 무찌르기 위해 만리장성으로 나간 낭군이 돌아오기를 기다린다. 이곳보다 더 북쪽에 있어서 훨씬 더 추운 곳에서 고생하고 있을 낭군을 걱정하면서.

낭군이 변방으로 떠날 때 가지고 있던 화살통을 하나 남겨두고 갔다. 그 안에는 흰 깃 화살을 한 쌍 넣어두었다. 아마도 멀리 떨어져 있지만 마음만은 같이 있겠다는 사랑의 증표일 것이다. 하지만 세월이 흘러가도 낭군은 돌아오지 않고 화살통에는 거미줄이 쳐지고 먼지만 쌓인다. 그런데 이게 웬일인가? 낭군이 전사했다는 소식이 들려온다. 이제 더 이상의 기다림은 의미가 없다. 차마 더 이상 이 물건을 볼 수가 없다. 낭군이 떠나면서 남겨 둔 한 쌍의 화살을 불에 태워 버린다. 물건은 태워서 없어졌지만 마음속에 남아 있는 애정과 애달픔은 사라지지 않는다. 아니 더 커져만 간다. 넓고 큰 황하의 물은 흙을 쌓으면 그래도 막을 수는 있지만 이 여인의 한은 막을 수가 없다. 어찌 하랴. 오늘도 북풍의 찬바람을 맞으며 길거리에 나가 혹여나 낭군이 돌아올까 기다린다.

현종이 제위에 있던 시기는 당나라뿐만 아니라 중국 역사 전체를 통틀어서 경제적으로 가장 흥성했다. 하지만 백성들의 삶은 행복하지 않았다. 영토를 지키고 확장하기 위해 전쟁이 계속 이어졌기 때문이다. 변방으로 끌려간 아들과 남편을 기다리는 여인의 애달픔을 통해 이백은 전쟁의 비참함을 폭로하고 나아가 통치자가 평화롭게 세상을 다스리기를 바라는 마음을 표현하였다. 때로는 자신도 변방으로 나가 공을 세워야 한다고 노래하기도 했지만 이백은 전쟁으로 끌려 나가 고생하는 병사와 그 병사를 기다리며 걱정하는 가족의 애환도 함께 하였다.

北風行 북풍행

燭龍棲寒門,	촉룡서한문
光耀猶旦開.	광요유단개
日月照之何不及此,	일월조지하불급차
唯有北風號怒天上來.	유유북풍호노천상래
燕山雪花大如席,	연산설화대여석
片片吹落軒轅臺.	편편취락헌원대
幽州思婦十二月,	유주사부십이월
停歌罷笑雙蛾摧.	정가파소쌍아최
倚門望行人,	의문망행인
念君長城苦寒良可哀.	념군장성고한량가애
別時提劍救邊去,	별시제검구변거
遺此虎文金鞞靫.	유차호문금비차
中有一雙白羽箭,	중유일쌍백우전
蜘蛛結網生塵埃.	지주결망생진애
箭空在,	전공재
人今戰死不復回.	인금전사불부회
不忍見此物,	불인견차물
焚之已成灰.	분지이성회
黃河捧土尚可塞,	황하봉토상가색
北風雨雪恨難裁.	북풍우설한난재

촉 땅으로 들어가는 친구를 보내다

들기에 잠총의 나라 촉으로 가는 길은
험난해서 쉽사리 갈 수 없으니,
산이 사람 얼굴을 따라 일어나고
구름이 말 머리 옆에서 생겨난다지.
꽃나무가 진나라 때의 잔도를 덮었고
봄 시냇물은 촉 땅의 성을 휘감았으리.
인생의 부침은 응당 이미 정해졌으니
엄군평에게 물어볼 필요는 없으리.

해설

촉 땅으로 가는 벗을 전송하며 지은 시이다. 그 벗이 누구인지는 알 수 없다. 하지만 시의 내용으로 보건대 촉 땅이 고향일 것이고 뜻을 품고 중원으로 나왔다가 뜻을 이루지 못하고 다시 돌아가는 것으로 보인다.

잠총은 전설 속에 나오는 촉나라의 왕이다. 촉 땅은 일종의 분지처럼 형성되어서 그 안쪽은 살기 좋은 곳이지만 중원에서 그곳으로 들어가려면 험난한 산을 넘어야 한다. 진나라 때 촉 땅을 정벌하기 위해서 절벽에 구멍을 뚫고 나무를 박아 다리를 만들어 지나가야 했다. 절벽에 놓은 나무다리이니 얼마나 위험하겠는가? 자칫 잘못하면 천 길 낭떠러지로 떨어지고, 앞에서 몇 명만 막아도 쉽게 진격하지 못한다. 그래서 예로부터 촉 땅은 안전한 지역으로 여겨졌고 삼국시대의 유비도 이런 촉 땅에 근거지를 마련하고 자신의 세력을 키웠다.

이백은 이미 이 길을 지나온 적이 있다. 그래서 〈촉으로 가는 길이 험난하다 蜀道難〉를 지어서 그 험난함을 노래한 적이 있었고, 촉 땅으로 들어가는 곳에 칼끝같이 날카롭게 서 있는 검각에 관해 〈검각부劍閣賦〉를 읊은 적도 있었다. 그 험한 길을 지나 다시 촉 땅으로 들어가는 친구를 송별하려고 하니 불안하기도 하고 안타깝기도 했을 것이다.

그 길의 험난함을 표현한 3, 4구가 이 시의 압권이다. 산이 바로 사람 얼굴 옆에서 일어나고 구름이 말머리에서 피어오른다. 산이 얼마나 높고 험한지를 몸으로 생생하게 느낄 수 있다. 그리고 생동감이 넘쳐흐른다. 하지만 그 길이 그렇게 험하기만 한 것은 아니다. 진나라 때 만든 절벽의 나무다리인 잔도를 따라 꽃이 흐드러지게 펴 있을 것이고 촉 땅의 성 주위로는 봄 햇살을 받아 반짝이는 시냇물이 흐르고 있을 것이다.

그대 중원으로 나와서 몸 고생 마음 고생 많이 했으니 이제 고향의 봄을 즐기며 쉬게나. 인생의 희로애락, 인간의 운명은 이미 다 정해져 있는 것이 아닌가? 지금까지 고생한 것은 그대의 운이 아직 따르지 않아서일 것이네. 그러니 촉 땅의 유명한 점쟁이인 엄군평에게 운세를 점치지는 말게나. 점쳐서 알아본들 뭣 하겠나? 괜히 마음만 아플 것이니, 그냥 편히 쉬면서 자신의 운명을 받아들이게. 언젠가는 또 그 운명에 따라 좋은 날이 있을 것일세.

이러한 위로의 말은 비단 이 친구에게 하는 것만은 아니다. 바로 이백 자신에게 하는 말이기도 하다. 자신 역시 촉 땅에서 중원으로 나왔지만 아직 그럴듯한 성과를 내지 못하며 전전긍긍하고 있으니, 이는 자신에 대한 위로의 말이다. 다시 촉 땅으로 돌아가고 고향으로 돌아가고 싶지만, 그러지 못하고 여전히 천하를 떠돌고 있는 이백은 오히려 이 친구가 부러웠을지도 모른다. 그러니 그 험하다는 촉 땅의 길을 저렇게 낭만적이고 아름답게 표현할 수 있지 않았을까?

送友人入蜀 송우인입촉

見說蠶叢路,   견설잠총로
崎嶇不易行.   기구불이행
山從人面起,   산종인면기
雲傍馬頭生.   운방마두생
芳樹籠秦棧,   방수롱진잔

春流遠蜀城. 춘류요촉성
升沉應已定, 승침응이정
不必問君平. 불필문군평

아미산 달의 노래 – 장안으로 들어가는 촉 땅의 스님 안을 보내다

내가 파동의 삼협에 있었을 때
서쪽으로 밝은 달을 보며 아미산을 생각했는데,
달이 아미산에서 떠올라 푸른 바다까지 비추니
사람과 함께 만 리 길을 늘 서로 따랐지.
황학루 앞 달빛이 밝은데
이곳에서 아미산에서 온 나그네를 홀연히 만났다가,
아미산의 달이 또 그대를 전송하니
바람 불어 서쪽으로 장안의 길에 이르겠지.
장안의 큰 길은 하늘을 가로지르고
아미산의 달은 진천을 비출 텐데,
황금사자의 높은 자리에 올라가
백옥 총채를 들고 오묘한 도리를 설법하겠지.
나는 뜬구름처럼 오월 지방에 머물러 있고
그대는 어진 임금님을 만나 궁궐에서 노닐 터인데,
제왕의 수도에 가득히 고귀한 이름을 한껏 떨치고
돌아와서는 또 아미산의 달을 즐기겠지.

해설

이 시는 이백이 강남에 있으면서 장안의 궁궐로 설법을 하러 들어가는 안 스님을 송별하며 지은 것이다. 이백이 스님과 많이 교유하였으며 당나라 궁궐에서 불법을 강연했다는 사실을 이 시로부터 잘 알 수 있다.

이 시는 형식과 구성에서 탁월하다. 이백의 시가 일필휘지로 쓰여 자유분방하다는 평가를 많이 받지만 그렇다고 해서 형식적인 면을 전혀 고려하지 않았다는 것은 아니다. 오히려 그 자유분방함 속에 정연함이 있고, 사람들이 쉽사리 정연함과 정제함을 느끼지 못할 정도로 시 속에 녹여냈기 때문에 이백의 시가 뛰어난 것이다. 이 시는 한 구에 일곱 글자씩 있어 칠언이고 네 구마다 운을 바꾸었으며 내용상 네 단락으로 구성되어 있다. 그리고 각 단락마다 아미산의 달을 중심으로 시상을 교묘하게 엮어놓았다.

첫 번째 단락은 이백이 과거에 경험한 아미산의 달이다. 이백이 영왕 이린의 군대에 가담했다가 반역죄로 잡혀 야랑으로 유배간 적이 있었다. 당시 촉 지역이라고 할 수 있는 파동의 삼협까지 갔다가 사면 받아서 다시 강남으로 돌아왔다. 유배 가던 그 길에서, 특히 자신의 고향이라고 할 수 있는 촉 땅으로 들어간 그 곳에서 이백은 서쪽에 뜬 달을 보면서 촉 땅에 있는 아미산을 생각했다. 그 달은 아미산에서 높이 떠올라 세상을 훤히 비추어주고 또 사람이 가는 곳을 항상 따라다녔다. 강남의 감옥에서부터 이곳 파동의 삼협까지 그 험하고 고통스러운 길에서 아미산의 달은 항상 이백과 함께 있으면서 위로해주었다. 그리고 다시 사면 받아서 강남으로 가는 그 길에서도 아미산의 달은 이백과 동행했을 것이다. 아미산의 달은 고향의 달이고 위로의 달이다. 그리고 정이 많은 달이다.

두 번째 단락은 황학루에서 안 스님과 만났을 때와 헤어질 때에 경험한 아미산의 달이다. 장강 가에 있는 황학루에 달빛이 밝을 때 아미산에서 온 안 스님과 만났다. 그러니 이 달은 안 스님을 따라온 아미산의 달이다. 고향의 달빛을 가지고 왔으니 안 스님과 또 정겨운 대화를 나누었을 것이다. 이제 안 스님이 장안으로 돌아간다기에 또 달빛 속에서 아쉬움의 말과 희망에 찬 축원을 준다. 아미산의 달이 안 스님을 전송하지만 이 달은 또 장안까지 가는 길을 동행할 것이다.

세 번째 단락은 장안에서 안 스님이 즐길 아미산의 달이다. 장안은 천자가 사는 하늘의 땅이고 그곳에는 큰 길이 반듯하게 나 있다. 그곳의 진천을 아미산의 달이 또 환히 비출 터인데, 안 스님은 높은 법좌에 올라서 오묘한 불법을 강연할 것이다. 그러면 그 도는 천지를 환히 비추는 달빛과 같이 천하의 중생을 비춰 교화시킬 것이다. 그 무리의 맨 앞에는 천자가 앉아 있을 것이다.

네 번째 단락은 안 스님이 촉 땅으로 돌아가 즐길 아미산의 달이다. 이백은 강남에서 정처 없이 떠돌고 있지만 안 스님은 어진 임금님의 총애를 받아 궁궐에서 노닐 것이다. 수도에서 명성을 한껏 떨치고는 아무런 미련도 없이 아무런 보상도 받지 않고 부귀영화를 물리치고는 다시 고향으로 돌아갈 것이다. 아미산의 달과 함께. 그곳에서 세속을 벗어나 달빛을 감상하며 유유자적하게 살아갈 것이다. 이는 안 스님의 장래를 칭송한 것이기도 하며, 이백 자신이 바라는 미래의 모습이기도 하다. 자신도 큰 공적을 세워 명성을 천하에 드날린 뒤 은퇴하여 초연하게 살고자 했기 때문이다. 결국 안 스님이 즐길 아미산의 달은 이백이 즐기고자 하는 아미산의 달이기도 하다.

　아미산의 달을 다양한 상황과 시점으로 설정하여 이리저리 엮으면서 안 스님의 법력을 칭송하고 그의 장래를 축원하였는데, 그 속에는 이백 자신의 고난과 바람이 잘 녹아들어가 있다. 이러한 이백 시의 구성과 시상 전개방식은 두보 시에 견줄만하다.

峨眉山月歌送蜀僧晏入中京 아미산월가송촉승안입중경

我在巴東三峽時,	아재파동삼협시
西看明月憶峨眉.	서간명월억아미
月出峨眉照滄海,	월출아미조창해
與人萬里長相隨.	여인만리장상수
黃鶴樓前月華白,	황학루전월화백
此中忽見峨眉客.	차중홀견아미객
峨眉山月還送君,	아미산월환송군
風吹西到長安陌.	풍취서도장안맥
長安大道橫九天,	장안대도횡구천
峨眉山月照秦川.	아미산월조진천
黃金獅子乘高座,	황금사자승고좌
白玉塵尾談重玄.	백옥주미담중현
我似浮雲滯吳越,	아사부운체오월

君逢聖主遊丹闕.　　군봉성주유단궐
一振高名滿帝都,　　일진고명만제도
歸時還弄峨眉月.　　귀시환롱아미월

아미산의 달

아미산의 달이 수레바퀴 반쪽인 가을
달그림자가 평강으로 들어가자 강물이 흘러가네.
밤에 청계를 떠나 삼협을 향하는데
그대가 그립지만 보지 못하고 유주로 내려가네.

해설

아미산은 지금의 사천성인 촉 땅에 있는 산이며 이백은 젊었을 때 촉 땅에서 살았다. 이 시는 이백이 당시 처음으로 촉 땅을 떠나 중원으로 나오면서 지은 것으로 보인다. 고향을 처음 떠나가면서 작별을 고하고 싶은 이가 많았을 터인데 이백은 특히 아미산의 달에게 작별의 말을 하고 싶었던 모양이다.

때는 가을이고 아미산의 달은 반달이다. 캄캄해서 어디가 강물인지도 알지 못했는데 그 달빛이 평강에 비치니 비로소 강물이 흘러가는 것이 보인다. 저 강물을 타고 내가 떠나가야 하는데, 아미산의 달빛이 그 강물을 환히 비추어 흐르게 하고 있다. 고맙고 정겨운 전송이다. 달빛 속에 청계를 떠나 장강 본류로 합류한 뒤 험하다고 이름이 난 삼협을 지나가야 한다. 아미산의 달이 그립지만 이미 서산으로 져버렸으니 다시 보지 못하고 무심한 강물은 나를 태우고 멀리멀리 흘러간다.

타향에서 뜬 달이 아미산의 달과 다를 리 없겠지만 이백이 어렸을 때부터 친근하게 대했던 그 다정한 달은 이제 볼 수 없을 것이다. 그러니 그 달과 헤어지며 고향을 떠나는 아쉬움을 절절하게 표현한 것이리라. 짧은 시에 아미산, 평강, 청계, 삼협, 유주 등 지명이 다섯 개나 나온다. 자칫 딱딱하고 무미건조하다고 느낄 수 있지만 전혀 그렇게 느껴지지 않으니 이백이 시어를 구사하는 능력은 그 끝을 헤아릴 수 없다.

峨眉山月歌 아미산월가

峨眉山月半輪秋,　　아미산월반륜추
影入平羌江水流.　　영입평강강수류
夜發青溪向三峽,　　야발청계향삼협
思君不見下渝州.　　사군불견하유주

양양의 노래

지는 해 현산 서쪽으로 사라지려 하는데
흰 모자 거꾸로 쓰고 꽃 아래에서 헤매네.
양양의 아이들이 모두 손뼉을 치며
길을 막고 다투어 민가를 노래하는데,
옆 사람이 무슨 일로 웃느냐고 물으니
산간이 곤죽으로 취한 것이 우스워 죽겠다고 하네.
가마우지같이 목이 긴 국자와
앵무새 모양의 술잔.
백년은 삼만 육천 일
매일 반드시 삼백 잔을 기울여야하리.
멀리 오리머리처럼 푸른 한수 물을 보니
마치 포도를 막 발효시켜 놓은 듯한데,
이 강이 만약 봄술로 변한다면
누룩을 쌓아 술지게미 언덕에 누대를 짓겠지.
어린 첩을 천금의 준마로 바꿔서
화려한 안장에 웃으며 앉아 떨어지는 매화를 노래하고,
수레 옆에 술 한 병 매달고
봉황 생황과 용 피리 소리로 가다가 술을 재촉하니,
이사가 함양의 저자에서 누렁이를 탄식했던 것이
어찌 달 아래에서 황금 술항아리 기울이는 것만 하겠는가?
그대는 보지 못했는가
진나라 양공의 한 조각 비석에
거북머리는 깨져 떨어지고 이끼가 자란 것을.
눈물도 그를 위해 흘릴 수 없고

마음도 그를 위해 슬퍼할 수 없는데,
맑은 바람과 밝은 달은 돈 주고 살 필요 없고
옥산은 스스로 넘어졌지 다른 사람이 민 것이 아니라네.
서주의 술 국자와
역사의 술 항아리여
이백은 그대들과 함께 살고 죽으리.
양왕의 구름과 비는 지금 어디 있는가?
장강은 동으로 흐르고 원숭이는 밤에 우네.

해설

　이 시는 양양에서 지은 노래이다. 양양은 지금의 호북성에 있는 지명이다. 여기서 양양은 이 시의 주제와는 그다지 상관이 없고 다만 그곳과 관련된 여러 인물이 인용되어 있다. 이 시는 술에 대한 이백의 자기고백이고 술을 대하는 이백의 태도이다. 술의 대표인물로 지목되는 이백이 술을 왜 마시고 어떻게 마셨는지에 대해 알려면 이 시를 보면 된다.

　산간이라는 사람의 이야기로 시작한다. 산간은 진晉나라 사람으로 형주의 자사가 되었을 때, 수시로 양양의 고양지에 가서 술을 마시고는 취했다. 아이들이 이를 두고 노래를 지어 부르기를 "산간은 때로 한번 취하면 그 길로 고양지로 가네. 날이 저물면 쓰러져 실려 돌아오는데 곤드레만드레 정신이 하나도 없지. 또 준마에 오를 줄은 알아도 흰 모자는 거꾸로 쓰지."라고 노래했다고 한다. 하루 종일 술을 마시고 해질녘에 모자를 거꾸로 쓴 채 말에 올랐지만 길을 몰라서 헤매고 있다. 이런 장면을 본 아이들은 웃겨 죽는다고 하면서 놀려대며 노래를 부른다. 바로 이런 산간의 모습이 바로 이백의 모습이리라.

　가마우지의 목과 같이 긴 술 국자와 앵무새 부리 모양의 술잔. 인간이 살아봤자 백 년밖에 살지 못하는데 백년은 삼만 육천 일이다. 많다면 많고 적다면 적은 나날이지만 이백에게는 그저 술을 마셔야 될 날일뿐이다. 그것도 하루에 삼백 잔은 마셔야 한다. 쩨쩨하게 마셔서는 안된다. 산간은 어쩌다 한 번씩 고양지에 가서 술에 취했지만 나 이백은 매일매일 삼백 잔을 마시고 백 년 동안 취하리라. 그러려니 그렇게 많은 술이 어디에 있나? 푸른 한수 물을 보니 오리 머리처럼 푸릇푸릇한데 마치 방금 발효된 술과 같다. 만일 이 강이 술이 된다면 그 술을 만들기 위해 사용한 누룩과 술지게미로 언덕을 쌓고 누대를 지을 수 있을 것이다. 과연 이백다운 상상이다. 저 강물이 모두 술이었으면. 누룩과 술지게미를 산처럼 쌓이도록 술을 만들어 그 술을 다 마셔버리리라.

　그럼 어디서 술을 마셔야 하나? 어린 첩을 팔아서 멋진 말을 산 뒤 그 말에 화려한 안장을 올려놓는다. 요즘으로 말하면 멋진 스포츠카를 한 대 장만한 셈이다. 그걸 타고 다니며 노래를 부른다. 수레 옆에는 항상 술을 매달아 놓고 음악 소리를 들으며 술을 마시자고 재촉한다. 그리고 달이 뜨면 그 달빛을 받으며 술잔을 기울인다. 달빛에 빛나니 술잔도 황금빛이고 술동이도 황금빛이다. 옛날 진시황의 재상이었던 이사는 진나라를 좌지우지하는 권세와 명성을 누렸지만 결국 아들과 함께 형장의 이슬로 사라지지 않았던가? 그는 죽기 전에 아들과 함께 옛날 누렁이를 몰며 토끼 사냥하던 일을 회상하고는 그렇게 욕심 부리지 말고 오순도순 살지 못한 것을 탄식하였다. 부귀권세를 추구하다가 허망하게 사라지는 것보다는 이렇게 즐기며 맘껏 술에 취하는 것이 훨씬 좋지 않은가?

　이백은 또 진晉나라의 양호라는 인물을 이야기한다. 양호가 양양을 다스릴 때 현산에 자주 올라 술을 마시며 시를 지었는데, 한번은 같이 올라간 부하들을 돌아보며 "우주가 있고 난 뒤에 이 산이 생겨났는데 그 이후로 이곳을 올라 멀리 바라본 자들이 얼마나 많았겠는가? 그런데 그자들은 모두 연기와 같이 사라졌으니 안타깝구나."라고 하였다. 그가 죽자 후인들이 현산에 그를 기리는 비석을 세웠는데, 보는 사람들마다 슬픔에 젖어 눈물을 흘렸기 때문에 '타루비'라고 불렀다. 인생의 무상함을 한탄했던 양호도 이제 죽은 지 오래되어 그의 비석은 깨지고 이끼가 자라나있다. 그를 위해 눈물을 흘렸던 사람들도 지금은 죽고 없다. 하지만 이백은 그를 위해 눈물을 흘릴 수도 없고 그를 위해 슬퍼할 수도 없다. 그럴 필요가 없기 때문이다. 이백에게 인생은 더 이상 무상한 것이 아니다. 맑은 바람을 쐬고 밝은 달빛을 바라보며 술을 마시고 흥겹게 취하는 즐거운 인생이기 때문이다. 더구나 이를 위해서는 돈도 필요치 않다. 자연이 모든 것을 공짜로 제공해주기 때문이다. 돈과 명예 때문에 고생할 필요가 없다. 옛날 외모가 잘 생기고 덩치가 커서 옥으로 만든 산이라고 불리던 혜강 역시 술을 마시고는 그냥 쓰러져 자곤 하지 않았던가? 그저 그렇게 마시고 취할 뿐이고, 이건 내가 하고 싶어서 하는 것이지 남이 강요해서 하는 것이 아니다.

명품으로 이름난 술 국자와 술 항아리. 목이 가마우지처럼 가느다란 술 국자와 앵무새 모양의 술잔. 나 이백은 이런 것들과 삶과 죽음을 함께 하리라. 내게는 이것이 가장 중요하다. 다른 것은 필요하지 않다. 옛날 무산의 신녀와 운우지정을 나누었던 양왕은 지금 어디에 있는가? 그들의 사랑은 허망하게 사라졌으며, 그들을 지켜보던 장강은 그때나 지금이나 동쪽으로 하염없이 흘러가고, 장강가에 있던 원숭이는 오늘도 밤에 울고 있다. 자연은 예나 지금이나 그대로이지만 인간의 삶은 허망하기 그지없다. 그러니 뭘 해야 하겠는가? 지금 이 순간을 즐겨야 한다. 매일 삼백 잔의 술을 마시며.

襄陽歌 양양가

落日欲沒峴山西,	락일욕몰현산서
倒着接䍦花下迷.	도착접리화하미
襄陽小兒齊拍手,	양양소아제박수
攔街爭唱白銅鞮.	란가쟁창백동제
旁人借問笑何事,	방인차문소하사
笑殺山公醉似泥.	소살산공취사니
鸕鶿杓,	로자표
鸚鵡杯.	앵무배
百年三萬六千日,	백년삼만륙천일
一日須傾三百杯.	일일수경삼백배
遙看漢水鴨頭綠,	요간한수압두록
恰似葡萄初醱醅.	흡사포도추발배
此江若變作春酒,	차강약변작춘주
壘麴便築糟丘臺.	루국편축조구대

千金駿馬換小妾,　　　천금준마환소첩
笑坐雕鞍歌落梅.　　　소좌조안가락매
車旁側挂一壺酒,　　　거방측괘일호주
鳳笙龍管行相催.　　　봉생용관행상최
咸陽市中嘆黃犬,　　　함양시중탄황견
何如月下傾金罍.　　　하여월하경금뢰
君不見,　　　　　　　군불견
晉朝羊公一片石,　　　진조양공일편석
龜頭剝落生莓苔.　　　귀두박락생매태
淚亦不能爲之墮,　　　루역불능위지타
心亦不能爲之哀.　　　심역불능위지애
淸風朗月不用一錢買,　청풍랑월불용일전매
玉山自倒非人推.　　　옥산자도비인추
舒州杓,　　　　　　　서주표
力士鐺,　　　　　　　력사당
李白與爾同死生.　　　리백여이동사생
襄王雲雨今安在,　　　양왕운우금안재
江水東流猿夜聲.　　　강수동류원야성

까마귀가 깃들이다

고소대 위에 까마귀가 깃들일 때
오왕은 궁궐 안에서 서시에 취했네.
오 땅 노래와 초 땅 춤으로 즐거움 다하지 않았건만
푸른 산은 허공의 해를 머금으려 하네.
은 화살의 금빛 물시계에 물이 많이 떨어졌기에,
일어나 바라보니 가을 달이 강 물결에 떨어졌고,
동방이 차츰 밝아오니 이 즐거움을 어이하리.

해설

　이 시는 악부시이다. 한나라 노래 형식인 악부의 제목을 차용하여 지은 것으로, 이 제목을 가진 악부시는 대체로 남녀 간의 사랑이야기를 노래하였다. 제목에서 말한 '까마귀가 깃든다'는 것은 그저 주위 경물을 언급한 것일 뿐이고 비유적 의미를 따로 가지는 것은 아니다. 굳이 말하자면 까마귀가 둥지에 들어가 편안하게 즐긴다는 의미를 가질 수는 있다. 한국에서는 대체로 까마귀가 흉조의 대명사로 사용되기도 하지만 중국에서는 그렇지 않고 오히려 길조나 어진 동물로 여겨지는 경우가 있다.

　이백의 이 시는 오왕과 서시의 향락을 적었다. 두 사람이 하루 종일 즐기는데 저녁에 해가 지려할 때도 즐거움이 한창이었으며, 밤새우고 놀아 달이 지고 해가 뜰 때까지도 그 즐거움을 어찌하지 못하는 상황을 표현하였다. 서시는 원래 월나라 왕 구천이 오나라 왕 부차에게 패배를 설욕하기 위해 미인계로 보낸 사람이다. 서시가 물가에서 옷을 빨고 있으면 물고기가 와서 그의 미모를 보고는 부끄럽고 놀라서 헤엄치는 것도 잊어버리고 물에 가라앉았다는 이야기가 있을 정도이다. 부차는 서시를 보고는 그 미모에 취해서 정사를 잊어버리고 흥청망청 놀았고 이에 구천이 군대를 정비하여 오나라를 정복할 수 있었다.

　이백이 이 이야기를 한 이유는 무엇일까? 이백이 술 마시고 즐기는 것을 좋아하기는 했지만 이런 옛 사람들의 향락이 부러웠던 것은 아닐 것이다. 이러한 향락은 군자가 지양해야 할 것이기 때문이다. 당시 현종이 양귀비에 빠져 정사를 돌보지 않은 것을 비판하기 위해 이 시를 지었다고 보는 설이 유력하다. 옛 역사의 교훈을 되짚어보고 지나친 향락에 빠지지 말고 나라를 잘 다스리라는 뜻이리라. 하지만 결국 현종은 이러한 경계를 무시하였기에 안록산의 난으로 천하가 혼란스러워졌고 현종과 양귀비도 수난을 당했다.

烏棲曲 오서곡

姑蘇臺上烏棲時,	고소대상오서시
吳王宮裏醉西施.	오왕궁리취서시
吳歌楚舞歡未畢,	오가초무환미필
青山欲銜半邊日.	청산욕함반변일
銀箭金壺漏水多,	은전금호루수다
起看秋月墜江波,	기간추월추강파
東方漸高奈樂何.	동방점고내락하

옥 술병

기개가 높은 선비가 옥 술병을 두드리며
마음은 씩씩하지만 노년이 되었음을 애석해하네.
석잔 술에 검을 튕기며 가을 달 아래에서 춤추다가
문득 소리 높여 읊조리며 눈물을 주르륵 흘리네.
봉황이 애초에 자줏빛 인주 찍힌 조서를 내려 보냈기에
황제를 알현하고 잔을 들어 임금님 연회에 참석했으며,
구중궁궐의 만승 군주를 칭송하고
붉은 계단과 푸른 문의 어진 이들과 농지거리하였네.
천자께 조회할 때 비룡마를 자주 내려 주셨고
산호와 백옥 채찍을 하사하셨지만,
세상 사람들은 동방삭이
금마문에 숨어 있는 귀양 온 신선임을 알지 못하였네.
서시는 웃어도 예쁘고 또 찡그려도 예쁘지만
추녀가 그녀를 흉내 내다 공연히 몸만 망쳤다는데,
군왕께서는 비록 미녀의 아름다움을 사랑하셨지만
궁중에서 심히 질투하는 것은 어쩔 수 없으셨구나.

해설

  이 시는 이백이 궁중에서 한림공봉으로 재직하다가 여러 신하의 시기와 참언으로 궁중에서 쫓겨났음을 호소하는 것이다. 흔히 이림보의 이간질로 쫓겨났다고도 하는데, 역사 기록에서는 그 근거를 찾을 수는 없고 다만 이백이 이렇게 주장을 하고 있으니 그렇게 받아들일 뿐이다.

  이백이 쫓겨난 뒤 아직 기개가 높고 마음은 씩씩하지만 나이가 들어감에 따라 자신의 뜻을 펼 수 없는 것을 안타까워하며 술을 마시고 있다. 술기운에 검을 뽑아 들고 호기롭게 검무를 추고 높은 소리로 실컷 노래도 불러보지만 아쉬운 마음은 사그라지지 않고 눈물만 줄줄 흐른다.

옛날에 천자가 조서를 내려 궁중으로 불렀을 때, 이백은 황제를 알현하였고 황제가 주관하는 연회에 참석하고는 천자의 인품과 태평성세를 칭송하였으며 궁궐에 있는 관리들과 농담을 주고받았다. 완연히 궁중의 일원으로서 어떤 권세가와도 대등하게 행동했다. 천자는 이백의 능력을 인정하여 천자만 탈 수 있는 비룡마를 자주 내려주어 타게 하였고 선물로 산호와 백옥 채찍도 하사하였다.

하지만 세상 사람들은 이백이 동방삭이 그랬던 것처럼 하늘의 신선으로 있다가 잠시 인간세상으로 내려와서 금마문이 있는 궁궐에서 숨어있는 줄은 모른다. 이백이 다른 사람과는 격이 다른 훌륭한 인물인 줄은 아무도 모른다. 중국의 사대미인의 한명인 서시는 그 미모가 매우 뛰어나서 뭇 여인의 부러움을 샀다. 서시가 가끔 가슴이 아파서 얼굴을 찡그리기도 했는데, 추녀가 그 모습도 미인의 행동으로 여기고 얼굴을 찡그리다가 망신을 당하기도 했다. 이백은 미인으로 치자면 서시와 같은 존재이다. 하지만 실제 능력도 없는 이들이 이백의 겉모습만 흉내 낸다고 해서 이백과 같아지는 건 아니다.

임금님도 미녀의 아름다움을 사랑하듯이 뛰어난 인재를 가진 신하를 사랑하는 것은 당연한 일이다. 그러니 임금님이 이백을 총애한 것이 아닌가? 하지만 미모가 출중하지도 않은 이들이 억지로 꾸며서 임금님의 총애를 받으려 하고 나아가 타인의 미모를 시기하고 질투하여 거짓을 꾸며내고 있다. 그리고 임금님도 이러한 상황을 내버려두고 더 나아가 옳은 말을 하는 능력 있는 이를 쫓아내고 거짓말 하는 이를 총애하게 된다. 이러한 상황을 이백이 막을 방도가 없었으니 이백은 쫓겨나고 말았고, 지금 술병을 두드리며 애달프게 노래하는 것이다.

혼란한 세상에서 옳지 않은 무리에 의해 쫓겨났고 다시는 부름을 받지 못했으니, 그 원한은 평생토록 이백의 마음속에 있었을 것이다. 그래서 〈오래도록 그리워하다長相思〉에서도 "하늘은 넓고 길은 멀어 혼백도 날아가기 힘드니, 꿈속에서도 관산이 험난하여 도달하지 못하는구나. 오래도록 그리워하니 억장이 무너진다.(天長路遠魂飛苦, 夢魂不到關山難. 長相思, 摧心肝.)"라고 노래했던 것이다.

玉壺吟 옥호음

烈士擊玉壺,　　　　렬사격옥호
壯心惜暮年.　　　　장심석모년
三杯拂劍舞秋月,　　삼배불검무추월
忽然高詠涕泗漣.　　홀연고영체사련
鳳凰初下紫泥詔,　　봉황초하자니조
謁帝稱觴登御筵.　　알제칭상등어연
揄揚九重萬乘主,　　유양구중만승주
謔浪赤墀青瑣賢.　　학랑적지청쇄현
朝天數換飛龍馬,　　조천삭환비룡마
敕賜珊瑚白玉鞭.　　칙사산호백옥편
世人不識東方朔,　　세인불식동방삭
大隱金門是謫仙.　　대은금문시적선
西施宜笑復宜嚬,　　서시의소부의빈
醜女效之徒累身.　　추녀효지도루신
君王雖愛蛾眉好,　　군왕수애아미호
無奈宮中妒殺人.　　무내궁중투살인

자야가 부르는 오 땅의 노래 4수(제3수)

장안의 조각달
수많은 집의 다듬이소리.
가을바람이 끝없이 부는데
모두가 옥문관을 생각하네.
어느 때에 오랑캐를 평정하여
낭군께서는 먼 출정을 끝낼까?

해설

'자야'는 남조 진나라의 여자 가수 이름이다. 구성진 노래를 잘 불렀는데 그가 부른 노래를 〈자야가〉라고 하였다. 그 이후로 여러 문인들이 비슷한 내용의 시를 지었는데 특히 오 땅의 가락에 붙여 부른 노래를 〈자야오가〉라고 하였다. 이백도 이러한 제목으로 시를 네 수 지었으며, 마침 봄, 여름, 가을, 겨울 네 계절을 읊었기에 〈자야사시가〉라고 불리기도 한다.

이 시는 그 중 세 번째로 가을을 읊은 것이다. 장안에 조각달이 떴다. 손톱달이라고도 하는데 왠지 이 달이 초저녁에 보이면 멀리 떨어져 있는 누군가가 문득 생각이 난다. 그리고 장안의 만 가구나 되는 모든 집에서 다듬이 소리가 들린다. 가을바람이 소슬하게 끊임없이 불어오고 이른 추위가 옷섶을 파고든다. 곧 추운 겨울이 닥칠 것인데 모두 겨울 옷을 만들고 있는 중이다. 하지만 자신의 옷이 아니다. 바로 북방 먼 곳에 있는 옥문관으로 오랑캐 정벌을 나간 낭군이 입을 옷이다. 객지에서 잘 먹지도 못하고 잘 자지도 못하며 고생할 터인데 추운 겨울이 오면 더욱더 고생할 것이다. 그래서 따뜻하게 지내라고 옷을 만들고 있다. 곧 원정이 끝나고 돌아오기를 바라는 마음을 모아서.

여섯 구절의 짧은 시이지만 멀리 떠나가서 고생하고 있을 남편을 그리워하고 걱정하는 여인의 마음이 절절하게 느껴진다. 전쟁으로 인해 고생하는 남자와 이를 걱정하는 여인의 마음을 잘 표현하였는데, 비록 자신의 일은 아니지만 백성들의 고통이고 이웃의 아픔이기에 이백은 이렇게 진심으로 노래하였다.

子夜吳歌 四首(其三) 자야오가 사수(기삼)

長安一片月,　장안일편월
萬戶擣衣聲.　만호도의성
秋風吹不盡,　추풍취부진
總是玉關情.　총시옥관정
何日平胡虜,　하일평호로
良人罷遠征.　량인파원정

옛날의 밝은 달

어릴 적엔 달인지 몰라
하얀 옥쟁반이라고 불렀고,
또 요대의 거울이
푸른 구름 끝으로 날아온 것인지 의심했지.
신선이 두 발을 드리운
계수나무 있는 곳은 어찌나 둥근가?
흰 토끼가 약을 찧어 만드니
"누구와 먹을래?"라고 물었지.
두꺼비가 둥근 빛을 먹어버려
환한 달이 밤인데도 이미 사라졌네.
옛날에 예가 까마귀 아홉 마리를 떨어뜨려
하늘과 사람은 맑고 편안해졌다는데.
달의 정령이 이제 사라져
영원히 떠나가 버렸으니 볼만한 게 없구나.
근심이 찾아오지만 어찌할 도리가 없고
처량함이 마음을 상하게 하네.

해설

　이 시는 달에 대한 것이다. 어릴 적에는 달이란 것을 알지 못해서 그저 흰 옥쟁반인가보다 했었고, 때로는 신선이 산다는 요대의 거울이 하늘을 날아 푸른 구름 속으로 온 것인가 의심하기도 했다. 저 달 속에 계수나무가 있다는데 그곳에는 신선이 가지에 걸터앉아 쉬고 있다지. 그리고 토끼가 있어서 절구질 해서 약을 만든다는데, 누구에게 먹일 거냐고 달 속의 토끼에게 물어보기도 했지. 달에 관해 자신이 상상한 일과 전해 들었던 이야기를 동화처럼 썼다. 아이들에게는 동심을 불러일으키고 어른들에게도 상상의 나래를 펴게 만드는 달이다.

하지만 그 달이 오늘 밤에 갑자기 사라져버렸다. 월식이다. 옛날 사람들은 두꺼비의 정령이 달을 삼켜버려서 월식이 일어난다고 생각했다. 환히 세상을 비쳐주어야 할 달이 사라졌고, 아이들의 동심과 어른들의 상상도 사라져버렸다. 옛날 하늘에 갑자기 태양이 열 개가 떠올라 천하가 뜨거워지고 물이 마르고 나무가 타죽는 일이 생겼다. 이때 활을 잘 쏘는 예가 나타나서 아홉 개의 태양을 쏘아 맞춰 떨어트렸다. 태양 속에 있다고 하는 까마귀, 삼족오도 같이 떨어져 죽었을 것이다. 하늘의 태양이 많아서 없애버린 것은 백성들을 살리기 위한 것인데, 지금 달을 없애버린 것은 백성들의 꿈을 저버리는 것이다. 해서는 안 될 짓이다.

이제 달이 영원히 사라져버렸으니 밤에 무어 볼 게 있겠는가? 근심이 찾아와도 달랠 수가 없고 처량한 마음이 생겨도 위로할 수가 없다. 달이 사라졌으니 앞으로 어떻게 살 것인가?

달의 시인이라고도 불리니 이백에게 달은 자신의 모든 것이었을 것이다. 천고의 근심이 있어 이를 달래기 위해 하늘에 뜬 달을 불러와서 같이 술을 마시지 않았던가. 만 리 먼 타향에서 잠 못 이루고 있을 때 밝은 달을 보며 고향을 그리워하는 마음을 삭이지 않았던가. 그런 달이 없어져서는 안 될 것이다.

옛날 사람들은 월식이나 일식이 일어나면 정치가 제대로 행해지지 않은 것에 대한 하늘의 경고라고 생각했다. 이 시에서는 흔치 않게 일어나는 천문현상인 월식을 쓰면서 이에 대해 탄식을 하였으니, 그 이면에는 백성들의 삶을 어렵게 만드는 집정자에 대한 비판이 깔려 있을 것이다. 이백에게 달은 낭만적이기만 한 존재는 아니었다.

古朗月行 호랑월행

小時不識月,　소시불식월
呼作白玉盤.　호작백옥반

又疑瑤臺鏡,   우의요대경
飛在靑雲端.   비재청운단
仙人垂兩足,   선인수량족
桂樹何團團.   계수하단단
白兎擣藥成,   백토도약성
問言與誰餐.   문언여수찬
蟾蜍蝕圓影,   섬서식원영
大明夜已殘.   대명야이잔
羿昔落九烏,   예석락구오
天人淸且安.   천인청차안
陰精此淪惑,   음정차륜혹
去去不足觀.   거거부족관
憂來其如何,   우래기여하
悽愴摧心肝.   처창최심간

눈을 마주하고 친척 형님인 우성현령에게 바치다

지난 밤 양원에서
이 동생이 추워했음을 형님은 모르시겠죠.
뜰 앞의 옥 나무를 바라보며
애 끊게 연리지를 그리워합니다.

해설

'우성'은 지금의 하남성 상구시의 지명이다. 이백이 우성에 머물고 있으면서 그곳 현령인 이씨에게 보낸 것이다. 이름을 밝히지 않고 '종형'이라고 한 걸로 보아 실제 친척은 아니고 이백과 성씨만 같았을 가능성이 높다.

눈이 왔다. 한겨울에 눈이 와서 온 세상이 하얗게 변했다. 뜰 앞의 나무도 하얗게 변해서 옥으로 만든 나무인 것 같다. 하지만 이백은 춥다. 가진 게 없어 서이다. 머물고 있는 곳에 땔나무도 없고 먹을 것도 부족하다. 이백이 술을 마 시면서 호방한 태도를 보여주었기에 가난하게 살지 않았을 것 같은데, 실상은 그렇지 않았다. 한 번에 백만금을 다 써버린다고 큰소리 쳤으니 엄청난 부자였 을 것 같은데, 혹자는 아버지가 큰 상인이어서 집안의 재산이 아주 많았다고 하는데, 그가 평생 동안 그렇게 산 것은 아니었다. "부엌에는 푸른 연기도 나지 않고 도마에는 푸른 이끼만 자란다.(廚竈無靑煙, 刀机生綠蘚.)"라고 하였다. 달을 불러와 함께 술을 마시는 낭만을 가졌던 이백이 "달 속의 계수나무를 꺾어 추 위에 떠는 이 몸의 땔나무로 삼으려 한다.(欲折月中桂, 持爲寒者薪.)"고 할 정도였 고, 친구가 보고 싶을 때에도 "그대 불러 축을 두드리고 슬픈 노래 부르며 술 마시려 해도 마침 온 집안을 다 털어도 술 살 돈이 없다.(欲邀擊筑悲歌飮, 正値傾 家無酒錢.)"라고 하며 친구를 차마 부르지 못하고 홀로 지내기도 하였다. 이렇 게 가난해진 이유에 대해서는 스스로도 "황금을 손가는 대로 마음대로 썼더니 어제 파산하고 오늘 아침엔 가난하게 되었다.(黃金逐手快意盡, 昨日破産今朝貧.)"

라고 하였다.

가난하게 살던 이백은 가는 곳마다 도움의 손길을 요청하였다. 이 시도 그 중의 한 편이다. 지난 밤 이백이 추워서 떨고 있었는데, 동생의 이런 상황을 형님은 모르고 계셨지요. 형과 동생이라는 단어를 쓰면서 '당신은 모르고 있었지'라고 하니 상대방으로 하여금 양심의 가책을 느끼게 만든다. 그 표현이 너무 원망스럽게 들리는 것만큼 이백의 상황도 절실했던 것이다. 뜰에 앉아 흰 눈이 쌓인 나무를 바라보노라니 모든 나뭇가지가 하얗게 연결된 것 같았던 모양이다. 비록 뿌리는 다르지만 가지가 연결된 연리지가 생각났다. 태어난 부모는 다르지만 형과 아우라 부르는 사이가 되고 싶고, 정과 의리로 하나의 몸이 되고 싶었다. 도와주세요.

짧은 시에 이백의 고통이 느껴지고 상대방의 도움에 대한 갈망이 오롯하다. 아마도 우성현령은 이백을 불러 따뜻한 곳에 재우고 후하게 대접해 주었을 것이다.

對雪獻從兄虞城宰 대설헌종형우성재

昨夜梁園裏,   작야량원리
弟寒兄不知.   제한형부지
庭前看玉樹,   정전간옥수
腸斷憶連枝.   장단억련지

시 제목 색인

시 구절 색인

■ 역자소개

임도현林道鉉
공학을 전공하고 기업체 부설 연구소에서 연구 활동에 매진하였다. 퇴사를
하고 중국어를 배우고자 수능시험에 응시한 뒤 중문과에 입학하여 수학했다.
그 중 1년은 중국 천진에 머물렀으며 중국의 남부와 서부를 두루 여행하였다.
그중 운남의 매리설산을 소중히 기억하고 있다. 대학원에 진학하여 당시를
재미있게 공부하였으며 이백의 인생살이에 관해 학위논문을 썼다. 지금은 두
보와 한유의 시 번역 연구에 참여하고 있다. 저서로는 ≪쫓겨난 신선 이백의
눈물≫(서울대출판문화원, 2015)이 있으며 역서로는 ≪이태백시집≫(총 7권,
학고방, 3인 공역, 2015), ≪사령운 사혜련 시≫(학고방, 7인 공역, 2016), ≪두
보전집 기주시기시역해1≫(서울대출판문화원, 8인 공역, 2017) 등이 있다.

하늘이 내린 내 재주 반드시 쓰일 것이니

– 이백의 시와 해설

초판 인쇄 2018년 6월 15일
초판 발행 2018년 6월 22일

역   해 | 임 도 현
펴 낸 이 | 하 운 근
펴 낸 곳 | 學古房

주   소 | 경기도 고양시 덕양구 통일로 140 삼송테크노밸리 A동 B224
전   화 | (02)353-9908 편집부(02)356-9903
팩   스 | (02)6959-8234
홈페이지 | http://hakgobang.co.kr/
전자우편 | hakgobang@naver.com, hakgobang@chol.com
등록번호 | 제311-1994-000001호

ISBN   978-89-6071-754-1   93820

값 : 20,000원

이 도서의 국립중앙도서관 출판시도서목록(CIP)은 서지정보유통지원시스템 홈페이지
(http://seoji.nl.go.kr)와 국가자료공동목록시스템(http://www.nl.go.kr/kolisnet)에서 이용하실
수 있습니다. (CIP제어번호 : CIP2018017503)

■ 파본은 교환해 드립니다.